W0319806

Jubiläums-Edition
125 Jahre Universal-Bibliothek

Stechäpfel

Gedichte von Frauen aus drei Jahrtausenden

Herausgegeben von
Ulla Hahn

Philipp Reclam jun. Stuttgart

Universal-Bibliothek Nr. 8841
Alle Rechte vorbehalten
© 1992 Philipp Reclam jun. GmbH & Co., Stuttgart
Einbandgestaltung: Werner Rüb, Ludwigsburg
Satz: Utesch Satztechnik GmbH, Hamburg
Druck: Reclam, Ditzingen
Buchbinderische Verarbeitung: Wilhelm Röck, Weinsberg
Printed in Germany 1992
RECLAM und UNIVERSAL-BIBLIOTHEK sind eingetragene
Warenzeichen der Philipp Reclam jun. GmbH & Co., Stuttgart
ISBN 3-15-028841-X

Inhalt

Ars poetica

Eine Frauenfrage

Nachruf

Zwei versuchen miteinander zu reden

An mich

Für Alle

Die Wüste hat zwölf Ding

Dennoch schauen

Anhang

Gras

Nicht fürchte ich,
daß man mich niederträte.

Gras, tritt man es nieder,
wird ein Weg.

Blaga Dimitrowa

Ars poetica

ʿULAIYYA BINT AL-MAHDI

Heimlicher Hinweis sind unsere Blätter,
Sendbote uns der Pupille Licht –
Werden doch Briefe manchmal gelesen,
Und unsern Boten trauen wir nicht ...

LI TSCHING-DSCHAU

Bitte an den Himmelsherrn

Im Meer des Himmels die Wolken wie Wogen.
Die Erde am Morgen von Nebeln umzogen.
Schon spannt die Milchstraße ferner den Bogen.
Hell tanzen die Segel am Fluß hin und her.
Da wars mir, als hätte ein Traum mich getragen
zum Himmel empor, und sanft hörte ich sagen
den Himmelsherrn: »Sag mir, wo willst du denn hin?«

»Mein Weg ist lang«, sprach ich, »doch bald geht mein Leben
zu Ende. Ich hab mich der Dichtkunst ergeben.
Manch Wort von mir machte die Herzen erbeben,
so viel war von meinem Herzen darin.
Den Greif hebt der Sturm empor in die Sphären.
Herr, willst du mir einen Wunsch nur gewähren:
Laß den Sturm sich nicht legen, laß auf stürmischen Meeren
mein Boot zu den Inseln der Seligen ziehn.«

OLYMPIA FULVIA MORATA

Nie hat das gleiche Vergnügen alle bewegt und geleitet,
nicht wird der gleiche Sinn von Jupiter allen verliehn.
...
Als Frau ward ich geboren, doch verließ ich die Sache der Frauen,
Spinnrad und Webkunst und Nadel und Wollkorb.
Mir gefielen die Blumenwiesen der Musen,
der doppelgipflige Parnaß und die freudespendenden Chöre.
Möge andere Damen hinreißen ihr eigenes Vergnügen:
Mein Ruhm ist dies, und meine Freude.

SUSANNA ELISABETH ZEIDLER

Beglaubigung der Jungfer Poeterey

Rhapsodius glaubt nicht das Jungfern Verse machen:
Wie solte man nu nicht der falschen Meynung lachen?
Wie / wenn man sagte / das hochzeitliche Gedicht /
Das Rhapsodus gemacht / ist seine Arbeit nicht.

Ist dieses müglich / so kan jenes auch geschehen.
Hat denn Herr Rhapsodus dergleichen nie gesehen?
Ihr Musen Söhne denckt / ihr seyd es gar allein /
Bey denen Phoebus zeucht mit seinen Künsten ein.

O nein / ihr irret euch: Die Pallas pflegt desgleichen
Kunst / Weißheit und Verstand uns Nimphen
darzureichen.
Sind wir gleich nicht an Kunst und Gaben gar zu reich /
Noch euch / ihr Phoebus Volck in allen Stücken gleich.

(Denn dieses ist gewiß / das läßt man wol passiren /
Das euch die freye Kunst vortrefflich kan bezieren /
Dazu euch euer Fürst Apollo Anlaß giebt /
Wenn ihr von Jugend auf Parnassus Hügel liebt.)

So werdet ihr doch diß nicht gäntzlich leugnen können /
Das Gott und die Natur uns ebenmäßig gönnen
Was euch gegen ist / und das uns offtmahls nicht
Das Tichten / sondern nur die Zeit dazu gebricht.

Es fehlt uns nicht an Witz / und andern guten Gaben /
Nur das man nicht dazu Gelegenheit kan haben.
Wenn man uns so wie euch / die Künste gösse ein /
So wolten wir euch auch hierinnen gleicher seyn.

SIBYLLA SCHWARZ

Ein Gesang wieder den Neidt

Hatt zwar die Mißgunst tausendt Zungen /
Und mehr dan tausend ausgestreckt /
Und kompt mit macht auf mich gedrungen /
So werd ich dennoch nicht erschreckt;

Wer Gott vertrawt in allen dingen /
Wird Weldt / wird Neidt / wird Todt bezwingen.

Hör ich gleich umb und umb mich singen
Die sehr vergifftete Siren;
So soll mich dennoch nicht bezwingen
Ihr lieblichs Gifft / und hell gethön;
Ich will die Ohren mir verkleben /
Und für sie frey fürüber schweben.

Gefellt dir nich mein schlechtes Schreiben /
Und meiner Feder edles Safft /
So laß nur balt das Läsen bleiben /
Eh dan es dir mehr unruh schafft.
Das / was von anfang ich geschrieben /
Wird kein verfalschter Freund belieben.

Weistu mich gleich viel für zuschwetzen /
Von meiner Leyer ab zustehen;
So soll mich doch allzeit ergetzen
Das Arbeitssahme müssig gehen:
Laß aber du dein Leumbden bleiben /
Damit du mich meinst auff zureiben.

Ich weiß es ist dir angebohren /
Den Musen selbst abholt zu sein /
Doch hat mein Phoebus nie verlohren /
Durch deine List / den hellen Schein:
Die Tugend wird dennoch bestehen /
Wen du / und alles wirst vergehen.

...

IDA GERHARDT

Die Abweisung

Ich schreibe mit der Rabenfeder,
mein Herr.
Mein Herz, Ihr Herz
Ihre Ehre, meine Ehre
haben nichts gemein.
Ich schreibe mit der Rabenfeder.
Ich schreibe mit der Rabenschwärze
das Zeichen: Nein.

GLORIA FUERTES GARCÍA

Ich mache Verse, meine Herren!

Ich mache Verse, meine Herren, mache Verse,
mag aber nicht leiden, wenn man mich Poetin nennt,
trinke lieber einen Wein, so wie die Maurer,
hab eine Zugehfrau, die mit sich selber spricht.
Diese Welt, die macht sich ulkig,
Dinge gibt's, ihr Herren, die trag ich hier nicht vor,
Fälle gibt's, doch nicht mal Ställe
zum Wohnen für die Armen, ohne Abstandsgeld.

Nach wie vor sind da die Ledigen mit ihrem Hündchen,
nach wie vor sind da die Eheherren mit der Geliebten,

noch immer sagt den eisernen Despoten keiner was,
wir lesen, daß es Tote gab, und blättern um,
und man tritt uns auf den Nacken, doch niemand steht
auf,
und der Haß geht um, und wir sagen: das Leben!

All das geschieht, ihr Herren, und ich muß es sagen.

BRONISLAWA OSTROWSKA

O wieviel Sehnsucht

O wieviel Sehnsucht, Licht und Flüge sich vereinen
Zum winzigen Drang des Grashalms nach der Sonne!

O wieviel Erdenschweiß, aus Lust und Leid gesponnen,
Ist in den Wolken, die als Regen niederweinen!

Welche Gewalten, welche Wunder, Wünsche horten
Sich in den linkisch ohnmächtigen Menschenworten!

NELLY SACHS

Diese Jahrtausende
geblasen vom Atem
immer um ein zorniges Hauptwort kreisend
aus dem Bienenkorb der Sonne

stechende Sekunden
kriegerische Angreifer
geheime Folterer

Niemals eine Atempause wie in Ur
da ein Kindervolk an den weißen Bändern zog
mit dem Mond Schlafball zu spielen –

Auf der Straße mit Windeseile
läuft die Frau
Medizin zu holen für das kranke Kind

Vokale und Konsonanten
schreien in allen Sprachen:
H i l f e !

EVA WICHMANN

Heraus

Heraus
will ich euch schleudern
nötige Gedichte
hart wie Bolzen
schnell wie Speere.
Wort wie Bausteine
Block auf Block gereiht.
Worte wie Wegschotter
als Grund ausgelegt
für den, der kämpfend vorwärts geht.

Sätze – Signale für Feuerstöße.
Meinungen gehärtet gebogen
wie Rasierklingen scharf, und schneidend
wie unerbittlicher Stahl.

So stellt euch auf
Wörter
eines nach dem andern:
gerade, in dichten Reihen
(jeder i-Punkt mit!).
Bolzen, Stein und Stahl, Speer
heraus
mit euch! Auf den Weg
direkt auf unser Ziel!

SONJA PRINS

Glänzendes Korn

ich will sagen was alle menschen sagen wollen
ich will ihre stimme sein
warst du schon mal in einem langen gang mit vielen nischen
in einem labyrinth unter felsen
dann hörst du einen laut tausendmal widerhallen
einen fallenden stein
das geräusch von flügeln
den wind
ein großes instrument rings um dich

warst du schon mal in einem lager
mit tausenden gefangenen
jedes wort setzt sich fort
das geräusch von wellen
die hinter der brandung auslaufen

warst du schon mal in der zeit
die emporsteigt
an allen seiten hin und her geworfen
wie in einem luftschacht
neue gestalten
abfall und korn

wie kannst du ihre stimme sein
die spreu fliegt fort mit dürrem laut
wie eine motte gegen fenster
und das korn braust in einer sturzflut
eine brausende sturzflut so groß
wie ein regenbogen
so tief wie die erde

HILDE DOMIN

Ich will dich

Freiheit
ich will dich
aufrauhen mit Schmirgelpapier
du geleckte

die ich meine
meine
unsere
Freiheit von und zu
Modefratz

Du wirst geleckt
mit Zungenspitzen
bis du ganz rund bist
Kugel
auf allen Tüchern

Freiheit Wort
das ich aufrauhen will
ich will dich mit Glassplittern spicken
daß man dich schwer auf die Zunge nimmt
und du niemandes Ball bist

Dich
und andere
Worte möchte ich mit Glassplittern spicken
wie es Konfuzius befiehlt
der alte Chinese

Die Eckenschale sagt er
muß
Ecken haben
sagt er
Oder der Staat geht zugrunde

Nichts weiter sagt er
ist vonnöten
Nennt
das Runde rund
und das Eckige eckig

Der Dichter

Denk an, das nennt sich nun Arbeit,
Ein sorgloses Leben, ja –
Einer Musik etwas abhörn
Und sagen: das hab ich gemacht.

Und, wenn man jemandes Scherzo
In ein paar Zeilen schlägt,
Beschwörn, daß das arme Herze
In den blühenden Fluren stöhnt.

Und dann den Wald belauschen,
Die schweigsamen Kiefern sehn,
Solang überall der graue
Vorhang des Nebels weht –

Von links, von rechts – ich nehme
Und ohne Schuldgefühl
Vom arglistigen Leben ein wenig,
Den Rest von der nächtlichen Stille.

Mein Schreibtisch, ich danke dir, treuer!
Du gingst für mich mit mir durchs Feuer
Des Daseins, durch Garbe um Garbe,
Du schütztest mich – wie eine Narbe.

Mein Schreiblasttier, danke dir, nie
Zerbrachs dich, nie brachst du ins Knie,
Nie drückte den Rücken dir nieder
Mein Wachtraum: die Fracht meiner Lieder.

Mein Spiegel von härtester Klarheit,
Du stelltest, und sprachst mir die Wahrheit,
Dich zwischen mich Zeile für Zeile
Und Glück und Verlockung wohlfeile.

Mein Hemmschuh von Holz – dem Gemeinen
Und niedrigen widrigen Kleinen,
Dem Pavian Eigengefallen,
Dem Haß, diesem Habicht – dem allen.

Gehäus meines Totenwurms, Bretter,
Euch dank ich, ihr wuchst und trugt Blätter,
Ihr dehntet, verbreitertet euch,
Dem Werk, auf euch tätigen, gleich –

Zu Weiten von Ozeanfreie,
Und mich – im ertrinkenden Schreie
Umkrallte ich, halt!, euern Rand . . . –
Überspültet ihr wie einen Strand!

Mein Schreibtisch, mein Schraubstock, dir dank ich –
Du zwangst mich und zwangst, und entsprang ich,
Da sprangst du mit rascheren Sprüngen
Mir nach wie ein Pascha, zu zwingen

Die flüchtige Sklavin – zurück!
Du rissest mit Magierblick
Mich aus der verführenden Chance
Wie aus somnambulischer Trance.

Die Purpurspur meiner Blessuren
Gerann auf dir, Tisch, zu den Suren
Des Ichs, meines Ichs, zum Koran
Des Seins: meins – in Taten und Plan.

Stylitensitz, Spund vor dem Mund,
Du warst für mich Thron, Boden und
Das, was für die wandernde Schar
Der Juden die Leuchtsäule war.

Gesegnet sei, Tischland Gelobtes,
Von Stirn, Elle, Knie – schlachterprobtes.
Ins Mark rammte sich, ins gebrannte,
Mir – quer durch die Brust – deine Kante!

IMPI KAUPPILA

Ich gehe in die Stille

Ich löse die Ekstase des Gedichtes
mit meinen brennenden Händen
auf dem eiskalten Wege aus.

Meine Sonne lachte
im fernen Land
über alles
ohne Zauberei.

Ich gehe in die Stille,
geschlagen,
ohne ein einziges Wort auszulösen.

HELENA RASZKA

Wecken wir nicht die Stille

Wecken wir nicht die Stille,
die unter Bäumen schläft,
bedeckt von fallenden Blättern.
Morgen wird sie von raschen Schritten zertreten
– wir werden sie nicht bewahren können
mit unseren sanft verflochtenen Händen.
Wecken wir nicht die Stille –

ihr tiefer,
ruhiger Atem
verleiht den Worten
– geflüsterten Worten der Liebe –
Wohlklang und Helle,
die der Vogelgesang und das Fallen der Sterne
nicht kennen.

IDA VITALE

Versammlung

Es war ein Wald von Wörtern,
ein lauernder Regen von Wörtern,
eine kreischende oder verschwiegene
Übereinkunft von Wörtern,
köstliches flüsterndes Moos,
zartes Donnern,
ein mündlicher Regenbogen möglicher,
o leichter leichter leichter Mißstimmigkeiten,
es war das Pro und das Kontra,
das Ja und das Nein,
vervielfältigte Bäume
mit einer Stimme in jedem einzelnen Blatt.

Und nie mehr, möchte man sagen,
die Stille.

ROSE AUSLÄNDER

Im Wunder

Ich verliere mich
im Dschungel der Wörter

finde mich wieder
im Wunder
des Worts

ZUZANNA GINCZANKA

Über Zentauren

Es reiben die Verse sich, Reim an Reim rasselnd
geschliffen,
vertraue nicht klaren Gedanken, laß dich durch sie nicht
betören,
vertrau nicht wie Blinde den Fingern,
nicht den Augen, wie handlose Eulen.
Ich predige Klugheit und Leidenschaft,
fest in der Taille zusammengewachsen
wie ein Zentaur.

Ich bekenne mich zur Harmonie von
Männerbrust und Kopf
mit dem kraftvollen Leib und der schlanken
Fessel des Hengstes.

Den kühlen weiblichen Wangen
und dem Knäuel runder Stuten entgegen
galoppieren im Hufklang starke, stolze Zentauren
aus den Wiesen der Mythologie.

Ihre Leidenschaft, klug und beherrscht,
und ihre Klugheit, flammend wie Wollust,
fand ich in herrlicher Harmonie und verschmolz sie in
Taille und Herz.

Schau her:
Ein Gedanke
von antikem Gesicht
hat seine Göttlichkeit erhitzten Pferden vertraut.
Und wie gefesselte Rosse über den Hahnenfuß
jagen durch den Juni die fiebernden Sinne.

BLAGA DIMITROWA

Ars poetica

Verfasse jeden deiner Verse
wie einen letzten.
Immer unverhoffter kommt der Tod
in diesem strontiumgesättigten,
terroraufgeheizten,
ultraschallgeschwindigkeitsgetriebenen Jahrhundert.
Versende jedes deiner Worte
wie einen letzten Brief vor der Erschießung,

wie ein Seufzer, in die Kerkerwand geritzt.
Du hast kein Recht auf eine Lüge,
nicht einmal auf ein kleines schönes Spiel.
Du wirst keine Zeit mehr haben,
deine Fehler selbst zu korrigieren.
Schonungslos, lakonisch, mit deinem Blut
schreib jeden deiner Verse
wie einen Abschied.

ANNA POGONOWSKA

Meine Wahrheit

Es gibt viele Wahrheiten Ich
muß mit dem Mund der meinen reden
deren Form
zusammengewachsen ist mit mir

Sie ist nicht bequem
sieht schlecht
hört kaum
begreift wenig

Aber sie ist ich und ich bin sie
Wir schmücken uns nicht mit fremden Federn
die den Körper allein ohne Herz
erheben können

Und wenn ich sterbe
sie bleibt

Gesänge an den Schmerz

Er ist der Spender zur Nacht von brennender Qual und
von Leid,
Schenke, die Augen uns tränkend mit Bechern von
Schlaflosigkeit.
Wir fanden ihn an unserm Wege
An einem Regenmorgen
Und gaben ihm von unsrer Liebe
Ein Streicheln, kleines Lächeln, das verborgen
In unserm Herzen pulste. Und nicht verließ er uns, und
nicht verschwand
Von unserm Pfade er,
Uns folgend durch des Daseins weites Land.
Ach, hätten wir ihn lieber nicht getränkt
An jenem Morgen, kummervoll gebannt!

Er ist der Spender zur Nacht von brennender Qual
und von Leid,
Schenke, die Augen uns tränkend mit Bechern von
Schlaflosigkeit.

*

Wo ist der Schmerz hergekommen?
Woher kam er zu uns?
Verschwistert seit alters unserem Traum,
Hütet er unsere Verse.

Wir nahmen ihn gestern mit in die Tiefen der Wasser,
Zerbrachen ihn dort, zerstreuten ihn zwischen die
Wogen,

Wir ließen kein Ach von ihm und keine Klage bestehen
Und glaubten nun sicher zu sein vor all seinen Plagen –
Traurigkeit würde nicht mehr unser Lächeln verwunden,
Hinter den Liedern bitterer Gram sich nicht bergen . . .
Doch dann erhielten wir glühenden Dufts eine Rose:
Freunde sandten sie uns von jenseits der Meere.
Was erwarteten wir? Ruhiges Glück und Gefallen?
Aber erbebend vergoß sie feurige Tränen,
Tränkte die Finger uns mit den traurigsten Weisen.

O Schmerz, wir lieben dich!
Wo ist der Schmerz hergekommen?
Woher kam er zu uns?
Verschwistert seit alters unserm Traum,
Hütet er unsre Verse.
Wir sind ihm Lippe und Durst,
Er belebt und er tränkt uns.

BLANCA VARELA

A rose is a rose

regungslos verschlingt sie licht
öffnet sich schamlos rot
ist die abscheuliche vollkommenheit
des vergänglichen
verseucht die dichtung
mit ihrem archaischen duft

CHRISTINE D’HAEN

O Caro Lactea

Rose is a rose is a rose is a rose, zart und todeslos,
umhüllend Schwüle und Kühle, Lippe an Augenlid,
Licht
um eingeflochtene Dämmerung, Duft in Knittern,
Ränder
aus gekräuseltem fleischernen Futter;
sonnendurchstrahlte
Rosen sind’s, mit denen ich mich paare: jedes
Blütenblatt Falte,
doch paarend finde ich Stempel und Pollen, phytisch
nur ein Geschlecht.

’s ist eßbares Gewebe, fühlbares Eingeweide, doch ohne
das blutwarme Gedärm des Bauchs und ohne den bittren
Sterbensschweiß, der Adern und Gebein ausbricht, das
rot
brodelnde und stockende Blut, das einst für immer
uns mit dem jähen Todesschock dem Selbst und allem
anderen entrückt,
uns, die wir erst würgend lachten, das Lachen im
Röcheln erstickt.

Zurück, zurück starrt vorwärtsschreitend, gebückt
unter dem Alten, die Füße verkupfert in Blättern
der herbstliche Held
zwischen der lodernden und der erstehenden Stadt,
behelmt, gefiedert noch, doch zögernder, da
er Rom noch gebären muß, Troja schon verlor.

Rose is a rose, rose is a rose, rose is a rose is a rose is a
rose.
Rücklings liegen, unter soviel Rosen, Rilke und Redouté
ohne eine einzige Klage.

HALINA POŚWIATOWSKA

sie zeigen worte
sagen
man könnte im wort den duft einer rose finden

ich aber finde papier papier und papier
nicht farbe
nicht duft

und ich weiß
daß ein bündel funken
wenn arbeiter straßenbahnschienen schweißen
und wir danebenstehen
zwei zehnjährige buben und ich
ein bündel funken
mehr licht bedeutet
als die vokabel licht
und wenn mein bekannter gelähmt im rollstuhl
das stückchen brot kaut das ich ihm gebe
dann zeigt die neigung seines kopfes
die bewegung der kiefer
mehr leben
als alle vokabel leben
zusammen

Erdenworte

Weit verstreut blüht weißer Kümmel
Mit dem Hahnenfuß am Levuo.
Ich geh weiter – leben Wiesen,
Wenn ich nicht mehr bin, genauso?

Weiß und gelb sind alle Wiesen,
Einfach sind der Erde Worte.
Heute früh spür ich ihr Beben
Mir besonders nah am Herzen.

Werde weitergehn und lauschen,
Ihren Rufen, ihrem Flüstern.
Jedes Hahnenfüßleins Auge
Winkt mir wie ein Licht im Fenster.

Weit verstreut blüht weißer Kümmel
Mit dem Hahnenfuß am Levuo.
Ich geh weiter – lebt die Freude,
Wenn ich fort bin, hier genauso?

NOWELLA MATWEJEWA

Tiefe

Du schaust hinunter – und schauderst zurück,
der Wunsch erstirbt auf den Lippen.
Ein Meerteleskop nur erschließt dir den Blick
auf den Seestern zwischen den Klippen.
Die Wälder der Schlingpflanzen scheinen sofort
jedes schwache Licht aufzusaugen,
und nachtschwarze Fische wölben dort
korallenfarbene Augen.
Und tiefer, vom Druck des Wassers gepreßt,
werden augenlos sie geboren . . .
Dichter, daß du dich
                    nicht blind machen läßt,
zu tief in dein Selbst verloren.

KIRSTI SIMONSUURI

Die Tatsachen

Wir schaffen uns Bilder von Tatsachen
und wenn dann die Bilder zu sprechen beginnen
benennen wir sie:
was ist Poesie
ohne Untermieter
ohne die dreisten, höchst merkwürdigen Leute

die ihre Rechnungen nicht bezahlen
und die es nicht kümmert
wenn du nachts polterst.

Wie willst du das Problem lösen?
Hast du schon die Räumung erwirkt?
Es ist gefährlich, in die Poesie
hinabzusteigen,
die eigenen Keller auszuloten,
Angst vor der Tiefe.

Der Führer auf der Nekropolis
macht seinen Rundgang durch die Häuser,
schließt Zimmer auf
für die Untermieter, und der stolze Geist
des Dichters ruht in seinem Turm
und läßt den Wind zum Dach hineinblasen.

INGER CHRISTENSEN

Die klassenlose Sprache

Ich bin kein Vermittler.
Ich betrachte den Schriftsteller nicht als Vermittler.
Ich betrachte deshalb auch Kanäle, Arbeitsplätze
oder Gefängnisse nicht als etwas, wozu ich Stellung
nehmen muß.
Es ist nicht meine Absicht, Vermittler oder
Produzent von Meinungen und Ideen zu sein,

falls ich gegen meine Absicht als solcher gebraucht oder
mißbraucht werde,
betrachte ich das als zufällige Nebenwirkung
oder als notwendiges Übel.
Ich betrachte es also nicht als primäre Aufgabe des
Schriftstellers,
auf die Meinungsbildung einzuwirken,
nicht einmal das Einwirken auf das Bewußtsein
verstehe ich
als besonders zentral.
Ich will auf die Blindheit einwirken.
Die Menschen schaffen die Geschichte in einer
verworrenen Mischung
aus Bewußtsein und Blindheit.
Das Bewußtsein kennen wir, es hat seine Variationen,
mag
sein, daß sie immer mehr werden und in der Praxis
unüberschaubar,
doch im Prinzip ist das Bewußtsein der bekannte Faktor.
Doch stets ist es der unbekannte Faktor, worauf
einzuwirken sich lohnt.
Doch auf die Blindheit läßt sich nicht dadurch ein-
wirken, daß wir die Wahrheit suchen.
Auf die Zufälligkeit läßt sich nicht mit Meinungen
einwirken.
Auf den Würfelwurf läßt sich überhaupt nicht
einwirken.
Doch der Würfelwurf ist es, worauf eingewirkt werden
muß.
Ich betrachte es als Aufgabe des Schriftstellers, einen
Kode
zu konstruieren, der den Würfelwurf lesbar macht.
Eine Wahrheit zu erfinden, die die Zufälligkeit
notwendig macht,

und sich ein Zeichensystem vorzustellen, das die
Blindheit übermittelt,
kurzum, ich betrachte es als Aufgabe des Schriftstellers,
sich mit dem Unmöglichen zu beschäftigen, dem
Unvollkommenen, dem was
außerhalb liegt,
versuchsweise eine Sprache zu gebrauchen, die nicht
existiert, noch.
Diese nicht-existierende Sprache nenne ich die
klassenlose Sprache,
so wie die nicht-existierende Gesellschaft von vielen die
klassenlose Gesell-
schaft genannt wird.

PUREZA CANELO GUTIERREZ

Nun darf ich mich sterben lassen

Wörter, Handwerk, das keines ist.
Blätter, die zu Boden wehn,
und ich komm zu spät sie zu fassen.
Einfälle, meine, und Liebe erneut,
im Takt, großer Vers
fürs Leben. Der meine mag mich.

Ring, an den Finger gesteckt
ohne Datum, ohne Namen,
ohne Bräutigam, ohne ausgeschnittene Träne;
siegt, besiegt mich das Antlitz,

so beunruhigt mich meine Blindheit
und der Geldbeutel in der Tasche, mein Vers.
Liebe gibt es bei mir zu Hause,
ich ersetze sie redend, dunkle Schulden verbuchend
in einer Nacht; allein, ganz allein, leiste ich mir
Gesellschaft.

Und ich blicke zurück und schaue.
Welch gewaltiges Versäumnis, stündlich,
hindert mich am Sterben, auf der Stelle;
groß bis zum Hals hinan die Zeit,
und ganz klein meine Lende.

Ich verlange eine endgültige Trennung
von der Welt;
um mehr Leben,
um den Feigenbaum zu fällen,
der sich nicht mehr nur begrübelt; sich beschaut,
anlacht, zwei sprossende Früchte trägt, Frau, ich,
schlaffe oder straffe Liebe im Nacken des Herzens.

Über Land bin ich vorangekommen,
nun kann ich das Meer sehen, die ganze Zartheit zu
zweit;
nun habe ich den Vers,
nun darf ich sterben.
Gleich jetzt, wie ein Takt,
der mir etwas bringt, selbst noch als Null.

Eine Frauenfrage

HŎ NANSŎRHŎN

Kummer der Frauen

Gestern träumt mir Betagter, ich sei jung.
Was nützt es, die frohen Jugendtage zurückzurufen?
Erinnerung ist müßig. Hab ich
Worte für die Sorge, die mich bedrängt?
Als mein Vater mich zeugte, mich meine Mutter nährte,
und beide mühsam mich aufzogen,
keinen Herzog, keinen Fürst erträumten sie mir da zum
Mann.
Das wechselvolle Schicksal der drei Leben
schenkte mir einen Ritter. Sorgsam wie im Traum trat
ich auf Eis.
Harmlose Zeit! Als ich fünfzehn,
als ich sechzehn Jahre alt geworden,
erblühte meine angeborne Schönheit,
und mit jenem Antlitz, jener Gestalt
versprach ich Treue für hundert Jahre. –

Gar schnell verrauschte Jahr um Jahr,
Frühlingswind und herbstliches Wasser;
der Schöpfer war voll Neid und Argwohn.
Und mein Antlitz, einst so schön,
wohin verschwand es? – Meide den Spiegel!
Mein Ich, erröte nicht, klag niemand an!
Sag nicht, daß dein Freund dich verließ!
Als die Blumen lachten im Abendschein,
ritt er hinweg auf weißem Roß,
ohne Ziel und Bestimmung.
Wer hätte ihn halten können?

Wo er wohl wohnt? Ich weiß nicht,
ob er fern ist oder nah.
Ich will nichts von ihm hören, keine Silbe. –
Er wird doch an mich denken?
Ist er denn nicht mehr der, der er einst war?
Schweig still, mein Herz, das sich unruhig sehnt!
Lang ist ein Tag, ein Monat grausam. –

Die Pflaumenbäume am Jadefenster
blühten, verblühten so oft!
Kalt ist die Winternacht, lang der Sommertag.
Der traurige Regen bestätigt mein Leid.
Sogar die Blumen im Frühling verwunden mein Auge.
Wenn aber der Herbstmond in mein Zimmer scheint,
und Heimchen auf meinem Lager singen,
rufen tiefe Seufzer und bittere Tränen
endlos mir dies und das zurück.
Zu enden dies grausame Leben
ist schwer und sicher nicht recht.
Still muß ich meinen Kummer besiegen. –
Ich entzünde die blaue Laterne und spiele
auf grüner Laute das Lied vom blauen Lotos,
wie es der Kummer mich lehrt.
Wie wenn der Regen auf Hsiao und Hsiang trommelt,
wie wenn die Kraniche schreiend heimkehren
nach einer Spanne von tausend Jahren ...

Mögen die Finger vertraute Weisen spielen,
wer wird mich hören in diesem Raum,
der leer ist bis auf den Vorhang von Lotosbrokat?
Ich singe vom Gram, der mein Innres zerfrißt,
den Kummer lösend Zoll für Zoll. –

Lieber möchte ich schlafen, ihn im Traume sehn.
Aus welcher Feindschaft weckt mich fallendes Laub,
das im Winde raschelt,
wecken Insekten mich auf, zirpend im Gras?
Die Weber und der Hirte am Himmel
treffen sich einmal zur Mitte des Juli.
Wie schwer es auch ist, die Milchstraße zu überqueren,
sie verfehlen doch nie dieses jährliche Treffen.
Welches Jou-Wasser trennt ihn von mir,
was läßt ihn schweigen über dem Wasser?
Am Gitter lehn ich, betrachte den Himmel;
Tautropfen rollen ins junge Gras,
Abendwolken ziehen vorbei,
traurig singen die Vögel.
Zahllos sind Menschen, die Kummer tragen;
doch keiner kann so arm sein wie ich.
Dir, Geliebter, verdank ich meinen Gram,
weiß nicht, ob ich leben oder sterben soll.

Nachricht*

Nun, da es Gleim im Scherz geschrieben,
Daß alle Mägdchen Puppen wären;
Hält mancher uns im Ernst für Puppen,
Als wären wir für ihn gedrechselt.
Doch wißt, ihr stolzen Mägdchenkenner,
Ihr kleinen Zwecke kleiner Puppen!
Als die Natur uns euch bestimmte,
Damit ihr mit uns spielen möchtet;
Sah sie euch an als kleine Kinder,
Die noch nicht unterscheiden können.

* Dies ist eine Antwort auf folgendes Gespräch.
A. So sind die Mägdchen, wie ihr meynt,
Denn keine Menschen?
B. Nein, Mein Freund!
A. Was sind sie denn? Herr Mägdchenkenner!
B. Lebendge Puppen für die Männer.

Die Puppe

Halt mich vorsichtig im Arm.
Wenn du mich fallen läßt
geh ich entzwei.

Sehr viel kannst du
nicht mit mir anstellen.
Du kannst mir auf den Bauch drücken
aber ich sage nicht: Mama
ich schreie: Zum Teufel!

Du kannst mich die Augen schließen lassen
wann du willst.
Du kannst mir die Glieder abreißen
meinen Kopf eindrücken
und mich in die Ecke werfen.
Ich kann nicht sprechen.

Du kannst mit mir anstellen was du willst.
Immer überlebe ich dich.

Jungfern-Glück

Niemand schwatze mir vom Lieben und von Hochzeitsmachen vor,
Cypripors Gesang und Liedern weyh ich weder Mund noch Ohr.
Ich erwehl zu meiner Lust eine Cutt- und Nonnen-Mütze,
Da ich mich in Einsamkeit wieder manches lästern schütze.
Ich will lieber Sauer-Kraut und die ungeschmeltzten Rüben
In dem Kloster vor das Fleisch in dem Ehstands-Hause lieben.
Mein Vergnügen sey das Chor, wo ich sing und beten tuhe,
Denn dasselbe wirkt und schafft mir die wahre Seelen-Ruhe.
Will mir den gefaßten Schluß weder Mann noch Jüngling glauben,
Immerhin, es wird die Zeit euch doch diesen Zweifel rauben.
Geht nur hin, und sucht mit Fleiß Amors Pfeile, Amors Waffen,
Und geberdet euch darbey als wie die verliebten Affen!
Dorten stund in einem Carmen auf den Herrn von Obernütz:
Kriegt das schöne Jungfern-Röckgen einen Flecken, Ritz und Schlitz,
So muß auch der Jungfern Glück und die edle Freyheit weichen,

Und dargegen sucht die Angst sich gar eilend
einzuschleichen.
Dieser Vers hat recht gesagt, Jungfern können kühnlich
lachen;
Dahingegen manches Weib sich muß Angst und Sorge
machen.
Kriegt die Noth durch Gegen-Mittel eine Lindrung und
ein Loch,
Ey, so währt es doch nicht lange, und man schauet
immer noch
Eben so viel Bitterkeit als in Erfurt Mannes Krausen,
Leid und Trübsal, Gram und Pein will die armen Weiber
zausen.
Kriegt ein Weib von ihrem Mann manchen Tag ein
Dutzend Mäulgen,
Ey! so sagt, was folgt darauf? Über gar ein kleines
Weilgen
Brennt des Mannes Zorn wie Feuer, und er schwöret
beym Parnaß:
Frau! ich werde dich noch prügeln, oder stecke dich ins
Faß.
Dieser Weiber Noth und Pein will ich mich bey Zeit
entschlagen,
Denn so darf kein Herzens-Wurm jemahls meine Seele
nagen.
Drum so sag ich noch einmahl; Gute Nacht, du Scherz
und Küssen,
Ich will deine Eitelkeit bis in meine Gruft vermissen.

Am Turme

Ich steh auf hohem Balkone am Turm,
Umstrichen vom schreienden Stare,
Und laß gleich einer Mänade den Sturm
Mir wühlen im flatternden Haare;
O wilder Geselle, o toller Fant,
Ich möchte dich kräftig umschlingen,
Und, Sehne an Sehne, zwei Schritte vom Rand
Auf Tod und Leben dann ringen!

Und drunten seh ich am Strand, so frisch
Wie spielende Doggen, die Wellen
Sich tummeln rings mit Geklaff und Gezisch
Und glänzende Flocken schnellen.
Oh, springen möcht' ich hinein alsbald,
Recht in die tobende Meute,
Und jagen durch den korallenen Wald
Das Wallroß, die lustige Beute!

Und drüben seh ich ein Wimpel wehn
So keck wie eine Standarte,
Seh' auf und nieder den Kiel sich drehn
Von meiner luftigen Warte;
Oh, sitzen möcht' ich im kämpfenden Schiff,
Das Steuerruder ergreifen,
Und zischend über das brandende Riff
Wie eine Seemöwe streifen.

Wär' ich ein Jäger auf freier Flur,
Ein Stück nur von einem Soldaten,

Wär' ich ein Mann doch mindestens nur,
So würde der Himmel mir raten;
Nun muß ich sitzen so fein und klar,
Gleich einem artigen Kinde,
Und darf nur heimlich lösen mein Haar
Und lassen es flattern im Winde!

EMILY DICKINSON

Der göttliche Titel – ist mein!
Frau – ohne das Zeichen!
Augenblickswürde – mir verliehn –
Kaiserin von Golgatha!
Königlich – ganz bis auf die Krone!
Anverlobt – ohne die Ohnmacht
Die Gott uns Frauen sendet –
Wenn du – Granat an Granat – hältst –
Gold – an Gold –
Geboren – vermählt – verhüllt –
An einem Tag –
Dreifacher Sieg
»Mein Mann« – Frauen sagen –
Streicheln die Melodie –
Ist *dies* – der Weg?

Eva an Gott

Ich wußte
als erste
einer Münze
oben und unten
sind Kopf und Adler

Ich wußte
als erste
Licht und Dunkelheit
sind beide
von Dir erschaffen

Ich wußte
als erste
zu gehorchen
und nicht zu gehorchen
ist ein und dasselbe

Ich berührte
als erste
den Baum
der Erkenntnis
ich biß als erste
in den leuchtenden Apfel
ja, das war ich

Ich begriff
als erste
unter Lachen

und Weinen
kann aus Deinem Antlitz
das Gesicht des Kindes
geschnitten werden

Ich begriff
als erste
herrlich ist es
gut im Laster
und verderbt in Reinheit
zu leben

Ich zerbrach
als erste
das Goldgeschmeide
nur so
aus Spaß
Denn
es gefiel mir nicht
Marionette
Deiner Hand
zu sein, während er
der arme Adam war

Ich stiftete
die erste
Unruhe
auf Deiner Erde
jawohl, das war ich

Ich schuf
als erste
Himmel und Hölle

als ich die Wand
zwischen Scham und Blöße
mit dem Feigenblatt
errichtete

Ich war
die erste
die mit Spiel und Schmerz
Deine Puppe aus eigenem
Fleisch formen konnte
ich: la femme fatale
Mein Geliebter
mein Sklave
ich war
die erste
die erfuhr
was es bedeutet
vom Himmel
verbannt zu sein

Ich erlebte es
als erste
wie ein Mensch zu leben
und das Leben zu lieben
mehr als den Himmel

Song für Ischtar

Der Mond ist 'ne Sau
und grunzt in meiner Kehle
Ihr großes Scheinen scheint durch mich hindurch
daß der Matsch in meiner Höhlung schimmert
und aufbricht in silbernen Blasen

Sie ist 'ne Sau
und ich bin ein Ferkel und 'ne Dichterin

Wenn sie ihre weißen Lippen
aufreißt mich zu verschlingen
beiß ich zurück
und Gelächter schüttelt den Mond

Im Dunkel des Begehrens
schaukeln wir grunzen grunzen und
glänzen.

Die Göttin geht unbekümmert weiter

Außerordentliche Wehren gegen mich!
Ich werfe dich ins Leben. Ich zwinge dich zum Licht.
Ich lasse dich vom Licht zerfressen.
All das schöne Futter, das du malmst und malmst
Kannst nicht widerstehen, mit triefender Zunge
Läßt du den Sabber mit dem Saft des Entzückens
vermischen
Daß er von Gier zu Gier verspritzt, unersättlich,
Hat an dir gezehrt wie es dich nährte, und an der Wurzel
Deiner fressenden Freßlust sitzt der Wurm des
Schmerzes
Wartet in Knochenmanns Vorzimmer
Um sich in Instrumente einzuwühlen
Die mehr und mehr Vergnügen fordern – Organe,
Drüsen, Fibern.
Meine Folterkammern erwarten jene die mir
widerstreben
Gleichwie auch jene die sich mir ergeben.
Allein der Zufall kann vor meinem Rechen schützen
Und selbst das unverständ'ge Rad ist noch mein Werk.
Nach meiner Logik sollte Fakt auf Fakten folgen
Allein »So ist es« klingt durch mein Reich.

Ein Mahlwerk für nichts als Verschwendung, sagt ihr.
Doch wo habt ihr je Pfirsiche gesehen und
Dämmerungen wie die meinen?

Vor mir Pfanne und Topf und loderndes Feuer

Immer
seit alter Zeit
hatten wir Frauen sie vor uns:

eine Pfanne von jener Größe
daß unsere Kraft ausreichte damit zu hantieren
einen geeigneten Topf um darin
den Reis weißglänzend aufquellen zu lassen
So vor dem von Anbeginn ererbten Feuer
saßen unsere Mütter und Großmütter und wieder deren
Mütter.

Welches Quantum
Liebe und Aufrichtigkeit mögen diese Frauen
in die Gefäße gegeben haben?
Bald waren es rote Karotten
bald schwarzer Kombu-Tang
oder zerhackter Fisch.

Pünktlich
bereiteten sie in der Küche die Speisen
für Morgen Mittag und Abend
Vor der Zubereitung jedoch saßen sie
die warmen Schöße und Arme aneinandergedrängt
mit der oder jener anderen zusammen.

Ah wären diese anderen nicht gewesen
um bei ihnen zu sitzen

wie hätten die Frauen das Einerlei vor Pfannen und
Töpfen
so fröhlich auf sich genommen?
Ein Dienen, das nie nachlassende Zuneigung
unvermerkt ins Alltägliche verwandelte.

Seltsam: wie sich dabei die Küchenarbeit verteilte
Auch daß sie Frauenpflicht war
hielt niemand für ein Unglück.
Mag sein daß wir daher ein wenig zurück sind
in puncto Wissen und gesellschaftlicher Stellung

aber zu spät ist es nicht
Denn was wir da vor uns haben:
Pfanne und Topf und loderndes Feuer –

vor diesen vertrauten liebwerten Gefäßen
gedenk ich mit dem gleichen Eifer
mit dem ich ein Gericht aus Kartoffeln und Fleisch
bereite
Politik und Wirtschaft und Literatur zu studieren.

Und nicht aus Ehrgeiz oder Stolz
Nein
um das alles den Menschen darzureichen
um damit für den Gegenstand meiner Liebe zu sorgen.

Frauenfunk

Eines Tages sprech ich im Rundfunk
Gegen Morgen wenn niemand mehr zuhört
Meine gewissen Rezepte

Gießt Milch ins Telefon
Laßt Katzen hecken
In der Geschirrspülmaschine
Zerstampft die Uhren im Waschtrog
Tretet aus euren Schuhen

Würzt den Pfirsich mit Paprika
Und das Beinfleisch mit Honig

Lehrt eure Kinder das Füchsinneneinmaleins
Dreht die Blätter im Garten auf ihre Silberseite
Beredet euch mit dem Kauz

Wenn es Sommer wird zieht euren Pelz an
Trefft die aus den Bergen kommen
Die Dudelsackpfeifer
Tretet aus euren Schuhen

Seid nicht so sicher
Daß es Abend wird
Nicht so sicher
Daß Gott euch liebt.

Frauenbildnis

Sie hat auswählbar zu sein.
Sich zu verändern, damit sich ja nichts verändert.
Das ist sehr leicht, unmöglich, schwer, es lohnt den
Versuch.
Ihre Augen sind, wenn es sein muß, mal blau, mal grau,
dann schwarz, lustig, grundlos mit Tränen gefüllt.
Sie schläft mit ihm wie die erstbeste, die einzige auf der
Welt.
Sie wird ihm vier Kinder gebären, keine Kinder, eins.
Naiv, doch sie rät am besten.
Schwach, aber sie erträgt es.
Fehlt ihr ein Kopf auf dem Nacken, dann besorgt sie
sich einen.
Ihre Lektüre sind Jaspers und Frauenjournale.
Sie weiß nicht, wozu dieses Schräubchen gut ist, aber sie
baut eine Brücke.
Jung, wie üblich jung, noch immer jung.
Sie hält einen Spatz mit gebrochenem Flügel in Händen,
eigenes Geld für die weite und lange Reise,
das Hackmesser, die Kompressen, ein Gläschen Klaren.
Wo rennt sie so hin, ist sie nicht müde?
Doch nein, ein wenig, ziemlich, es macht nichts.
Entweder sie liebt ihn oder sie trotzt.
Zum Gut, zum Ungut, zum Gotterbarm.

Die Straße, der Fluß

Im Schutz ihres Hauses, in der stillsten Kammer,
inmitten ihrer liebsten Nippes,
fühlt sie plötzlich die Straße sich öffnen,
den Fluß fließen.

Im Gespräch mit den Freunden,
bevor die Antwort auf eine einfache Frage bei ihr
ankommt
und das schon erhobene Löffelchen die Lippen erreicht,
weiß sie, daß die Straße sich öffnen kann
und der Fluß fließen.

Bei stiller Lektüre, abends, wird
die Furche zwischen Zeile und Zeile, die die Augen
durchlaufen,
oder der Augenblick beim Umwenden der Seite
zur Straße die sich öffnet
zum reißenden Fluß.

Wer rettet sie, wenn augenscheinlich nichts sich
verändert hat?
Wer hält sie wiederum fest auf dem unsichtbaren Rand?
Sie war hier – und nun entfernt sie sich auf der Straße,
wird mitgerissen vom Fluß.

RENATE RASP

Suffragetten
rissen uns ein neues Fenster auf,
und ein frischer Wind
wehte mit den Blättern
in die guten Stuben,
wirbelte den Staub von Büchern,
Sonne schien in Ecken,
die im Dunkeln lagen,
wo ein blasser Schatten
sich erhebt,
eine Frau aufsteht
und das Fenster zumacht.

ANNA CASCELLA

Du bist eingeschlossen.
Im Haus des Vaters
für immer.
Sie lassen dir
rotgesäumte Zimmer
und Betten
aus duftendem Kiefernholz
für deine sonnigen Glieder.
Du Blume im Glashaus
mein
Schneewittchen im Rüschchenkleid

sie richten dir Zimmer
aus Glas und du
sinnst, mit ihnen verschworen,
auf deinen Schein-
tod.

URSULA KRECHEL

Alle Leichtigkeit fort

Alle Leichtigkeit fort
Schnee pappt grau an den Sohlen
du liebtest eine Zwergin.
Die wuchs.

MERET OPPENHEIM

Welch schöne Frau
Nachtwandlerin
Mit ihrem Fächer
Der als Fächer dient
Angelehnt an den Stamm des Herkules.

Die gemalte Madonna spricht

Was tat er mir? Ich weiß nicht mehr, wer ich bin.
Ein dichter Nebel umlagerte meinen Sinn.
Was träufelte langsam in mein Hirn und Herz?
Es tat nicht weh und war doch wie tiefer Schmerz.
Einst war ich ein Mädchen und schritt durch Sonne und Sturm,
Nun bin ich in Linien und Farben gebannt wie in Ketten und Turm.

Was tat er mir? Hat er all mein Menschsein verzehrt?
Ich sitze gekrönt auf Wolken und lächle verklärt.
Die Menschen blicken anbetend verzückt zu mir hin.
Mir aber ist arm und trotzig und traurig zu Sinn.

Wie schön war eignes Schreiten in wehender Luft.
Er hat mich begraben in seines Traumes Gruft.
Nun bin ich erstarrt in meinen Farben und meinem Glanz.
Und draußen wirbelt jauchzend des Lebens Tanz.

MAŁGORZATA HILLAR

Gebet

Mutter Gottes mit der Papierkrone
Bewohnerin der kalten Kirche
Königin der silbernen Stille
Schutzheilige unserer Küsse
Du Flucht vor neugierigen Blicken
Du Gönnerin der Worte weich wie Narzissen
Du Zeugin des allerschönsten Schwures

Täglich komme ich zu dir
obwohl ich weiß
du wirst die Sehnsucht nicht lindern
du wirst die Trennung nicht mindern

Was weißt du von Liebe
blau und gipsern
die du sogar deinen Sohn
unwirklich empfangen

Verfall der Werte

I

In den Schatten des Wartesaals
sind andere Schatten
geschlagene
ältere Frauen oder
greise Stadtstreicherinnen
das hängt von deinem Standpunkt ab

aber
alles hängt davon ab

ehemalige Mütter ehemalige Ehefrauen
ehemalige Bürgerinnen in achtbaren
Positionen
aber
das hängt davon ab und
das hängt davon ab

nun bloßgestellt, unfähig und ungewaschen
ein langsames und kraftloses Schleppen durch die Stadt
Krampfadern
Geschwollene Venen
während die Arterien
verhärten
vertrocknen
verkümmern
verschließen
das hängt davon ab und das hängt davon ab

II

Sie wird Grand Central Station verlassen
und
das hängt davon ab
zwei Stunden in St. Patricks verbringen

wenn die Wachen dort
wenn die Polizei die grummelnde Dauer ignoriert
die eine
hungrige Frau
braucht um zu beten

aber hier
flüstert sie
mit ihrem alternden Freund
ein Ausreißer in blauem Anzug
zum Betteln der
ihr ein Stück
Süßigkeit oder eine Apfelsine oder einen Apfel versprach
falls
sie sich morgen treffen
falls die Bullen sie nicht einzeln jagen
umherziehend unter dünnem
grauen Haar

III

Inzwischen
kommen Bullen schnell

knüppeln auf die Eichenbänke
BANG
BOP
»RAUS MIT EUCH« brüllen sie

die Ladies Fauen Schwestern sterbensalt und alle
die ehemaligen Ehefrauen und Mütter
schlurfen leise
fort
mit Einkaufstaschen aus Papier

fast leer
und ein junger Mann
kommt, um mir
eine Frage zu stellen:
»Sagen Sie mal, ehrlich,
wie fühlt man sich, wenn man so schön ist?«

Und ich blicke ihn an
ein wenig alarmiert
ein wenig amüsiert
bevor ich sage:

»Das alles hängt zu sehr
von Ihnen ab.«

MAGDA SZÉKELY

Das Antlitz

Jenseits der Dreißig macht sich das Antlitz
auf und davon ohne Halt.
Unkorrigierbar gezeichnet von Zügen
der Güte, der rohen Gewalt.

Selbst die vollkommen gelungene Verstellung
ändert und wendet da nichts.
Wie Alkohol frißt die blasphemische Haltung
an der Struktur des Gesichts.

Jede ins Leere gegangene Empfindung
durchdringt und schneidet die Haut.
Stürzt der Charakter ins Nichts, so gibt das
Fleisch noch zeichenhaft Laut.

Es meißelt und lockert, kerbt und vergrößert
die Spalten, die Ritzen, den Riß.
Unrat schlägt durch, erobert die Dämme,
schon des Gesichtes gewiß.

Die veruntreuten Züge liegen verwildert
unter schmarotzer Pracht.
Jenseits der Dreißig entzieht sich das Antlitz
jedem Zugriff der Macht.

HANNELIES TASCHAU

Die Vierzigjährige

Das will sie nun nicht mehr
und wieder zieht sie etwas aus
wahrscheinlich ein Kettenhemd

Will sie nicht oder kann sie nicht
altern
kommt daher mit dunkelroten Fersen

unter goldener Hose
läßt keinen Einfall aus
So tritt sie an und überbietet die
Töchter

Sie lebt vor sie zeigt Auswege
mit dem Leben lebendig fertig zu
werden bedeute auch Abwehr
Indolenz Mittelmaß
und nicht übermäßig vor allem nicht
zusammenhängend zu leiden

Das mußte sie alles selber herausfinden
Das hat sie in die Breite gesprengt

Sie kann nicht viel aber das Wenige
macht sie – sich steigernd – auf der
Stelle

neben ihr ein fettsüchtiger Schatz
gerade beginnt es ihm besser zu gehen
die Füße in Sandalen mit Fußbett

So hätte es bleiben können für seinen
Lebensrest
er hätte seine Vierzigjährige auch
gerne weiter bewirtschaftet

Sie sei so schamlos geworden
Längst werde nicht mehr gekocht
Manchmal sehe er sie an ihr Gesicht
schleife sich ab und er denke: Bloß
weg

Oft sei sie einfach nicht da
Sie kenne mehr Lösungswörter
als er und die Sternkreiszeichen und
wisse auch was über das Heilfasten

Und sie – endlich ist es draußen –
kann ihn nicht mehr riechen

Anstatt endlich das Theaterstück zu
schreiben wie die Henley die Norman oder
die Hellman
bin ich befaßt mit einer Vierzigjährigen
hoffnungslos was ich sehe

JUDITH HERZBERG

Grau-Skala

Das erste fand ich kurios. Ich schickte es nach London,
wo mein Geliebter es im Brief, in den es eingefaltet war,
nicht sah, und gleich darauf lags auf dem Boden,
wo keiner es mehr finden konnte. Have one of mine,
bot eine ältere Dame an, aber
mein Haar war da für ihn noch unersetzlich.

Das zweite wurde vom Friseur entdeckt.
Soll ich es lassen oder möchten die Dame,
daß ichs auszupfe.
»Dame« fand ich komisch,

raus damit, sagte ich, aber ich wußte
sofort, daß dies, weltgeschichtlich, falsch war
und beschloß, beim dritten, sollte es je
kommen, reifer mich zu zeigen.

Das dritte kam. Ich hatte es nicht erwartet.
Ich habe ihm noch roten Glanz gegeben,
doch J. fand das nicht schön und er
mußte es wissen, war er selbst doch grade
fast tot gewesen, so daß ich, ja,
beim vierten und beim fünften,
da glaubte ich daran.

Jetzt hab ich hundert, und das verschafft
Zutritt. Zu Köpfen, die genau so weiß
und nicht-weiß sind wie meiner, zu Falten,
die jetzt noch beinah ganz verschwinden können.
Verwandt sind mir die Zwischendrin-Gesichter,
die, manchmal ganz verdorrt, längst alles wissen,
sich aber manchmal noch, Illusionisten,
faltenlos aufhellen. Les absents ont tort.
Gefärbte haben was verpaßt.

Frau mit Korsett

Deine Taille sackt Richtung Knie
deine Brüste legen sich nieder in Luft
ihre Nippel so ungerührt
wie warmer Seestern
Du stehst in deiner elastischen Hülle
gibst den neugeborenen nicht
und noch nicht den altgeborenen Kreislauf auf
Du bewegst dich, rollst das Kleidungsstück hinunter
hinter diese rosa Haken und Ösen
während dein Bauch, weich wie Pudding,
in den leeren Raum schwappt
hinunter, über die sorgfältigen chirurgischen
Markierungen
hinunter über Hüften, diese Kopfpolster
und Mundpolster
eine langsame Bewegung wie eine rollende Stecknadel
über krauses Haar, dieses erstaunliche Feld,
das deine Schöpferkraft vor deinen Kunden versteckt
über Schenkel, dick wie Ferkel
über Knie wie Würste
über Waden poliert wie Leder
hinunter zu den Füßen
Du machst einen Augenblick Pause
verknotest deine Knöchel
Nun erst steigst du auf
eine Stadt aus der See
geboren, lange vor Alexandria,
Du kommst geraden Wegs von Gott
in deine erlöste Haut.

Lebensmittel

Im Lebensmittelladen am Broadway
wartet eine Frau
am Fenster
täglich und geduldig
auf das Kommen und Gehen von Käufern
alt gestempelt
wie Brot von gestern
ihre ruhelosen erfahrenen Augen
wiegen Ängste wie Grapefruit
prüfen die Reife.

Früher im Laden
war sie eher
wohl versorgt als reich
eher schwarz als weiß
eher korrekt als freundlich
eher gehetzt als allein
all ihre Fähigkeiten prägten sie
wie einen behutsam gekneteten Laib
der aufgeht und zurückgehalten wird
arbeitet und zärtlich stimmt
hinter unergründlichen Augen.

Früher war sie die ganze
Summe ihres Wissens
man verließ sich darauf, von ihr versorgt zu werden
früher war sie eher
jemand anderes Mutter als meine

nun wiegt sie Gesichter
wie sie einst Grapefruit wog.

Sie wartet
zählt ihr Wechselgeld nicht
Ihre einsamen Augen schätzen
alle die in den Laden kommen
sind sie neu
sind sie alt
genug
können sie einander kaufen?

MARGARET ATWOOD

Eine Frauenfrage

Die Frau mit dem Dornenverschluß
um die Taille und zwischen
den Beinen, mit Löchern darin wie ein Teesieb,
ist Exponat A.

Die Frau in Schwarz mit einem Schleierfenster
für die Augen und mit einem vier Zoll langen
Pflock – zwischen ihre Beine gerammt,
damit niemand sie vergewaltigt –
ist Exponat B.

Exponat C ist das junge Mädchen,
das von weisen Frauen ins Gebüsch gezerrt wurde

und singen muß, während sie ihr das Fleisch zwischen
den Beinen ausschaben, dann ihre Schenkel verschnüren,
bis sie völlig verschorft ist und als geheilt gilt.
Jetzt kann sie geheiratet werden.
Bei jeder Entbindung wird sie auf-
geschnitten und wieder zugenäht.
Männer mögen enggebaute Frauen.
Die sterben, werden sorgfältig bestattet.

Das nächste Exponat liegt flach auf dem Rücken,
während jede Nacht achtzig Männer
in sie einfahren, zehn in der Stunde.
Sie starrt an die Decke, hört,
wie die Tür aufgeht und zugeht.
Eine Glocke läutet ununterbrochen.
Niemand weiß, wie sie hierhergekommen ist.

Sie werden bemerken: was allen gemeinsam ist,
befindet sich zwischen den Beinen.
Werden darum Kriege geführt?
Feindliches Territorium, Niemands-
land, das man heimlich besetzt,
umzäunt, aber nie sicherer Besitz,
Schauplatz der verzweifelten Raubzüge
um Mitternacht, der Eroberungen
und klebrigen Morde; Ärzte mit blutverschmierten
Gummihandschuhen, fühllos gemachtes Fleisch,
der Stromstoß eurer verunsicherten Macht.

Dies ist kein Museum.
Wer hat das Wort *Liebe* erfunden?

Muster

Vor meinem ersten Kommen wird *er* kommen.

Der Wurm der im trockenen Gras kriecht hat keinen
Sinn
Es hätte auch naß sein können – oder auch nicht sein
können

Ganz gleich ob in der Zeitschrift die geschlossen auf
dem Stuhl liegt jemandes Gedicht ist;
Ganz gleich ob einem beim Teetrinken das Wetter
einfällt oder der Sonntag oder der Freitag
(Daß die Straßenbahn nicht verkehrt ist schließlich
bekannt)

Wie viele Striche die Kinder an der Wand gezogen
haben – sie sind nicht zu zählen
Keine *Sārangī* ist da, kein Reh ist da, kein Papierdrachen
ist da
Eine Wand ist da – daran sind Striche (eine Krähe flog
gerade
Eben über die Wäsche die an der Leine hängt)

Ein Baum ist da; seine Borke löst sich Tag für Tag mehr
Morgen wird jemand kommen auf seinen glatten Teil
seinen Namen schreiben und gehen
Warum sucht jemand in jemandes Augen nach
Einverständnis . . .
(Eine Bettrolle ist da die genauso faltenlos liegenbleiben
wird)

Auf den Aufsatz »Mein Heim« hab ich eine Rasierklinge
gelegt
Und bin gerade hinausgegangen
Das Schloß fehlt der Tür nur das Schloß
Weder hat sich ihre Farbe verflüchtigt, noch ist sie alt
geworden, noch ist der geschnitzte *Ganesh* zerstört
Eine Tür ist da, ein Aufsatz ist da, eine Klinge ist da;
ist da
(Jemand ist von drinnen nach draußen gegangen um
hereinzukommen)

SIMONETTA BUONACCINI

Porträt

Der Schwarze da im Trauerkleid sieh nur wird sehr
beleibt
Im Aufruhr der Gefühle ein sonderlicher Lord
Des Vaters Geist bedrängt dich daß nur Ekel bleibt
Tagtäglich Hamlet mahnt der Tote dich zum Mord

Der schönen Mutter Handeln verdient den Tadel nicht
Ihr Neider sollt euch schämen! Da fehlt es an Verstand
Dem Engel nachzufolgen wär längst des Toten Pflicht
Als nachzustelln der falschen Schönen die deine Gunst
einst fand

Die junge Ophelia schluchzt unter der Weide
Doch zu ertrinken ist sie nicht gewillt

Die blonde Natter ach mit Augen trüb vom Leide
Die ihr Gemüt als seis ein Taschentuch zerknüllt

Der Herr am linken Ufer schwelgt in Monologen
Und auf dem rechten irr das Mädchen singt
Als guter Sohn und Däne wohlerzogen
Das letzte Hamlet tu wozu des Narren Wesen zwingt

Das wäre schön wenn eines Nachts die Leichen
Träfen im Flußbett sich und trieben brüderlich
Er schwarz sie weiß ihr Wahn er mußte weichen
Jetzt rede und liebkose nur nach Herzenslust denk ich

Im Fluß schweigt der Schlangen Zischeln
Im Fluß bist du frei aller Zwänge
Im Fluß starb das kalte Sticheln
Im Fluß lebtest auf du wenn's dir gelänge

GERTRUD KOLMAR

Die Fahrende

Alle Eisenbahnen dampfen in meine Hände,
Alle großen Häfen schaukeln Schiffe für mich,
Alle Wanderstraßen stürzen fort ins Gelände,
Nehmen Abschied hier; denn am andern Ende,
Fröhlich sie zu grüßen, lächelnd stehe ich.

Könnt ich einen Zipfel dieser Welt erst packen,
Fänd ich auch die drei andern, knotete das Tuch,

Hängt es auf einen Stecken, trügs an meinem Nacken,
Drin die Erdenkugel mit geröteten Backen,
Mit den braunen Kernen und Kalvillgeruch.

Schwere eherne Gitter rasseln fern meinen Namen,
Meine Schritte bespitzelt lauernd ein buckliges Haus;
Weit verirrte Bilder kehren rück in den Rahmen,
Und des Blinden Sehnsucht und die Wünsche des
Lahmen
Schöpft mein Reisebecher, trinke ich durstig aus.

Nackte, kämpfende Arme pflüg ich durch tiefe Seen,
In mein leuchtendes Auge zieh ich den Himmel ein.
Irgendwann wird es Zeit, still am Weiser zu stehen,
Schmalen Vorrat zu sichten, zögernd heimzugehen,
Nichts als Sand in den Schuhen Kommender zu sein.

DACIA MARAINI

Meine Frauen

...
Nimm einmal das Gesicht deines Freundes
zwischen die Hände ohne vor der Kühnheit zu zittern,
bieg ihm den Kopf mit Zärtlichkeit nach einer Seite und,
indem du ein wenig ihn in die obere Lippe beißt, küß
ihn.
Es scheint ganz einfach zu sein, doch es ist leichter,
daß ein Kamel durch ein Nadelöhr gehe,

als daß eine Frau stark genug wäre,
sie selbst zu sein in ihrem Fleisch und in ihren
Gedanken.
Mit dem Hauch deiner Lippen sag ihm: Wie bist du
schön!
Und nimm ihn bei der Hand und sag zu ihm: Du
gefällst mir,
und nun küß ich dich wieder und wieder zu meiner
Freude und meiner Lust.

Und du, die du Jungfrau bist und dich in deine
Jungfräulichkeit hüllst
wie in eine angeberische, welke Trikolore –
die du diese »schöne Blüte« wie einen Schatz bewahrt
hast
zwischen deinen geliebten Röcken Jahr um Jahr mit
Ausdauer
und Geduld, ab und zu schließt du dich ein im Bad,
allein wie ein Fisch im seifigen Wasser der Wanne,
und betrachtest dein strahlendes Juwel mit Augen
voll eifersüchtiger Gier. Dein Vater mag klopfen, deine
Mutter
mag klopfen, deine Einsamkeit ist so vollkommen, daß
deine Ohren zu Marmor geworden sind und deine
Freude
zu schauen ist so ganz eingeringelt in sich,
daß dein Schoß durchsichtig geworden ist.

Die New Yorker

Vor dem Bankhaus
nach sechs Uhr abends
treffen sich die Stadtstreicher

...

Schau die alte Frau an,
die an der Ecke 57th Street und 8th Avenue sitzt
und Bleistifte verkauft.
Ich weiß nicht, wo sie die Nacht verbringt
dort sitzt sie Sommer wie Winter
im Schnee oder Regen summt
irgendein Kirchenlied der Weißen
sie muß über 250 Pfund wiegen
Das Fleisch an ihren Beinen ist ausgeleiert
wie ein Paar zu kleiner Strümpfe
auf einem zu großen Gestell
jenseits jeder Möglichkeit zu passen
hat es Risse und Löcher
in verschiedenen Purpurschattierungen an ihren Beinen
Alles mögliche Zeugs quillt dort heraus
trocknet und rinnt nach.
Aber es riecht nie
weder bittet sie dich einen Bleistift zu kaufen
noch werden ihre Augen
deine Gesundheit verfluchen.
Es ist wirklich leicht, an ihr vorbei zu gehen
anders als der Mann der

vor Tiffany steht, hält sie ihre Bleistifte
in Kniehöhe du greifst zu oder nicht
das hängt von deinem Schreibbedarf ab

. . .

Uptown auf der 125th Street gibt es eine alte blinde
schwarze Frau
sie hockt nur bei gutem
Wetter und in guten Kleidern draußen
Ihr Haus ist wahrscheinlich makellos
so wie die Südstaatenladies ihr Haus gehalten wünschen
und ihre Perücke sitzt immer gerade
Du hast was für mich, rief sie
Was willst du, fragte ich
Wie heißt du? Ich kenne deine Familie
Nein, tust du nicht, sagte ich lachend Du weißt gar
nichts von mir
Du bist doch diese Eitalienische Dichterin? Ich kenne
deine Stimme. Ich habe dich im Fernsehen gesehen.
Ich schaute ihr von nah in die Augen
Hast du nicht, sonst wüßtest du, daß ich schwarz bin.
Laß mich dein Haar befühlen wenn du schwarz
bist neige den Kopf
Das tat ich und das tat sie
Du hast was für mich, lachte sie
Du hast mein Haar befühlt das bringt Glück
Glück ist Geld, Kindchen sagte sie
Glück ist Geld

Gesang afrikanischer Schulmädchen

Stampft, stampft, stampft, Mädchen,
Stampft das goldene Korn,
Nahrung macht die Sehnen stark und festigt euren Zorn –
Und wie ihr stampft das goldene Korn,
Den Stößel in der Hand,
So stampft ihr dereinst Kampf und Streit aus Afrikanerland.

Putzt, putzt, putzt, Mädchen,
Putzt den Silberfisch,
Werft die Schimmerschuppen fort und legt ihn auf den Tisch –
Denn kleine Afrikanermädchen,
Die ihr seid, ihr Puppen,
Sollen dereinst Afrika befrein von seinen Schuppen.

Brennt, brennt, brennt, Mädchen,
Brennt den süßen Wein,
Jeder Mutter Lieblingssohn wird fühlen eure Pein –
Und wenn in fernen Zeiten dann
Andere Völker gären,
Wird eure Glut in Afrika die Schlacken selbst verzehren.

Mahlt, mahlt, mahlt, Mädchen,
Mahlt den Pfeffer rot,
Denn viele starke Negerjungen fordern Pfefferbrot –
Ihr lieben Hände, spendet Trost
Und bleibt dem Mühlstein treu,
Wenn dereinst in der Lebensmühle Afrika wird neu!

Das Leben der Frauen in den »Homelands«

Sie wacht jeden Morgen auf
von dem Bohrgeräusch der Holzkäfer
oder aufgeschreckt von falschem Alarm:
Die Asche im Herd ist kalt
und erinnert sie
an die tagtägliche Speisekarte:
ein Abendessen, das niemanden satt macht.
Fremder, weißt Du eigentlich noch,
wie ein hungriger Magen knurrt?

Sie wäscht ihr Gesicht
mit ein paar Tropfen Spucke
und küßt die verschlafenen Augen
ihres Kindes wach.
Kannst Du Dir vorstellen, Fremder,
wie ein Körper brennen kann,
wenn es kein Wasser gibt zum Waschen?

Sie macht ihre Verrichtungen,
als wäre sie gar nicht zuhaus,
sie fühlt sich ausgedorrt wie
eine leere Flasche, leergeweint
und mit trocknem Mund.
Überall wird sie von Vorschriften
eingeengt, Tag für Tag bleibt sie
an den Herd und die Kinder gekettet,
sie starrt auf ein Land, das
von der Dürre ausgezehrt
und wie zerrissen ist –

. . .

Sie ersetzen dem dürren Land
die Männer, sie verbrennen ihre Fußsohlen
auf den glühendheißen Feldern.
Manchmal beginnen ihre Augen zu leuchten,
doch am Ende war es nur eine Fata Morgana,
ein Sonnenstich oder eine Hungervision,
die ihnen die Sinne geraubt hat.

. . .

ein Land, in dem die Ahnen
einmal Feste gefeiert,
miteinander gestritten und
Schlachten gewonnen haben.
Doch die konnten das kommende
Unheil nicht abwehren.

. . .

Und die Frauen werden
ihr Land zurückfordern,
das weite, ferne Land
mit seinen Felsen
und seinem Reichtum
für Frau und Mann . . .
Und sie werden von den Schätzen
der Erde all das bergen, was ihnen gehört,
und werden sie reichen
von Hand zu Hand,
von Mann zu Frau,
von Kind zu Kind.

Sie werden leicht sein
wie Seifenblasen,
und alle Menschen
werden einander die Hände
reichen, so wie die Palmen
ihre Zweige einander
entgegenstrecken.

GÜLTEN AKIN

Lied der Frauen

Fort hieß es für die Seele, Verbannung steht vor der Tür
Wieder steht Verbannung vor der Tür
Ich packte die Bücher, kleidete die Kinder
Auf nun, machen wir uns gen Schnee von Dranaz auf
den Weg
Wohin es uns verschlägt, Not und Armut leidet das Volk
Jeden Frühling, jeden Sommer in der Fremde
Dann gibt es die Rückkehr zum Heimatort, doch
Weder kennen wir unsere Heimat noch unsere Fremde
Wenn wir den Krokus auf den Almen von Ardahan
Die Narzisse in Sinop
Und in Van die gelbe Rose pflückten
Von Kumluca her kommt der Orangenduft
Durcheinander brachten wir, wo die Heimat ist, welche
die Fremde
Solche Fremdlinge kennt die Welt nicht

Fort hieß es für die Seele, Verbannung steht vor der Tür
Deine Pflanzen werden, wenn du fort bist
Bei Wind sich beugend, geschützt unter Sonnenschein
wachsen
Das Gesetz will es, die Saat wird hochschießen
Der Säugling wird sprechen, der Kraftlose Kräfte
sammeln
Der Nebel wird sich lichten auf dem Gipfel von
Isfendiyar

Gruß dem, der vor uns hier vorbeiging
Gruß dem Freund, dem Edlen, dem Leidenden
Gruß dem mit Stehvermögen, dem Zusammen-
brechenden
Mein Herz ist fest, meine Tränen besagen nichts

Fort hieß es für die Seele, Verbannung steht vor der Tür
Fragt uns nicht nach Land und Heimat.

CARMEN COLÓN PELLOT

Die neidische Mulattin

Ich beneide dich,
weiße Wolke.
Du liebst in den Armen des Windes.
Du mischt dich nur
mit den männlichen Bäumen
der hohen Berge,
die dich als keusch und schön bedichten.

Für mich singt niemand.
Mich versklaven die Vorschriften,
die christlichen Gesetze.

Dir lacht der Himmel.
Der große Raum hegt dich und pflegt dich.
Du gibst dich der Sonne hin
nach deinem Belieben
wollüstig und haltlos
zwischen glühenden Küssen
und Zärtlichkeiten schillernden Lichts.

Mein braunes Lächeln sucht niemand.
Obgleich ich Saft in meinen Bechern habe,
sprudelnd und warm.

Deine Farbe ist Schnee.
Mein Erbteil ist Bräune.
Während ich mich mit Schlamm bespritze,
wiegst du dich in Morgenrot,
steigst, die Pfützen verachtend,
über die Welten hin.
In ruhigen Nächten
zwinkern dir Glühwürmchen zu.

Du schwebst kokett dahin
und gehst zum Tanz
mit einem ganz anderen
als deine Liebe verlangt.

Wenn ich dich so frei sehe,
wenn ich mich so versklavt sehe,
kommt kalte Trauer über mich
und ich bin so neidisch auf dich,
weiße Wolke.

Die Schwangere

Langsam setzt sie ihre Schritte, feierlich,
mit allen Schmerzen schwanger dieser Welt.
Als einzige im Donner ringsumher
hat sie in sich hineingehorcht,
in jenes Wunder, das da zittert.
Ein Fäustchen hämmert,
die finstre Enge zu durchschlagen,
zur Sonne einen Weg zu bahnen.
Sie durchschreitet die Ruinen
und die Lichtungen, vom Tod gehauen.
Und alles widerhallt in ihrem Herzen.
Jeder Riß der Erde tut ihr weh.
Die Fetzen dieser Welt
sammelt sie in den gewölbten Schoß,
unversehrt und neu sie nachzuschaffen.
Weise setzt sie ihre Schritte, sorgenvoll,
behütend wie in bruchgesichertem Gefäß
der Zukunft zerbrechliches Lachen.
Und vor sich her trägt sie den Erdenball.

Menschenmutter

Besser, du hättest den schwarzen Winter geboren als
mich, o meine Mutter,
den Bären im Bau, die Schlange im Nest.
Besser, du hättest den Stein geküßt als mein Antlitz, o
meine Mutter,
hätte ein Wild mich gesäugt mit dem Euter, besser wär's,
denn ein Weib.

Und hättest du einen Vogel geboren, o meine Mutter, so
wärest du Mutter,
und, glücklich, unter dem Flügel würdest ein Vöglein du
wärmen.
Hättest du einen Baum geboren, aufleben tät er im
Frühling,
erblühn von deinem Liede die Linde, grünen das Schilf.

Ein Lamm tät dir zu Füßen sich schmiegen, wärst einem
Lämmchen du Mutter,
schmeicheltest du und weintest, möcht dich das Rind
selbst, das sanfte, verstehn.
So aber stehst du allein und teilst mit den Gräbern dein
Schweigen.
Schwer ist's Mutter zu sein, wenn Messer und Mensch
sich verbrüdern.

An Vittoria Colonna

»Euch kleidet unsere Zeit mit Ruhm und Ehre,
Herrin und neue Göttin, anmutsvoll und weise.
Verehrend neigt sich Jeder Eurem Preise,
der würdig steht im Lichte der Geschichte.

Ewig wird sein hier unten das Gedächtnis
des schönen Namens. Sollte sich vermessen
die Zeit, ihn zu verdecken mit Vergessen:
Ihr werdet sie besiegen, Ihr, Vittoria.

Ein Tempel heilig, edel wird erstehen
wie für Apoll und Pallas Euch zur Feier
aus weißem Marmor und im Schmuck von Golde.

Ihr allen Adels Zierde, ach, ich wollte,
es könnte so Euch preisen meine Leier,
wie Liebe und Verehrung Euch umgeben.«

Der Droste würde ich gern Wasser reichen

Der Droste würde ich gern Wasser reichen
in alte Spiegel mit ihr sehen, Vögel
nennen, wir richten unsre Brillen
auf Felder und Holunderbüsche, gehen
glucksend übers Moor, der Kiebitz balzt
Ach, würde ich sagen, Ihr Lewin –
schnaubt nicht schon ein Pferd?

Die Locke etwas leichter – und wir laufen
den Kiesweg, ich die Spätgeborne
hätte mit Skandalen aufgewartet – am Spinett
das kostbar in der Halle steht
spielen wir vierhändig Reiterlieder oder
das Verbotene von Villon
Der Mond geht auf – wir sind allein

Der Gärtner zeigt uns Angelwerfen
bis Lewin in seiner Kutsche ankommt
der schenkt uns Zeitungsfahnen, Schnäpse
gießen wir in unsre Kehlen, lesen
Beide lieben wir den Kühnen, seine Augen
sind wie grüne Schattenteiche, wir verstehen
uns jetzt gründlich auf das Handwerk FISCHEN

Patronin der Schwestern, Antigone

Der Schwestern Patronin, Antigone,
oft träum ich, ich stürze hinaus und seh
meinen toten Bruder dort liegen im Schnee.

In der Ferne hört man den Schritt verhallen
des andren Bruders, durch den er gefallen.
Hinterhalt, Dunkel, Gewehrschüsse knallen.

Dürre Wegweiserhände drüben am Baum;
vor dem Toten knie ich verzweifelt im Traum;
und ein Raunen: Laß ab, du erlöst ihn wohl kaum.

Ich halte ihn weinend am Herzen schon,
denn ich liebe ihn und den anderen Sohn,
ihn, der in wilder Panik entflohn!

Er wird im Schneesturm den Tod erleiden,
wie soll ich ihn speisen, womit ihn kleiden?
Patronin der Schwestern, wie soll ich entscheiden?

Du, die des Bruders Leib voll Wunden
entrissest den Wölfen, Vampiren und Hunden,
der Verfolgten Patronin, sei uns verbunden!

Verwirf meinen Traum nicht, es ist nun genug,
der Letzte sei's, der den Bruder erschlug,
der Letzte, den eine Mutter trug!

Nimm hin mein Leben als Lösegeld,
du, heilige Asche auf heiligem Feld,
unsre Schwester aus dem Dunkel der Welt!

ELISABETH LANGGÄSSER

Die traurige Frau in der Untergrundbahn

O wie versunken die Augen,
Hände, sie litten so sehr
unter den tödlichen Laugen,
Schwester, das Leben ist schwer.

Niederwärts brausen die Gleise,
doch wenn die Sonne uns ließ,
donnert nur dunkler die Weise:
Schwester, das Leben ist süß!

DAGMAR NICK

An eine diffamierte Dame

Freundin, mein schuppiges Luder,
wer wollte sich nicht an dir messen,
Erkenntnisträchtige,
bäuchlings einen Biß mit dir tauschen
und Giftbäume plündern,
um zu wissen, wo Gott wohnt!

Du hast die Erde bevölkert, Schöne,
und man hat dich verflucht,
eingefangen als Corpus delicti,

Erfindung der Erbsünder. Lache,
mein schuppiges Luder,
und räche dich an den Lechzenden,
fahre den Heuchlern ans Bein,
schlage ihnen ein Schnippchen, den Kerlen
aus Adams Geschlecht.

ADRIENNE RICH

Upper Broadway

Die Blattknospe sprießt
dem kalten Licht des Luftschachtes entgegen   das ist
Vertrauen
diese blasse Ausdehnung eines Tages
an dem du aufblickst   und weißt   etwas
verändert sich
Winter hat sich gewendet   obwohl der Wind kälter ist
Drei Straßen weiter   stürzt ein Dach ein   auf
Menschen
die dachten sie hätten noch Zeit   unvordenklich Zeit

Ich habe so viele Worte geschrieben
denn ich wollte in dir leben
dir von Nutzen sein

Jetzt muß ich für mich schreiben   für diese blinde
Frau, die mit ihrem Stab aus Gedanken   über das
Pflaster scharrt

diese weise Frau die sich in Pantoffeln auf vereisten
Straßen vorantastet
in vergitterte Abfallkörbe greift Weggeworfenes
herauszieht unendlich Kostbares

Ich betrachte meine Hände und sehe sie sind noch
unfertig
Ich betrachte die Rebe und sehe wie sich die
Blattknospe
ins Leben tastet

Ich betrachte mein Gesicht im Spiegel und sehe
eine halbgeborene Frau

Nachruf

Das männliche Geschlechte, im Namen einiger Frauenzimmer besungen

Du Weltgepriesenes Geschlechte,
Du in dich selbst verliebte Schaar,
Prahlst allzusehr mit deinem Rechte,
Das Adams erster Vorzug war.
Doch soll ich deinen Werth besingen,
Der dir auch wirklich zugehört;
So wird mein Lied ganz anders klingen,
Als das, womit man dich verehrt.

Ihr rühmt das günstige Geschicke,
Das euch zu ganzen Menschen macht;
Und wißt in einem Augenblicke
Worauf wir nimmermehr gedacht.
Allein; wenn wir euch recht betrachten,
So seyd ihr schwächer als ein Weib.
Ihr müßt oft unsre Klugheit pachten,
Noch weiter als zum Zeitvertreib.

Kommt her, und tretet vor den Spiegel:
Und sprechet selbst, wie seht ihr aus?
Der Bär, der Löwe, Luchs, und Igel
Sieht bey euch überall heraus.
Vergebt, ich muß die Namen nennen,
Wodurch man eure Sitten zeigt.
Ihr mögt euch selber wohl nicht kennen,
Weil man von euren Fehlern schweigt.

...

Die, welche sich nur selbst erheben,
Die gerne groß und vornehm sind,
Nach allen Ehrenämtern streben,
Da doch den Kopf nichts füllt als Wind:
Die keine Wissenschaften kennen,
Und dringen sich in Würden ein,
Die kann man wohl mit Namen nennen,
Daß sie der Thorheit Kinder seyn.

Die Männer müssen doch gestehen,
Daß sie wie wir, auch Menschen sind.
Daß sie auch auf zwey Beinen gehen;
Und daß sich manche Schwachheit findt.
Sie trinken, schlafen, essen, wachen.
Nur dieses ist der Unterscheid,
Sie bleiben Herr in allen Sachen,
Und was wir thun, heißt Schuldigkeit.

Der Mann muß seine Frau ernähren,
Die Kinder, und das Hausgesind.
Er dient der Welt mit weisen Lehren,
So, wie sie vorgeschrieben sind.
Das Weib darf seinen Witz nicht zeigen:
Die Vorsicht hat es ausgedacht,
Es soll in der Gemeine schweigen,
Sonst würdet ihr oft ausgelacht.

Ihr klugen Männer schweigt nur stille:
Endecket unsre Fehler nicht.
Denn es ist selbst nicht unser Wille,
Daß euch die Schwachheit wiederspricht.
Trag eines nur des andern Mängel,
So habt ihr schon genug gethan,
Denn Menschen sind fürwahr nicht Engel,
An denen man nichts tadeln kann.

Der Kluge und der Dumme

Die Klugen enttäuschen bloß. Beschränkt ist ihre
Gescheitheit.
So grenzenlos wie die Sternennacht ist ihr
Wesensmangel.
Mein Dummer schweigt zu allem, wie Blumen
schweigen, die duften,
Hager ist er wie ein Hirsch, sein Auge lächelt das
Leben.

Nur schweigende Lippen können mit der Berührung
reden ...
Die Klugen – sie fallen meistens durch beim
Liebesexamen.
Verletzen mit Worten roh das Erbgeheimnis der Liebe,
Zitieren Angelesenes, zeigen verdorbene Zähne.

Mein Dummer ist unbelesen, – seufzt er – dann seufzt
der Frühling,
Blitzt er mit Zähnen – dann hüpfen Lichter über die
Wände.
Noch ist vom Geist nicht verhirnt das süße goldne
Gewebe
Der Plastik aus Sandelholz, die keinen Bergson gelesen.

Ich halte den Flußleib fest, den Baumstamm, die Last
der Früchte.
Mit holder Laune schmiegt die Natur mich in runde
Arme.

Und küsse ich seine Haut, als Rehlamm unter der
Hirschkuh,
Dann kehr' ich zur Wahrheit zurück nach dummen
Gesprächen mit Weisen.

Der Kluge wird lesend kahl. Das Haar gibt ihm
niemand wieder.
Er hinkt vom ignorabimus, bucklig, zum ignoramus.
Gleich nebenan grünt ein Pfad. Dort trabt zu Pferde der
Dumme
Und wie ein gleiches mit gleichem spielt sein Haar mit
der Sonne.

Gelb, wie Verewigte sind, und raschelnd mit
Bücherseiten,
Zerbrochen unter Problemen hüstelt hilflos der Kluge –
Vor Liebe stöhnt mein Dummer – es antworten ihm die
Katzen,
Die Sterne huschen wie Vögel über den Himmel,
viele …

GWENDOLYN BROOKS

Schwarzer Held

Ich mußte ihnen ihr Gesetz in die Zähne kicken um sie
zu retten.
Immerhin habe ich gehört, daß man zuweilen
Abscheulich umgehn muß mit Ertrinkenden um sie ans
Ufer zu kriegen.

Sonst zerren sie sich und dich in den Dreck und hinab
zu den Fischen.
(Deshalb mach ich mir nichts aus ein paar
eingeschlagenen Zähnen.)

Schon recht, ich machte ihnen Ehre und gab ihrem
Namen Glanz.
Andernfalls wären die eisernen Nägel bereit gewesen.
Aber sprechen wir lieber von meinem Erfolg und den
Bildern in den Tageszeitungen der Weißen
Wie in den Wochenzeitungen der Schwarzen. Denn ich
bin ein Juwel.
(Es kümmert sie nicht, daß es kaum DER FEIND war
gegen den ich focht,
Sondern sie.)

Es war eine große Zeit. Und natürlich kochte mir
Das Blut im Kopf und preßte und heulte und sang mich
vorwärts.
Natürlich juckte mein Bubengelüst mich hin ans
Gewehr.
Natürlich türmten sich die heiklen Übungsschüsse
meiner Kindheit in dicken Bildern vor mir auf.
Natürlich war ich ein Kind.
Und der erste Schluck vom Rauschtrank des
Schlachtfelds,
Blut und dicke Luft und Tod und Dämonengetöse,
Machte mich wild.

Doch ich war gütiger. Trotzdem. Und zeigte meine
Güte wie ein Banner.
Ich liebte. Und ein Mann beschützt was er
liebt.

Ihre weißgekleidete Demokratie war meine
Dame.
Sie trug ihr Messer kalt und aufrecht im Polster des
lieblich wallenden Ärmels.
Aber weil ihr teurer Mund lächelte und ein Versprechen
stotterte,
Spielte ich mit meinem Leben.
Ich schlug zurück! – Ich wollte nicht nur
An das Messer denken.

Doch: Bin ich gut genug, für sie zu sterben, ist mein
Blut zum Vergießen hell genug?
War stets meine Gegenfrage. Sind sie sich klar
Darüber? Oder bin ich auch jetzt noch lästig?
Bin ich sauber genug zu töten für sie, wollen sie denn
daß ich töte
Für sie oder ist mein Platz wenn der Tod sich die
Lippen leckt und auf sie zuschreitet
Noch immer in der Galeere?

(In einer Stadt im Süden sagte ein weißer Mann
Tatsächlich, ich wäre lieber tot,
Ich hätte lieber 'ne Kugel im Kopf,
Will lieber versaufen in stürmischer Flut
als gerettet sein durch eines Negers Blut.)

Natürlich, wichtig ist nur, ich half sie zu retten, sie und
einen Teil ihrer Demokratie.
Auch wenn ich ihnen ihr Gesetz in die Zähne kicken
mußte um das für sie zu tun.
Und ich fühle mich wohl und zufrieden, denn ich glaube
es war eine gute Sache.
Trotz der grausigen Möglichkeit, daß sie mehr

Auf ihr Messer und die Erhaltung ihrer kranken
Vorrechte geben
Als auf die Fortdauer ihres Glaubens
Und auf ihr Leben.

AMRITA PRITAM

Ödipus

Diesseits der Zeile liegt meine Sünde
Jenseits der Zeile liegt meine Strafe

Der Geruch meiner Mutter Milch war
reine Unschuld – dachte ich
doch als Brustkind verbrannte ich meine Lippen

was immer ich sagte
mit dem ersten Murmeln meiner Lippen
ist heute eine Lüge geworden

in dunkelster Nacht
war mir allein der Mutterschoß
nun ist die Finsternis geschmolzen

die schwarze Schlange – das Tageslicht
hat mir ins Fleisch gebissen
und Gift verteilt sich über meine Glieder

in der Fremdheit meiner Augen suche ich
nach meinem eigenen, vertrauten Blick –
ein Blick der sich schämt vor sich selbst

ein Blick, der zu träumen fürchtet
ein Blick, der nicht zu träumen fürchtet
kann mir ins Gesicht nicht mehr sehen

vielleicht muß ich mein Leben lang
in fremde Körper meine Hände tauchen
Liebe suchend, die ich zuerst gekannt

in erlaubtem und verbotenem Fleisch
werde ich die Süße der Liebe finden
und den scharfen Geschmack dieser Liebe

warum muß dieser Fluch an mir hängen?

Diesseits der Zeile liegt meine Sünde
Jenseits der Zeile liegt meine Strafe

ILSE AICHINGER

Nachruf

Gib mir den Mantel, Martin,
aber geh erst vom Sattel
und laß dein Schwert, wo es ist,
gib mir den ganzen.

CHRISTA REINIG

Die Prüfung des Lächlers

für meine mutter,
die dem lächler das haupt gehalten hat.

als ihm die luft wegblieb, hat er gelächelt
da hat sein feind ihm kühlung zugefächelt
er lächelte, als er zu eis gefror
der feind rückt ihm die bank ans ofenrohr

er lächelte auch, als man ihn bespuckte
und als er brei aus kuhmist schluckte
er lächelte, als man ihn fester schnürte
und er am hals die klinge spürte

doch als man ihm nach einem wuchtigen tritt
die lippen rundum von den zähnen schnitt
sah man ihn an, erst ratlos, dann erstarrt
wie er im lächeln unentwegt verharrt

PATRICIA LASOEN

Der Souvenirladen von Lukas

Seine Jugend verlief träge
in einem trübseligen Dorf.
Eine rohe Wippe auf dem Hof,
eine hinkende Ziege

waren seine Freude
und leisteten ihm Gesellschaft.
Die Häuser im Dorf
hatten ein Strohdach und
Lehmwände – die Hühner
liefen rein und raus.
Die Mutter schimpfte,
der Vater schlug, der
Bruder war im Irrenhaus.

Als eines Tages
– er war fast erwachsen –
seine Eltern nach einer schlaflosen Nacht
die Ziege geschlachtet hatten
und das Haus verließen,
blieb er trotzig zurück.

(Es war kein fröhliches Irrenhaus
mit Männern, die Napoleon
spielen oder Pflegerinnen belästigen,
gackernd wie Hühner)
Es gab ungewöhnlich viele
Irre im Dorf,
so daß die Lehrerin
ihre Schule in eine passendere
Anstalt verändert hatte.

Der Junge bestaunte
im Gang an die Wand gedrückt
die Männer, die in Gruppen
vorbeigingen mit bösen Gesichtern,
oft zerbissen manche ihre Zunge,
andre waren zahnlos und lachten
einfältig, die trüben Augen weit aufgerissen.

Zuweilen wurden die Männer
mit der Peitsche geschlagen,
manchmal aber packten sie
die Kinder des weiblichen Personals
und vergewaltigten sie der Reihe nach.

Der Junge, wir wollen ihn
Lukas nennen,
eröffnete Jahre später
einen Souvenirladen
am Rand seines Dorfes
und wurde ziemlich wohlhabend.

SYLVIA PLATH

Papi

Du reichst nicht zu, du reichst nicht zu,
Nicht mehr länger, du schwarzer Schuh,
In dem ich gelebt habe wie ein Fuß,
Dreißig Jahre lang, arm und weiß,
Ohne Atmen und Niesen, Puh!

Papi, ich mußte dich töten.
Du starbst, bevor ich soweit war –
Marmorschwer, ein Sack voller Gott,
Scheußliches Denkmal, und ein grauer Zeh,
Groß wie ein Friscoseehund,

Und ein Kopf im unsteten Atlantik;
Bohnengrün wogt ins Blau ohne Ruh
In den Wassern vor dem schönen Nauset. –
Ich betete um deine Wiederkehr immerzu.
Ach, du.

In der deutschen Sprache, in der polnischen Stadt,
Plattgedrückt von der Walze
Der Kriege, Kriege, Kriege.
Doch der Name der Stadt ist häufig.
Meine polackischen Freunde

Sagen, es gibt ein zwei Dutzend, und
So konnt ich nie sagen, wo du
Deine Stiefel trugst, deine Wurzeln schlugst;
Ich stand vor dir angewurzelt im Grund:
Mir klebte die Zunge im Mund

In einer Stacheldrahtfalle voll Blut.
Ich, ich, ich, ich,
Ich fand niemals ein Wort an dich.
Ich dachte, jeder Deutsche seist du,
Und die Sprache obszön,

Ein ratterndes Knattern, ein Zug,
Der mich forttrug, als wär ich ein Jud.
Ein Jud nach Dachau, Auschwitz, Belsen.
Ich fing zu reden an wie ein Jud.
Ich denke, ich bin vielleicht ein Jud.

Schnee in Tirol, helles Bier in Wien,
Die sind nicht sehr rein und gut.
Mit meiner Großmutter Zigeunerin

Und mit meinen Tarockkarten glaub ich, ich bin
Vielleicht auch ein wenig ein Jud.

Meine Angst vor dir war stets absolut:
Dein Schnurrbart, und was deine *Luftwaffe* tut,
Und deine Rednergesten,
Und dein arisches Auge voll blauer Glut,
*Panzer*mann, *Panzer*mann, Tunichtgut!

Nicht Gott, du, nein, ein Hakenkreuz,
So schwarz, daß kein Himmel dahinter blaut.
Jede Frau liebt einen Faschisten,
Im Gesicht den Stiefel, und den, der sie haut,
Und das Herzverhau eines wie du, der das tut.

Du stehst an der Tafel, Papi,
Auf dem Bild, vor dem ich dich ruf:
Gespalten nur dein Kinn, nicht dein Huf.
Doch deshalb nicht minder ein Teufel; nein,
Nur ein Teufel, mit Stiefeln beschuht.

Du Schwarzer Mann trankst mein Herzensblut.
Man begrub dich, da war ich zehn. – Doch nie ruht
Der Teufel: Mit Zwanzig sucht ich den Tod,
Zurückkehren wollt ich in deine Hut;
Ich dachte, sogar noch die Knochen wär'n gut.

Doch sie holten mich raus aus dem Sack
Und leimten mich wiederum zu.
Seither weiß ich, was ich jetzt tu:
Ich mach ein Modell, das bist du,
Ein Mann in Schwarz mit *Meinkampf*gesicht,

Der die Folter liebt und das Blut.
Und ich sagte, ja, gut, ja, gut.
Nun, Papi, mit uns ist es endgültig aus.
Das schwarze Telefon, das riß ich heraus,
Daß die Stimme auf ewig jetzt ruht.

Wenn ich einen erschlug, schlug ich zwei im Nu –
Den Vampir der gesagt hat er war du;
Und ein Jahr lang trank er mein Blut,
Sieben Jahre, daß du es nur weißt:
Papi, bleib liegen, du bist ein Geist.

Dein schwarzes Herz durchbohrt jetzt ein Pfahl,
Und im Dorf die fanden dich niemals gut.
Sie tanzen und stampfen auf dir, du Graus.
Daß es immerzu *du* warst, das haben sie raus.
Papi, Papi, du Dreckstück, zwischen uns ist es aus.

AMELIA ROSSELLI

Das gewalttätige Geschlecht fiel wie ein Gegenstand (gebleichter Marmorbruch) (gekurvte Tonamphore) und ganz verborgen in Eiform, als ob es der Hagel zum Sturm wäre, den Einsamen an im Zimmer. Nicht genießend noch wissend, von illustren Vorbildern oder Illustrationen der Unschuld schlangenhaft beeinflußt, schwitzte er Eiter für den Frieden und für die Seele. Nicht wissend noch genießend, aber wissend und mit Geschäftssinn wie das Segelschiff gegen Fledermausfelsen gerammt, fiel er plötzlich aus der Höhe der Strenge und des Tanzes, vom Sol Fa Mi Do eines weiteren Tages: Nicht wissend noch genießend, als Soldat verkleidet, nach Luft schnappend und alles riskierend, durch Schweinekoben wühlend, so bediente sich seiner als Form und Objekt das Geschlecht.

MIRA ALEČKOVIĆ

Der Vater

Ein Mann blieb stehn in einem niedergebrannten Dorf,
an der Schwelle eines Hauses, weitab von den Seinen.
Hob ein Kinderhäubchen auf aus einer leeren Wiege –
ohne Kind,
(vielleicht war es fort mit den Geflüchteten, vielleicht
kehrt's auch nimmer wieder,
verdächtige dunkle Flecken waren neben der Wiege zu
sehen ...)
Eines fremden Kindes Häubchen hielt der Mann in der
Hand,
mit rauhem Finger strich er darüber hin,
legte dann das zarte Spitzengebilde auf das Kissen
zurück
und wußte nicht, wohin einen Schritt des Erinnerns zu
tun.
Still weinte der Mann über der Wiege eines fremden
Kindes ...
Wer aber weint morgen über der ungeheuren Wiege,
deren Schatten bereits sich abzuzeichnen beginnt?

Beschreibung eines Geliebten

Ein Fremdling unterm Weidenbaum, nur mir vertraut.
Dürstendes Tier, immer zitternd vor Unruh und Stärke.
Träume – wandelnd durch sein schwarzes Blut –
wissen nichts von seinem Hirn;
nur sein Gefühl ahnt manchmal eine Treppe bis zum
Mond.
Ausgesetzt jener Liebe, die die Einsamen haben:
das Herz sich zu durchbohren
und aufzufädeln auf ein Haar,
das die Geliebte in der Leidenschaft verlor.
Und immer hungernd nach dem bitteren Geschmack
von gelben Blumen, verloren vor der Zeit.
Verirrte Bilder hinterm Lid . . .
Und manchesmal schreckt er sich süß vor einem Wort,
das andere ihm sagen, weil er darinnen spürt,
wie alles ihn vertreibt.
Dann tastet er nach einem Weidenbaum,
nur mehr vertraut der Trauer. Nicht mehr mir.

Die Bist-du-schon-gekommen-Sager der westlichen Welt

Wenn er zu dir sagt:
Du siehst so schön aus,
du riechst so gut,
wie hab ich dich vermißt –
und bist du schon gekommen?

Dann bedeutet das nichts,
und er ist kleiner
als ein Mäusefurz.

Hör nicht auf ihn . . .
Geh an den Pier von Annaghadown
mit der Angel deines Vaters.

Warte nicht unbedingt
auf den größten;
oft sind die größten
am Ende die kleinsten.

Bring sie alle nach Haus,
aber nicht zusammen.
Einen nach dem anderen ist der Trick;
vermeide Bücklinge und Skandal.

Vielleicht könntest du zwei nehmen
am kürzesten Tag des Jahres.
Zeit ist hier die Betrügerin,
nicht du; also keine Furcht.

Viele werden nach dem üblichen Köder schnappen:
Sie werden ihren schlüpfrigen Weg reden
durch feine Kleider und teure Parfums
und nach deiner Freiheit fischen.

Das sind
die Bist-du-schon-gekommen-Sager der westlichen Welt,
die Federn- und Flossensträuber.
Schade um sie, sie haben keine Weisheit.

Andere beißen in jeden Köder.
Made, Strumpfhalter oder toter Wurm.
Wirf sie den Haien vor.

Mit der Zeit wird einer herauskriechen
von unter dem Schenkelland.
Obwohl er ertrinkt, wird er sagen:

»Frau, ich habe Angst, warum zittert das Haus?«

Und du wirst wissen, er ist es.

MASCHA KALÉKO

»Alte Flamme« bei Lichte besehen ...

Das also ist der Abgott, der vor Jahren
Mein Herz bewohnte einen Sommer lang!
– Und dies die Augen, dies der Stimme Klang,

Die meinem Leben Licht und Kompaß waren ...
Man denke, einen ganzen Sommer lang!

Gebrochne Herzen waren aus der Mode.
Doch ich, ein völlig unmodernes Kind,
Ich wartete im Regen und im Wind
Und sehnte einen Herbst lang mich zu Tode.
Erst heute sehe ich: Monsieur, Sie sind
Ein Jammer-Denkmal jener Episode.

... Ist das der Held von damals? Dieser zahme
Herr Doktor, seiner Gattin Untertan?
Verlorner Schlachten müder Veteran:
Ich geh an dir vorbei (du, dessen Name
Mein Herz einst brausen ließ wie ein Orkan!)
Und bleib incognito, »die fremde Dame«.
– So ähnlich endet mehr als ein Roman.

MARJA-LIISA VARTIO

Simson

Auf dem Berge sitze ich, Simson,
auf meinen Schultern der Druck von sieben Locken.

Mit bloßen Händen fällte ich einen Löwen,
tausend Philister erschlug ich mit dem Kiefer eines Esels.

Die Kraft – der Druck der sieben Locken
schwerer als Stein.

Simson – Simson – singt Israel
und windet Kränze für den Schmuck meines Haares.
Sie wissen es nicht: auf dem Berge Simson weint.

Die Sage vom Engel und vom Opferrauch genügt mir
nicht.
Was für einen Sinn, einen Löwen zu erlegen,
wenn die Wüste vom Wüten des Löwen überschwillt,
und wenn ich morgen nicht drei erlege
und nach dem morgigen Tag
nicht dreimal drei Löwen,
wird Israels Mund nicht mehr zu meinem Preise singen.
Heute tanzen sie für den Sieg über tausend Philister,
aber morgen verlangen sie, daß ich dreitausend erschlage.
Obwohl ich die Tore jeder Stadt ins Meer trage,
die Rätsel der Thimniter zum tausendsten Male löse –
fallen die sieben Locken
immer schwerer, wie Keulen, auf meine Schultern.
Aber die Töchter Israels tanzen,
tanzen mir entgegen
als von Thimnat ich zurückgekommen, wo die Philister
ich geschlagen.
Einen Kranz legten sie um mein Haupt
und sangen: Simson – der Held.
Sie wissen nicht: Israels Kranz birgt Leid.
Hier auf dem Berge flechten die Wolken schwarze
Blätter
um mein Haupt.

Doch liebreich widerhallt das Lied,
als die Mädchen mir entgegentanzten
und liebreicher als die andern, wie eine Flöte, wie ein
Wind
Delilas Stimme.

Simson – Simson – klang es aus Delilas
rotem Mund.

Delilas Fußring klang durch Simson hindurch
und ihr Armreif ertönte.

Kraft, Kraft.
Sieben Locken sah ich im Traum um Delilas Füße sich
schlingen
Staub war herabgefallen, hatte grau gemacht den Glanz
des Haares.
Aber in Delilas Schoße schlief Simson wie ein Kind.
Und Delila spielte mit den buschigen Enden der sieben
Locken.

MARRA PL. LANOT

Soldatenlied

Laßt die Hügel und Berge
Sich hinter mir entfernen wie
Die verworrene Vergangenheit eines Dschungels.
Laßt eine Rose wachsen wenn
Ich mein Gewehr niederlege
Dort wo die Wüste zur Küste wird.

Sehnsucht treibt mich
Die Maske der Männlichkeit,
Jegliche männliche Begierde zu töten, wegzuwerfen,

Das Blut, die
In meinem Mund geballte Bitterkeit auszuspeien.
Ich habe das Gesicht
Meiner Mutter, Schwester, Nichte vergessen.
Ich sehe nur Schützengräben
Haß eingraviert in meines Bruders Gesicht,
Seine Augen, zwei Gewehrläufe
Aus denen Kugeln feuern.
Ich habe gelernt, daß Feinde
Vielleicht morgen meine Freunde werden
Und noch heute nacht Freunde meine Feinde.
In diesem Jahr besitze ich vielleicht eine
Schüssel Reis, im kommenden Jahr
Kann ich vielleicht auf Früchte beißen
Oder ein neues Kleid tragen
Oder ein Dach über unserem Kopf haben.
Doch ich denke an Zuhause
Jedesmal wenn ein Kind
Seine Wange an die meine drückt
Sogar wenn ein Fohlen
Geboren wird und Ziegen
Im Stall tanzen.

Laßt die Hügel und Berge
Sich hinter mir entfernen wie
Die verworrene Vergangenheit eines Dschungels.
Laßt eine Rose wachsen wenn
Ich mein Gewehr niederlege
Dort wo die Wüste zur Küste wird.

Zwei versuchen miteinander zu reden

Dieser sagt von Reitern und der vom Fußvolk,
mancher auch von Schiffen: auf schwarzer Erde
seien sie das Schönste; doch ich nenn so, wo-
nach einer sehnt sich.

O wie leicht läßt dies sich verständlich machen
jedermann. Denn sie, überstrahlend vieler
Menschen Schönheit, Helena, ihrem Manne,
einem der besten,

ging sie fort, nach Troja sich einzuschiffen,
nicht des Kindes, auch nicht der lieben Eltern
einmal denkend; nein, es verführte sie, die
nicht widerstand ihr,

Kypris. Haltlos . . . .
. . . . leichtsinnig . . . .
Ich hab Anaktorias mich erinnert,
daß sie nicht hier ist,

sie, und möcht doch ihre geliebten Schritte
und der Anmut Leuchten sehn im Gesicht ihr,
statt der Lyder Wagen und waffenstarres
Fußvolk im Kampfe.

IWA NO HIME

Seit du gegangen,
wurden es lange Tage.
Fliederblatt sind wir:
Darf ich Begegnung suchen?
Muß ich noch warten, warten?

DSI-YÄ

Die Weberin

Kaum daß sie ihn kennen lernte,
Schlugen beider Herzen wie ein Schlag.

Als die Fäden sie entwirrte
An dem Webstuhl, der zerbrach –
Sah sie da noch immer nicht,
Daß das Gewebe ihr mißlang?

Als sie aus der Gunst des Kaisers Tschëng-di durch die Tänzerin Dschau Fe-yän verdrängt worden war:

Der Fächer im Herbst

Neu und zart aus weißer Seide,
Rein wie Schnee und frisches Eis
Ist des Fächers heitre Scheibe,
Wie des Vollmonds klarer Kreis.
Weilet stets dem Herrn zur Seite,
Kühlen Wind ihm fächelnd zu.
Doch es kommt des Herbstes Kühle,
Sommers Hitze geht zur Ruh –
Und der Fächer entgleitet der Hand,
Treue Liebe ihr Ende fand.

NUKADA HIME

Als ihr Gemahl Tenchi Tennô 665 mit dem ganzen Hofstaat von Yamato nach Ootsu am Biwasee umzog:

Abschiedsweh unterwegs

Den Miwaberg,
wo Reiswein mundet –
bis er verschwände,
hinter den grünenden
Bergen von Nara
versteckt im Gebirge,
bis es der Wenden
Weges viele geworden,
wollte ich deutlich
rückwärts ihn suchen, den Berg.
Hat sie kein Gefühl,
die Wolke,
daß sie den Berg mir verhüllt?

ME FE

Verschmähte Perlen

Du sendest Schätze mich zu schmücken!
Den Spiegel hab ich längst nicht angeblickt.
Seit ich entfernt von deinen Blicken,
Weiß ich nicht mehr was ziert und schmückt.

Sechs Gedichte vom Träumen

Seit ich im leichten
Schlummer mir den Ersehnten
ersehen konnte,
fange ich an, den Träumen,
wie man sie nennt, zu trauen.

*

Nach der Regel: Wer von seinem Liebsten träumen will, muß das Nachtkleid umgewendet anziehn:

Wenn übermächtig
das Verlangen mich heimsucht,
wend ich das Gewand
meiner finsteren Nächte
von innen nach außen um.

*

Sehnenden Herzens
eingeschlafen – am Ende
sah ich ihn sogar?
Hätt ich gewußt, es sei Traum,
wäre nicht wieder erwacht.

*

Der unendlichen
Sehnsucht gehorchend will ich
kommen auf des Traums
nächtlichen Pfaden – *die* doch
werden sie mir nicht schmälen.

*

Im wachen Leben
mag es ja wohl so gelten.
Aber noch im Traum
meinen, anderer Blicke
scheuen zu müssen: trostlos!

*

Soviel ich walle,
ohne Ruhe dem Fuße,
nachts im Traum zu dir:
wirklichen Wiedersehens
wiegt es mir nicht einen Blick.

Bin ich selber denn
nicht zu finden? O blindes
Tasten nach der Spur,
seit der Erwartete mich
aus seinem Herzen verlor.

IZUMI SHIKIBU

Vor Verlangen ist,
Liebster, in tausend Stücke
mein Herz zerbrochen.
Aber es ging von allen
auch nicht eines verloren.

DIE HOFDAME ISE

Als die Landleute das dürre Gras auf den Feldern versengten:

Am Ende des Winters

Winterdürres Feld,
wie ich selber. Und Feuer,
wie in meiner Brust:
Bliebe im Brennen mir nur
auch ein Frühlingserwarten!

Der Wildgänse Abschied

Blind für des Frühlings
Nebeldünste entfliegen
wilde Gänse dort:
Sind sie in blütenloser
Heimat zu wohnen gewöhnt?

DSCHUN SCHU-DSCHEN

Abendspaziergang

Der Abendtau macht mich verrückt.
Der Nebel macht mich krank.
Komm, setz zu mir dich auf die Bank –

ein Weilchen nur.
Dann laß uns wandern Hand in Hand
den See entlang,
dort, wo die Lotusblumen blühn.
Die ersten Frühlingsschauer ziehn
schon übers Land.

Und so verrückt hat mich die Zärtlichkeit gemacht,
daß mich auch nicht mehr schreckt, was andre denken.
Ich werf mich an die Brust dir unbedacht,
und alles, was ich hab, möcht ich dir schenken.
Doch wird es Nacht –
und wenn wir auseinandergehn,
wie trüb wird alles sein –
Sitz ich allein
vorm Spiegel – nein!
ich möcht mich nicht drin sehn.

HWANG CHIN-I

In zwei Hälften schneide
ich die Novembernacht,
davon ich eine kleide
in meines Kissens Seide,
klug auf den Mai bedacht.
Kommt der, den ich ersehne,
roll ich sie auf und dehne
die kurze Frühlingsnacht.

PRINZESSIN SHIKISHI

Beim Anblick einer Wolke

Von heimlicher Glut
der Liebe zuletzt verzehrt –
dann ein Rauch – auch *der*
spurlos schwindende Wolke:
oh, des traurigen Endes!

SAFIJJA VON BAHILA

Auf den Tod ihres Bruders

Wir waren gleich zwei Stämmen aus einer Wurzel
Grund,
Schön wachsend, wie nur immer ein Baum auf Auen
stund.
Und als man von uns sagte: »Schon sind sie lange
vereint,
Nun ist ihr Schatten lieblich, und ihre Frucht erscheint!«
Da riß des Schicksals Tücke meinen Einzigen von mir:
Oh, was verschont das Schicksal und läßt es dauern hier!
Wir alle waren Sterne von einer Nacht, und er
Ein Mond, die Nacht erleuchtend; nun leuchtet der
Mond nicht mehr!

Totenklage für ihren Bruder Nimr

Und ich bebte, mit eisigen Fingern, über
dem Stück Briefpapier
Sie lügen ... sie lügen ...
Nein, aber du träumst, du träumst –
Wach doch jetzt auf – dieser Traum ist ja unerträglich!
Und ich richtete meinen Blick auf die sicheren Dinge,
streckte die Hände aus
um die Blätter, den Tisch und das Buch zu berühren

Wach doch jetzt auf – dieser Traum ist ja unerträglich!

Und ich richtete meinen Blick auf das Stück Briefpapier
noch einmal, hier
Und ergriff mit eisigen Fingern
das Stück Briefpapier
O Bruder – Bruder – o Bruder

*

O Nimr, o Freund deiner Schwester, deren Schwinge
gebrochen
O Nimr, du neue Wunde in meinem Herzen
von Wunden zerstochen
So ohne Abschied, o Lieber, du,
lieblicher Prinz –
Kein Kuß auf die Wangen, die frischen, und auf die Stirn
Kein letzter Blick, den wir als Wegzehrung trügen
in die Wildnis der Trennung
O Nimr, o lieber Freund, o du Prinz, wenn es nur

Abschied für ein paar Jahre wäre –
wir würden's ertragen . . .
Aber ein Leben lang
Aber ein Leben lang . . .

CHRISTINE DE PISAN

Rondeau: Verwitwet

Verwitwet, einsam und im schwarzen Kleide,
In Trauer ohne Prunk und ohne Prangen,
In großem Kummer und in Leid verfangen
Trag ich den Schmerz, an dem ich noch verscheide.

Und recht ists, daß ich Lust und Lärmen meide,
Denn Tränen habe ich im Auge hangen,
Verwitwet, einsam und im schwarzen Kleide.

Denn ihn verlor ich, und bin so dem Leide
Und Schmerzen angetraut, die mich durchdrangen.
All meine guten Tage sind vergangen,
Mein Glück ist hingemäht wie das Getreide:
Verwitwet, einsam und im schwarzen Kleide.

MARGUERITE DE NAVARRE

Zehnzeiler

Ich fühlte tief im Herzen schon seit Jahren
Zu Euch der Liebe mächtiges Begehren,
(So schicklich doch und nur mit allen Ehren)
Wie nie ein Herz es durfte so erfahren.
Doch jetzt ist solcher Trost mir widerfahren:
Obwohl ich meiner Neigung sicher bin,
Zeigt Eure klar mir Euern reinen Sinn,
Daß das Gefühl, worauf mein Herze schwört,
Mich drängen will zu solchem Zweifel hin:
Ob diese Liebe Euch, ob mir gehört.

LOUISE LABÉ

Küß nochmals mich, küß wieder, küß mich gut,
Gib einen Kuß mir, süßer als bisher,
Gib einen Kuß, verliebter noch weit mehr;
Vier geb dafür ich, heiß wie Kohlenglut.

O, und du klagst noch? Da – dich aufzufrischen,
Schenk ich dir zehn, süß wie du's nicht gewußt.
Und wie sich unsre Küsse glücklich mischen,
Kosten einander wir nach Herzenslust.

Daraus muß sich ein doppelt Sein ergeben:
Jedes wird in sich und im Freunde leben.
Erlaub mir, Liebe, wenn es toll auch klingt,

Dies Wort zu denken. Denn mir schaffet Leiden
Alleinsein, und ich kann mich nur bescheiden,
Wenn mir ein Ausbruch aus mir selbst gelingt.

CATHARINA REGINA VON GREIFFENBERG

Gegen Amor

Der kleine Wüterich mag mit den Pfeilen spielen
und tändeln, wie er will: er gewinnet mir nichts ab,
weil gegen seine Pfeil ein Demant Herz ich hab.
Er machet mich nicht wund, ich darf nit Schmerzen fühlen.

Er mag mit tausend List auf meine Freyheit zielen.
Ihm ich, dem blinden Kind, ein Zucker-Zeltlein gab:
er meint', es wär mein Herz. O leicht-geteuschter Knab!
Ich will mein Mütlein noch an deiner Einfalt kühlen.

Schau, wie gefällt dir das! trotz, spräng mir diesen Stein
mit deinem goldnen Pfeil. Der Lorbeer soll mich zieren,
nicht deine Dornen-Ros' und Myrten-Sträuchelein.

Du meinst es sey nur Scherz, ich wolle mich vexiren.
Nein! nein! die süße Ruh soll mir das Liebste seyn,
mein dapfers Herz soll nichts als Ruh und Freyheit spüren.

ZEB UN-NISA

Ich und die Kerze, die Nachtigall und der Falter,
wir alle sind gleich:
Gingen gemeinsam zum Friedhof und sind dort
zusammen
zur Nacht ganz verbrannt.
Ja, wir verbrannten, und unser Verbrennen im Dunkel
war keinem bekannt,
Gleich einem Feuerwerk, nutzlos im Scheine des
Vollmonds,
so sind wir verbrannt.

MARCELINE DESBORDES-VALMORE

Schlafe!

Dein Schicksalssturm hat mich ins Knie gebogen,
Und deine Tränen weinte ich mit dir;
Wie hoch du flogst, ich bin dir nachgezogen,
Dein Weheschrei fand Widerhall in mir.

Doch was ist Freundschaft dem, der Liebe fühlt?
Ich habe nichts geheilt und nichts erworben.
Verbrannter Boden, den die Woge kühlt,
Er bleibt verbrannt – so bleibt das Herz gestorben.

Ich liebe noch – o nein! ich bin nicht tot!
Ich gleite vor dir her durch dein Gelände;

Wie erster blasser Schein von Morgenrot
Erwärm ich deine Blicke, deine Hände.

Der Kranke fühlt in seinem Schlummer nicht
Den kühlen Hauch, der seine Leiden wendet,
Den sanften Traum, der Schmerz und Fieber bricht:
Ich bin der Traum, den Gott für dich gesendet.

Wie müder Cherubim, der das Gefunkel
Der goldnen Schwingen fest zusammenrafft,
Verhülle deinen Glanz – und durch das Dunkel
Geleite dich mein Licht und meine Kraft.

ELIZABETH BARRETT BROWNING

Ich trug ein schweres Herz von Jahr zu Jahr,
Bis ich dein Antlitz sah, Geliebter. Mir
Ward Schmerz, wo's anderen natürlich war
Freuden zu tragen, aufgereiht; und ihr

Vom Tanzen rasches Herz hob Perle nach
Perle ins Licht. Zu trostlosem Erleben
Schlug kurze Hoffnung um. Gott war zu schwach,
Mein überladnes Herz hinauszuheben

Über die bange Welt. Bis du mir riefst,
Es zu versenken, wo du dich vertiefst
Zu ruhigem Großsein. Durch die eigne Schwere

Sinkt es in deine Tiefen, die wie Meere
Sich drüber schließen, füllend alle Ferne
Zwischen dem Schicksal und dem Stand der Sterne.

TAHIRA QURRATUL'AIN

Sollte mein Auge je Dich erschaun
   Antlitz um Antlitz, dort und dort,
Künd' ich den Kummer, den ich erlitt,
   Zeile um Zeile, Wort um Wort.
Um Dein Gesicht nur einmal zu sehn,
   weh' ich dahin, dem Morgenwind gleich,
Winkel um Winkel, Haus um Haus,
   Türe um Türe, Port um Port.
Von meinem Auge, sehnsuchterfüllt
   rinnen des Herzbluts Fluten und Flut,
Ströme um Ströme, Meer um Meer,
   Quelle um Quelle, fort und fort.
Für meine Seele zum Gewand
   webte mein trübes Herz Deine Lieb'
Faden um Faden, Garn um Garn,
   Einschlag um Einschlag, Bort um Bort.
Wandt' ich dem eigenen Herzen mich zu,
   fand ich darin nichts als Dein Du –
Seite um Seite, Stück um Stück,
   Schleier um Schleier, Ort um Ort.

Aus meinen Wunden

Aus meinen Wunden
bist du gemacht –
aus meinen schönen Flechten – meinem Grind,
den Krusten meines Schorfs,
den Schuppen, die von meinem Schweif sich schälen,
den Federn aus meinen Schwingen,
den Stümpfen meines Leibs . . .

Du bist der Glanz,
bist das Blühn,
das Wachsen, Flug und Blütenstaub . . .

Von meinen dunklen Malen bist du weiß und leuchtend,
von meinen Schwären wirst du rein,
aus meines Hustens Schleim, aus meinen Narben
erblüht – sieh doch! – der Wiesenplan!

Die Welt hat sich mit meinem Schmerz bekleidet,
gehüllt in meinen Aussatz wie in ein Gewand,
so fest bist du in mein Gebrest hineingefressen,
daß ich dein Antlitz nicht mehr sehen kann.

Sollte ich je genesen,
ich käm zu dir.
Dir – dem Glanz, der du bist,
dem Blühen, Wachsen, Blütenstaub.

Mein Lahmen machte dich zum schnellen Rüden,
dem niemals einzuholenden,

von meinen Tränen nimmst du dir dein Leuchten,
mein Gitter, meine Zügel
geben dir die Freiheit.
Durch mein Zerscherben
bist du heil und ganz.

Du und der Glanz, das Blühn.
Du und all jenes, dem ich diene.

Mein ausgegangenes Haar schmückt eine andre Liebste,
meine ausgefallenen Zähne blitzen weiß in fremdem
Mund.
Und so wird – je länger ich wandre, immer tiefer mein
Staunen
über die Schönheit meiner Wunden –
die ausstrahlt auf alles und jedes.

ELLA YOUNG

Entbietung

Über den wogengemusterten Grund des Meeres,
über den weiten, sonnverbrannten Grat der Welt
heiße ich die Winde dich suchen.
Ich heiße sie dir zurufen
spät und früh
einen Namen, den du einst liebtest;
ich heiße sie dir bringen
Träume und wundersame Einbildungen und Schlaf.

KUJO TAKEKO

Abschied

Für eine Weile nur
wird unser Abschied sein,
vernahm ich und
nickte folgsam. War ein Kind,
war noch so jung.

AMY LOWELL

Frühlings-Tagundnachtgleiche

Der Duft von Hyazinthen, wie ein blasser Nebel,
  liegt zwischen mir und dem Buch.
Und der Südwind, der durch den Raum spült,
  macht die Kerzen beben.
Meine Nerven heften sich auf einen Regenspritzer
  an der Fensterlade,
und das schießende Grün draußen in der Nacht
  ist mir zur Qual.
Was bist du nicht hier, mich hinzureißen mit der Gewalt
  und der Wucht deiner Liebe?

Gib mir ein Wiedersehn auf dieser Welt.
Gib mir ein Wiedersehn im zwanzigsten Jahrhundert.
Das Atmen fällt mir schwer ohne deine Liebe,
gedenke mein, schau dich um, rufe mich!
Gib mir ein Wiedersehn in jener südlichen Stadt,
wo die Winde über die umliegenden Hügel jagten,
wo das Meer uns verzauberte mit seiner siebenfarbigen
Welle,
wo das Herz eine Liebe ohne Antwort nicht kannte.
Gedenke unseres ersten heimlichen Treffens,
als wir zu zweit durch die Vorstadt schlenderten,
an engen Häuschen vorbei, durch schmale Gassen,
wo man uns antwortete mit einem Akzent, der nicht
russisch war.
Die Gegend war ja wirklich arm und kläglich,
aber erinnere dich, daß selbst auf dem Müllhaufen
die Blechdosen und Fläschchen mit diamantnem
Schimmern
von etwas Schönem zu träumen schienen.
Der Pfad schwang sich immer höher über dem Abgrund
hinauf . . .
Gedenkst du des Kusses dort in der Höhe? . . .
Ich weiß nicht das Datum, doch von jenem Tage an
wurdest du mein Licht und meine Luft.

Wenn sich die Jahre doch wieder zurückdrehen wollten
und wir in der Granat-Gasse einander begegneten . . .
Gib mir ein Wiedersehn bei uns auf der Erde,
in deines Herzens verborgener Wärme.

Gehn wir wie einst einander entgegen,
solange wir noch hören,
solange wir noch sehen,
solange wir noch atmen,
und unter Schluchzen
beschwöre ich dich: gib mir ein Wiedersehn!
Gib mir ein Wiedersehn, wenigstens für einen
Augenblick,
auf dem belebten Platz, unter dem Sturm des Herbstes.
Das Atmen fällt mir schwer, ich flehe um Rettung . . .
Wenigstens für meine letzte, für meine letzte Stunde
gib mir ein Wiedersehn bei deinen lichten Augen.

EDNA ST. VINCENT MILLAY

Das Konzert

Nein, nein, ich gehe allein!
Und wenn's aus ist, komm' ich ja wieder!

Doch! ich lieb' dich! Gewiß. –

Nein, es dauert nicht lang –
Warum du nicht mitkommen sollst?
Du bist zu sehr mein Geliebter!
Und du stelltest, wäre mir bang,
dein Ich zwischen mich und die Lieder.

Aber geh' ich allein,
ruhig gewandet und dicht,

stirbt mein Leib ab im Sitz
und über dem Haupt wird ein Licht,
ein Geist, der nun zwiefach mein,
spüren mit eisigem Entzücken
den planvollen Vormarsch und Rückzug
der landlosen Heere –
sie stürmen das namenlose Tor, die schleudern furchtbare Speere
hinab von den Zinnen
der singenden Stadt. –
Kein Weib wartet innen.

Reine Heere, rein von Liebe und Haß,
ziehen in unberührbarem Klang ohn' Enden,
steigen zu Sonnenhöhen empor und senden
goldene Lanzen ins Tal.

Und über den Reihen ein silberner Renner,
der trägt ein Banner, drauf ist gesetzt
Milch und Stahl einer blutlosen Wunde –
geheilt durch das Schwert, das zuerst verletzt –

Nein, du und ich – wir haben nichts mit Musik zu tun.
Uns ist Musik kein silberner Rahmen,
in den wir beide glückselig kamen,
um lächelnd Hand in Hand zu ruhn.

Komm nun, und gib dich drein!
Ich komme ja wieder zu dir vom Sang und vom Lied!
Und ich werde ganz unverändert sein –
nur vielleicht ein bißchen größer,
als da ich schied.

Zwei versuchen miteinander zu reden

Sprich zu mir. Nimm meine Hand. Wie fühlst du dich jetzt?
Ich will dir alles sagen. Ich will nichts verschweigen.
Als ich drei war, ein kleines Kind, las ich von einem Kaninchen,
Das, in der Geschichte, starb, und ich kroch unter den Stuhl:
Ein rosa Kaninchen: es war mein Geburtstag, und eine Kerze
Verbrannte meine Finger, und man sagte mir, ich sei glücklich.

Versuch mich zu verstehn. Ich bin nicht glücklich. Ich will offen sein:
Jetzt denke ich an Segel vor einem Himmel, der wie Musik war,
Wie helles Hörnerblasen, an Vögel und an einen Arm um meine Schultern.
Da war einer, der mich liebte, der leben wollte, – segelnd.

Sprich zu mir. Nimm meine Hand. Wie fühlst du dich jetzt?
Als ich neun war, war ich furchtbar sentimental,
Weinerlich, und meine verwitwete Tante spielte Chopin,
Und ich legte den Kopf auf das bemalte Holz und weinte.
Ich möchte jetzt ganz nahe bei dir sein. Ich möchte
Deine Tage mit den Minuten meiner Tage irgendwie durchflechten.

Ich bin nicht glücklich. Ich will offen sein.
Ich liebte Lampenlicht am Abend und stille Verse.
Ich ängstigte mich. Ich denke manchmal darüber nach,
Weswegen sein Leben so tragisch war.

Nimm meine Hand. Nimm mich in deine Hand. Wie
fühlst du dich jetzt?
Als ich vierzehn war, träumte ich von Selbstmord,
Ich stand am Fenster, bei Sonnenuntergang, sehnte mich
nach Tod:
Hätte das Licht nicht Wolken und Ebene in Schönheit
verschmolzen,
Hätte das Licht nicht jenen Tag verwandelt, ich wäre
gesprungen.
Ich bin unglücklich. Ich bin einsam. Sprich zu mir.

Ich will offen sein. Ich glaube, daß er mich niemals liebte:
Er liebte die hellen Buchten, die Schaumlippen, die
Über den Wellen sind, er liebte das Kreischen der
Möwen:
Er sagte heiter: Ich liebe dich. Versuch mich zu verstehn.

Wie fühlst du dich jetzt? Könnten wir einander
berühren,
Könnten unsre verschiedenen Wesen ineinander
gelangen,
Wie ein chinesisches Rätsel verklammert . . . gestern
Stand ich in einer Straße mit vielen Menschen
Und niemand sagte ein Wort, und der Morgen glänzte.
Alle bewegten sich, ohne ein Wort . . . Sprich zu mir.
Nimm meine Hand.

An den Entfremdeten

Du lebst in der Mondwüste, in Schattenkälte.
Das Minimum ist deine Hülle.
Du hütest deine Wärme. Du rationierst
deine Reserven. Du staffelst: jedem nach Wert.
Was kommt zurück?
                    Sauerstoff?
Rar. Du bemißt ihn. Kostbare Zeit? Du behältst
sie für dich. Verschwendest sie nicht! Warum
auch? Auf einen zwar Lebenden, doch Unnützen?
Paß auf!
          Warte nicht! Bleib nicht zu lang!
Die warme Erde ist deine Nährerin. Dein Heim.
Wo deiner Lunge die Luft süß ist,
dem Gaumen ein saftiger Apfel sich rundet.

Als Astronautin folge ich dir in dein Reich.
Mein für das Mondland geharnischtes Herz
werden hundertfünfzig Grad Wärme,
hundertfünfzig Grad Kälte
nicht lähmen. Stark und lebendig, wie es ist.
Denn im durchpulsten Netz meiner Zellen
beben seit den Kindheitstagen
Willen und ererbte Treue.

Und die damals erfahrne Abhärtung: Freude
treibt durch meine elastischen Adern
wilde Fülle und Ströme des Glücks.
Auch heute, und alle Tage, solange ich lebe.
Laß mich dich wärmen.
                    Verzichte nicht auf mich.

Ausgebrannte Glühbirne

Deine Augen, dein ganzes Gesicht meiden mich.
Drinnen zerbirst das Leben, ausgebrannt,
der glühende Docht hängt abgerissen herab.
Einmal war ich jener Draht
die eingeschlossene Sonne, die die Nacht bleicht.
Jetzt wirfst du mich zu den Scherben
deines verfehlten, vergangenen, vielleicht sogar
sinnlosen Lebens.
So beginnt man zu sterben: in den andern
ein wenig nach jedem Schweigen
und nach jedem frühzeitigen Dunkel. Ohne es zu
wissen.
So wird eine Seele zerstört und ihrer Kraft beraubt.
Jener der zuletzt kommt, auffällig,
und uns den Atem entwindet und fortreißt,
ist nichts weiter als die Null hinter einer Summe
von vielen kleinen, aufgelisteten Toden.

Ehe

Die Frau beschimpft ihn
und er sieht nur so aus dem Fenster.

Einmal war sie
ein schönes stilles Mädchen
schwarzweißes Wachsfräulein
mit feinen Armen, Händchen
die hielten ihn, den Kenner, fest.

Jetzt ist ein eignes Fest in ihren Augen
Erinnerungen von weit her:
        Großmutters Truhen geöffnet.
        Der Himmel
        lag auf den Hügeln vor der Tür.
        Und dahinein das Mädchen
        das einmal Brombeerpflücken ging.
        Und sie war dieses Mädchen.
        Was für ein Glück hätt' können sein
        wenn ein's gewesen wär.
Fort und fort
ein enthauptetes Leben
das wer verschuldet haben soll.

Er weiß von nichts.
So nimmt er's eben an
und seine Augen werden immer kleiner.

Fast Nacht um ihn.
Darin ist ausgestellt

feinsäuberlich der Herd, der Tisch, das Bett
gänzlich vermummt die Frau
und ohne Eingeweide
wie er selbst.

Er schließt die Augen.
In ihren liegen fremde Tränchen eh.

ALTA

Ich hab kein Hasenschwänzchen hinten

ich hab kein Hasenschwänzchen hinten.
ich bin eine Schwester des Blut-Tabus

meine Kehle ist zu eng, um anzuschwellen.
muß sein, weil ich Todesangst habe. Lebensangst.
wie komm ich durch den Tag? Die Nacht?
Draufhaun, Junge! So ist das.

was bedeuten mir schon deine Perversionen?
was kümmert's mich, daß du sadistische Weiber willst in schwarzen Stiefeln,
Zigaretten in deinem Arschloch?
was kümmert's mich?
das ist unser Kind, schlafend in dieser blauen Krippe
wie fühlte es sich an: diese Zigarette auf meiner Nase?
wie fühlte es sich an?
deine Grimasse: ›tut es weh, Baby, tut es weh?‹

wie fühlte es sich an, dein hübsches Lachen zu
verfluchen,
zu beten, Blindheit schlüge deine eisig blauen Augen
wie fühlte es sich an zu fluchen: du sollst dich nie mehr
freuen
ich hasse dich zutiefst

ich schwor, all die verschwendeten Toten, die
eingesperrten Frauen zu rächen
welche Rache könnte Antwort sein unserem Schmerz,
unserer Wut
ich hoffe, ich find es heraus, bevor ich sterbe
in meiner Fotze ist Blut und ich möchte immer dein
Blut sein.
ich hoffe, du blutest fünf Tage jeden Monat, ich hoffe,
deine Kraft fließt durchs Klo ab

du hast Angst vor mir.
du lachst. du verletzt mich.
du läufst Amok, Mann.
unsere Woodoo Puppen sind alle kaputt.

ja ich hasse dich
ja ich will deinen Schwanz

ab.
ja ich will dein Blut und deine Eier vergießen
wie meine monatliche Zahlung in Blut
ja ich will daß du in Scham abwehrst
fürchtend mich zu rufen.
ja ich will dich tot.
als ich verheiratet war, betete ich, eine Witwe zu sein
es gibt immer noch Frauen, sie beten noch immer.

ja ich will, daß du zurückzuckst wenn ich lache
zurückzuckst wenn ich lache
meine Zähne zerreißen dein Herz, wissend deine Liebe
ist vergiftet,
du kannst sie nicht sauber waschen,
ich kenne die Erde und werde dich überleben.
du bist eine sterbende Art, du und deine Penis-Gewehre,
deine freudlosen Ficks, du stirbst,
du stirbst,
der Fluch jeder gottlosen Hexe sei auf deinem Herzen.
ich könnte dich nicht ärger hassen, wären meine
Knochen aus
Haß.

KARIN KIWUS

Im ersten Licht

Wenn wir uns gedankenlos getrunken haben
aus einem langen Sommerabend
in eine kurze heiße Nacht
wenn die Vögel dann früh
davonjagen aus gedämpften Färbungen
in den hellen tönenden frischgespannten Himmel

wenn ich dann über mir in den Lüften
weit und feierlich mich dehne
in den mächtigen Armen meiner Toccata

wenn du dann neben mir im Bett
deinen ausladenden Klangkörper bewegst
dich dumpf aufrichtest und zur Tür gehst

und wenn ich dann im ersten Licht
  deinen fetten Arsch sehe
    deinen Arsch
                                verstehst du
  deinen trüben verstimmten ausgeleierten Arsch
dann weiß ich wieder
  daß ich dich nicht liebe
                                        wirklich
  daß ich dich einfach nicht liebe

HELGA M. NOWAK

Liebe

und die Haare in deinen Achselhöhlen
die schmecken nach Salz und Schweiß
du – mein Geliebter – und bloß du
du brennst in den Spalten
flaches Glitzern läuft deine Arme entlang

ein Pferd versank im Flußsand
die Stuten standen herum und wieherten
betrübte Augen – zuletzt fiel die Nässe
in seine apfelgroßen Nüstern
so lange roch es nach den Pferdeweibern

ich rieche dich und ich will dich
wenn ich dich ansehe bestehst du
aus lauter Sonnen
und du scheinst die sauberste
Anschaffung der Erde zu sein

SIBILLA ALERAMO

Porträt in Rot

Glutrote Wolle hüllt sie ein,
aus der umso tauiger das schmale Gesicht hervortritt
und auf der hohen Stirn
glänzt im Blond
noch stolzer die fliegende Silbersträhne.
Sie schaut sich an, das glühende Weib,
im langen Spiegel am Fuße der Kissen,
in denen sie das Fleisch der Brüste
drückt und den sehnenden Schoß.
Und taufeucht auch entblößt sich
zart eine Schulter
aus der blutroten Wolle.
Spürst du sie, Mann in der Ferne?
Sonnennadeln hat sie in den Augen.
Dich ruft sie, dich sieht sie
mit einem Blick, ihrem Blick, Lichtpfeil,
nach dir dehnt sie sich, glutrot,
im Sommer, in schweres Rot gekleidet der Mittag,
draußen, im weiten Raum, der euch trennt.

Raubtier der Liebe

Ein Raubtier der Liebe hungre ich nach Herzen
von Tauben, Geiern, Rehen, Löwen.
Kein Leckerbissen, der mehr mundet, köstlicher kein
Genuß.
Schon verdorrten mir Krallen und Triebe,
als mir leuchtete, hoch auf seinem Sockel, fast außerhalb
der Erde,
die Statue eines antiken Kaisers.

Verzückt sprang ich empor. Am Steinschaft
kletterte mein Begehren hoch wie dort das Efeu
bis zur Brust, und genährt von Sternenschnee,
verlangte ich das Unmögliche: das Herz. Ernst und
makellos
bewachte der Ruhm das Standbild,
die Stirn im Morgen, die Sohle im Gestern.

Fort währte mein Wunsch, den Sockel umklammernd,
hing er dort blutend über dem Efeu.
Seither quält mich einer Statue Herz –
höchste Beute für meine geschliffene Kralle –
nicht Fleisch, nicht Marmor: Sternkaltes Gemisch,
blutlos, ohne Feuer und ohne zu schlagen . . .

Übermenschlicher Gipfel der Leidenschaft!

LALLA ROMANO

Ein tiefer Klang ist im Blut

Ich wußte es seit deine Hände
die meinen zum ersten Mal streiften

Von jenem Tag an hörten wir
es wie einen Wind aufsteigen
mit dem Brausen einer Orgel
bis uns, endlich gezähmt,
beugte wie reife Ähren jener Wind

ELENA CLEMENTELLI

Du kennst das Gesicht nicht, das ich kenne,
ich nicht jenes, das du kennst,
am Ende des wunderbaren Abstürzens,
das unser Flug ist.
Vor meinen Sinnen entsteht dein anderes Gesicht,
vor den deinen meines:
uns selbst unbekannt
so bieten wir uns einer dem anderen dar,
um zusammen hinabgerissen zu werden,
nach dem gemeinsamen Aufstieg,
und engverknotet stürzend
entdecken wir – und schreien –
daß wir im Sterben ewig sind.

Beredsamkeit

Mit schüchternem Staunen erreiche ich deine Nacktheit
(es flitzt der Märzfisch des Lichtes)
Unterleiber, Höhlen, und schon entwirft
eine bleiche Koralle aus Adern Landkarten des
Eldorado, –

Schlafe, und die Stille ist ein verhextes Cembalo,
das unser vereintes Blut durchströmt.
Am Abhang aus blauem Schnee
gleitet die Mond-Hand unter Schauern und warmem
Hauch.

Dich lieben . . . Aber die Sprache ist ein kleiner Käfig
für Krähen mit allzu heiserem Krächzen. Die weiseste
Beredsamkeit verlangt, daß ich an deiner Seite schweige,
mein Sproß, im Schnee Schlafender.

Dunkel

Nimm diese Hand, so sprach er
und hielt sie mir entgegen,
seine Hand.

In mir spannte sich alles.
Ich wollte sie ergreifen,
diese Hand.

Aber ich rief, bedenke,
du Ärmster, meine Farbe
ist dunkel.

Besieh mich, lieber Junge,
das Mädchen, das dir Glück schenkt,
ist dunkel.

Laß meine Hand hierbleiben,
viel Qual muß sie noch tragen,
meine Hand.

Durch meiner Augen düstre Teiche
seh und segne ich noch immer
deine Hand.

NANCY JOYCE PETERS

Liebesgedicht

Die Augen meiner Flüsse geschlossen
in der Stunde skandalöser Hoffnung
der Spielplatz der Nacht ergötzt sich
am Geheimnis der Kinderreifen
Bedecke mich mit deinem dunklen Mantel von Küssen
denn mein schlaffes Bett ist voller Amethysthitze
und Krieger schlemmen
in den Liebeshöfen

MARIA GRAZIA LENISA

Die Walnuß

Es liegt die junge Walnuß
schläfrig
in ihrem weißen Geheimnis
eng eingeschlossen
in ihr natürliches
grünes Kleid.
Dann locker, trocken
wird der harte Knöchel
sie befreien, glücklich
beim Hochzeitfest im August.
Und der Mund wird dir nicht

verbunden sein und leicht in der Kehle
das süße Häutchen.
O im August die Walnüsse
oder diese harte holzige Jungfräulichkeit
als Gabe.

SARA

Gewiß, ich hätte
den süßesten Körper, von dir gestreichelt,
unter meinen Honighänden.
Meine Zunge genösse die gleichen Freuden wie deine
und die gleichen Stellen wie du,
bis sie zu dem langen geraden Schaft käme,
der so viele Male von der dicken Flüssigkeit deiner
Scheide getränkt worden ist,
wenn er von deinem zarten Organ umschlossen war.

Aber ich muß dir sagen nein, Schatz,
ich muß dir sagen nein.

Gewiß, ich hätte . . .
die Finger wie Zucker und wie Honig,
die saftige und gierige Zunge
auf dem Körper, den du sanft gemacht hast
wie den eines Weibes,
mit einer anderen Blüte am Ende,
doch er wäre wie deiner, doppeltes Wunder, Preis für
meine Enthaltsamkeit:

Dich zu besitzen und
zugleich deinen glückseligen Bräutigam
der, Sohn der Götter geworden,
aufgestiegen ist zu deinem Olymp,
er liegt jeden Tag in deinen etwas verrutschten Laken,
er atmet dein Leben,
undeutliche, hermaphroditische Gestalt,
doppeltes Wunder und Beweis deines Glücks.

Aber ich muß dir sagen: nein, Schatz, ich muß dir sagen:
nein.

Wie zu deinen Brustwarzen,
zur Frucht deiner Scheide, die er so gut kennt,
aus der Säfte sickern, die
die armen irdischen Schatten nähren.
Klein muß ich mich machen
und zurückkehren zu den weißen Steinen, den
ungeheuren
– die nicht feucht sind wie deine Lust –,
wo in der Einsamkeit die Sonne erbarmungslos brennt
und die Schlangen mich beißen können mit ihrem Gift,
in einer Szenerie außerhalb des Lebens,
die so surreal und voller Gefahren ist,
daß sie meine Bühne wird.

In der schmerzhaften Einsamkeit des Sonntags

Hier nackt
liege ich auf dem einsamen
Laken meines Betts
und begehre dich.

Sehe meinen Leib
rosa und glatt im Spiegel,
meinen Leib,
der ein gieriger Boden für deine Küsse war,
dieser Leib satt von Erinnerung
an deine überschäumende Leidenschaft,
auf dem du in langen Nächten
schweißtreibende Gefechte ausgetragen hast,
unter Stöhnen und Lachen
und Geräuschen
aus meinen inneren Gewölben.

Sehe meine Brüste,
die du lächelnd in deine Hand gepackt,
wie kleine Vögel in deinem Käfig
aus fünf Gitterstäben gehalten hast,
während mir eine Blume wuchs,
und ihre harte Knospe
gegen deine zarte Haut drängte.

Sehe meine Beine,
lange, bedächtige Genießer deiner Liebkosungen,
die bald aufgeregt in ihren Gelenken kreisten,

um dir den Weg zur Wollust zu öffnen,
gerade zu meinem Zentrum,
zum weichen Gebüsch auf dem Hügel,
wo du genußsüchtig einen stummen Kampf
anfingst,
eingeleitet von Gewehrsalven
und urtümlichem Donner.

Ich sehe und sehe nicht,
dein Spiegelbild liegt schmerzhaft
auf dieser Einsamkeit des Sonntags,
ein rosa Spiegel,
eine Hohlform, die nach Ausfüllung verlangt.

Es regnet in Strömen
auf mein Gesicht,
ich denke an nichts als an deine ferne Liebe,
und decke mit aller Kraft
die Hoffnung
warm zu.

JOYCE CAROL OATES

Öffentliche Liebe

Hör, sie klatschen.
Ihre Schädeldecken –
feine, Fünfmarkstück-große Löcher –
sind durch die Erde zu sehen.

Der Wurmhumus, der sie umgibt,
ist in Bewegung; wir machen es gut.

Lieber, wir sind Teil einer Ausstellung.
Es gibt keine private
Sinnlichkeit.
Wenn du auf mich fällst, machst du mich
wählerisch, zu einer weltoffenen Frau!
Andere haben diese Dinge vor uns getan.
Ein Mann wie du bist in einer Lawine
von Liebe auf mich gefallen
oder auf eine andere, die mir gleicht.
Andere haben diese Dinge vor uns getan.
Die meisten von ihnen sind jetzt tot.

Wir stehen plötzlich wie beim Namen gerufen
auf;
wir haben nur tot gespielt.
Wo sind unsere Namen? Wer hat uns gesehen?
Wir sind jetzt von feiner Konsistenz,
süß und mild wie Äpfel,
unsere Körper unschuldig.

Ich glaube, es sind all diese toten
Leben in dir, die ich liebe,
tote Männer, zu Wurzeln gewachsen,
stark und liebend in der Erde,
die ein neues Universum festhalten.
All diese braven Ehemänner!
Es gibt nichts Tödliches in ihrem Tod.
Ihre Golfball-großen Augen bewundern uns –
Unsere Liebe ist Pantomime.

Es ist Drehbuch, das wir geerbt haben.
Es ist ein Opfer an die Götter, die uns
übriggeblieben sind,
ihr Blut, das in uns fließt,
ihre verbrauchte Liebe steigt
in unsere neuen Körper auf.

PIA JUUL

es ist ein Tier
das da. sind wir in der Vereinigung. laß uns
den Hof zu einem Labyrinth
ausbauen. tief im Innersten
kannst du wohnen. dann
wohne ich im äußeren Gang. schnecken
artig. ab und zu zügellos. und
kuckuck können wir rufen. hin
und wieder. verstecken können wir spielen.
treffen wir uns sehen wir uns. sonst nicht.
das hier. sind wir in der Vereinigung.
es holt Atem.

Im Galopp dem Mond entgegen

1

Die Magie des Weins
und du
mein Fohlen!
mein Einhorn,
nächtlicherweile …

2

Bringen wir dar
unsre Kelche, im Galopp;
exportieren wir, im Galopp,
die Magie des Weins.
Im Galopp …

3

Nur zu! Nur zu!
im Galopp!
dem Mond entgegen!
mein Fohlen,
mein Einhorn,
nächtlicherweile!

GABRIELLA MALETI

Homosexuell '80

1

als ich mir dessen bewußt wurde
begriff ich, daß keine Gefahr mehr war
ich war an die Grenze meiner Gewänder gelangt

2

man kommt nie an ein Ende meine Freundin
die gelben und weißen und roten Äpfel deines Bettes
mit deinen Händen habe ich mich bekleidet.

ADRIENNE RICH

Was immer mit uns geschieht, dein Leib
wird meinen heimsuchen – zärtlich, empfindsam
ist dein Lieben wie die halb eingerollten Wedel
von jungem Farnkraut in Wäldern,
eben in Sonne getaucht. Deine erfahrenen großzügigen
Schenkel
zwischen denen mein ganzes Gesicht kam und kam –
die Unschuld und Weisheit des Ortes, den meine Zunge
dort fand –
das lebhafte unstillbare Tanzen deiner Brustknospen in
meinem Mund –

wie du mich berührst, bestimmt, beschützend, mich
durchdringst, deine starke Zunge und deine zarten
Finger
die mich erreichen wo ich Jahre auf dich wartete
in meiner rosen-feuchten Höhle – was immer geschieht,
dies ist.

ONE BALIUKONYTE

Schritte

Diese Schritte unter dem Fenster – jede Nacht, jede
Nacht –
So erbarmungslos schmerzend.

Aufspringend knipst du das Licht an. Ach, zu erblinden,
Zu schlagen – ins eigne Gesicht!

Ins Gesicht, ins Gesicht – unschön und traurig.
Ein Stern kehrt an den Himmel zurück,
Erloschen ist er, erstorben. Zu regnen beginnt es.
Und die Schritte unter dem Fenster

Halten inne. Verstummen. Entfernen sich ...
Du wirst sie vergessen. Einschlafen wirst du.
Du schmiegst deinen heißen, schmerzenden Kopf
An den Traum –

Diese Schritte ...

So

Auf der rechten Seite
so liegen daß
die Knie das Kinn
fast berühren. Sich den
Rücken freihalten für einen
nicht zu weichen
schmiegsamen Bauch.
Beine auch die mit meinen
scharf in die Kurve gehn
zwanzigfach Zeh'n
ganz unten. Ums Herz
in der linken Brust eine
Hand die den Schlag spürt
und bleibt im Nacken
ein schlafender Mund Speichelfäden.
Morgens aufwachen.
Immer noch da sein.
So.

Ich führe die Haut
ich schäle dich
Artischockenherzen zart und behaart
zum Anbeißen weiß
zum Beschnuppern
Hase auf Schneehängen
ich werde dich aus dem Bau locken
mit Erdbeeren in der Hand.

An mich

An die Freiheit

Goldne Freiheit, kehre wieder
In mein wundes Herz zurück,
Weck mir neue, heitre Lieder
Und entwölke Geist und Blick.

Komm und trockne meine Tränen
Mit der rosig-zarten Hand,
Stille meines Busens Sehnen,
Löse, was die Liebe band.

Liebe schafft Olympos-Freuden,
Und wer ehrte sie wie ich? –
Tiefer doch sind ihre Leiden,
Und allein *sie* trafen mich.

Ach! mit Jahren voller Qualen,
Mit des halben Lebens Glück
Mußt ich ihre Wonne zahlen,
Flüchtig, wie ein Augenblick.

Ohne Freuden stieg der Morgen
Für mich arme Schwärmerin,
Und der Liebe bleiche Sorgen
Welkten meinen Frühling hin.

Wonne hat sie mir versprochen,
Treue war mein Gegenschwur,
Unsern Bund hat sie gebrochen,
Schmerz und Tränen gab sie nur. – –

Nimm für deine Palmenkrone
Was die Liebe mir verspricht,
Hier in dieser Männer-Zone
Grünt für mich die Myrte nicht.

Goldne Freiheit, kehre wieder,
Stimme meiner Harfe Ton;
Jubelt lauter, meine Lieder,
Ihr Umarmen fühl ich schon!

SOPHIE MEREAU

An einen Baum am Spalier

Armer Baum! – an deiner kalten Mauer
fest gebunden, stehst du traurig da,
fühlest kaum den Zephyr, der mit süßem Schauer
in den Blättern freier Bäume weilt
und bey deinen leicht vorübereilt.
O! dein Anblick geht mir nah!
und die bilderreiche Phantasie
stellt mit ihrer flüchtigen Magie
eine menschliche Gestalt schnell vor mich hin,
die, auf ewig von dem freien Sinn
der Natur entfernt, ein fremder Drang
auch wie dich in steife Formen zwang.

Draußen so heller Sonnenschein,
Alter Mann, laß mich hinaus!
Ich kann jetzt nicht geduldig sein,
Lernen und bleiben zu Haus.

Mit lustigem Trompetenklang
Ziehet die Reuterschar dort,
Mir ist im Zimmer hier so bang,
Alter Mann, laß mich doch fort!

Er bleibt ungerührt,
Er hört mich nicht:
»Erlaubt wird, was dir gebührt,
Tust du erst deine Pflicht!«

Pflicht ist des Alten streng Gebot;
Ach, armes Kind! du kennst sie nicht,
Du fühlst nur ungerechte Not,
Und Tränen netzen dein Gesicht.

Wenn es dann längst vorüber ist,
Wonach du trugst Verlangen,
Dann gönnt man dir zu spät die Frist,
Wenn Klang und Schein vergangen!

Was du gewähnt,
Wonach dich gesehnt,
Das findest du nicht:
Doch bleibt beträut
Noch lang dein Gesicht.

Credo · Credo

Für Celmira Zuñiga

Ich glaube an mein Herz, Strauß aus Düften,
den mein Herr wie ein Walddach erregt,
durchduftend mit Liebe das ganze Leben,
macht er es gesegnet.

Ich glaube an mein Herz, das sich nichts erfleht,
weil es des höchsten Traumes fähig,
in ihm die Schöpfung liebend umfängt:
unermeßlicher Herr!

Ich glaube an mein Herz, das, wenn es singt,
die Wunde seiner Seite in Gottes Tiefe taucht,
um aus ihr, dem Brunnen des Lebens,
aufzuerstehen.

Ich glaube an mein Herz, das schwingt und wogt,
weil der es schuf, die Meere aufgewühlt,
in ihm schlägt das Leben Akkorde an,
wie tönende Meeresflut.

Ich glaube an mein Herz, das ich presse,
um das Linnen des Lebens zu färben,
purpurn oder blau, und es machte
zum Feuergewand.

Ich glaube an mein Herz, das beim Säen
in die nie endende Furche wuchs.

Ich glaube an mein Herz, das sich unaufhörlich ergießt,
ohne sich je zu leeren.

Ich glaube an mein Herz, an dem der Wurm nicht nagen wird,
denn es wird dem Tod die Zähne ausbrechen.
Ich glaube an mein Herz, es ruht
an der Brust des schrecklichen und starken Gottes.

ELSE LASKER-SCHÜLER

An mich

Meine Dichtungen, deklamiert, verstimmen die Klaviatür meines Herzens. Wenn es noch Kinder wären, die auf meinen Reimen tastend meinetwegen klimperten. (Bitte nicht weitersagen!) Ich sitze noch heute sitzengeblieben auf der untersten Bank der Schulklasse, wie einst ... Doch mit spätem versunkenem Herzen: 1000 und 2-jährig, dem Märchen über den Kopf gewachsen.

Ich schweife umher! Mein Kopf fliegt fort wie ein Vogel, liebe Mutter. Meine Freiheit soll mir niemand rauben, – sterb ich am Wegrand wo, liebe Mutter, kommst du und trägst mich hinauf zum blauen Himmel. Ich weiß, dich rührte mein einsames Schweben und das spielende Ticktack meines und meines teuren Kindes Herzen.

Aller Anfang ist schwer

Scheitern.
Und neu beginnen.

Stürzen.
Alles stürzt:
Götter, Menschen,
Natur in ihren andern Gestalten
von Tieren und Pflanzen.

In Kreisläufen
mit dem Riesenrad des Jahres
drehen wir uns
von Pfauenhöhen bis
in Niederungen wie
die blinde Grube die
ich bin.

Routinemäßig unter die Oberfläche
zieh ich mich herab
wie in winterlich hingerichteten Bäumen
der Saft sinkt zu sorgfältigem Überleben.
Mich an mich selber drückend,
speisen Herd und Feuer
und innen nagender weißer Hunger
die Not, den Nährstoff des Willens.

Der Mensch ist ein Kind.
Ich, ein ewiges Baby.
Falle Hals über Kopf,
scheitere und
beginne neu.

KATRI VALA

Die Weidenflöte

Ich bin kein Fahnenträger,
kein adleräugiger Wegweiser
auf unsrer Reise in das Land von Morgen.
Ich bin eine Weide neben dem Strom,
durch die die Winde wehen,
von der der Geist des Aufruhrs in der Welt
eine einfache Flöte bricht,
um eine Melodie zu spielen,
in der es Sturm gibt, Schmerz, Liebe
und ein wenig Morgendämmerung.

IRINA ODOJEWZEWA

Für Jurij Terapiano

Banaler als banal,
trauriger als traurig
das Bewußtsein: das Leben ist vorbei.

Nun gut! Sprechen wir
von Heldentaten, von Ruhm –
Troja, Rom.

Hier also meines Lebens Tage und alle meine Taten.
Wie wenig Gutes. Wie viel Schlechtes.

Ich habe das Falsche gemacht, ich habe falsch gelebt,
und es ist klar, daß ich hätte besser sein können.

Vom Alleinsein und aus Müdigkeit
ein Andrang von brennendem, zärtlichem Mitleid
mit mir und allen übrigen Geschöpfen auf der Erde,
wie ein Stück Kohle, rot glühend in der Asche.

Trauer, ähnlich der Inspiration,
wertvoll jeder Augenblick,
wenn sie bereits abgezählt sind –
auf einem klingenden, magischen Rechenbrett –,
meine öden, meine festlichen Tage.

Aber da lyrische Verse
nun einmal nicht ohne Standpunkt
und ohne eigene Meinung sein sollen,
so bekenne ich: banaler als banal,
sentimentaler als sentimental
erscheint mir jener erhabene Ton
der Reue, der Verklärung
sowie des greisenhaften Allverzeihens
Vorbegräbnisklang,
das vorletzte Stöhnen,
das segnende »Ach!«.

Nein, weises Alter, verzeih,
wir haben nicht den gleichen Weg,
weder im Leben noch in den Versen,
und das bis zum Tod.

Vor meinem Bildnis

Gerahmt, ein Viereck aus Schatten
– wie ein Fenster ins Nichts –
steht mein Gesicht mir gegenüber.

Von weither dringt der klare Blick
unter der Brauen geschwungenen Bogen,
aus wolkenloser Hoffnung
senkt er sich nieder in schmalen Rhythmen bis zu
den Lippen.

Kristallner Blick, der die Welt sich einfängt,
rund wie ein Tautropfen.

Ich seh' mich an, von mir selber gelöst,
in diesem Bilde, das der Lenz verklärt:
die pfirsichgleichen Wangen,
die Kindergrübchen. Ein Engel
hat mit winz'gem Finger sie gegraben.
In der Rundung des Halses das stille Versprechen
der Adern, zu pochen
vom kleinen Fuß bis zur suchenden Hand.
Morgendlich-bleich blickt die Nacht
aus den schimmernden Zöpfen hervor.

Fünf Jahre das gleiche Bild
durch dieses Fenster ins Nichts.

Wie viele Tränen fielen in dieser Zeit!
Rinnsale über pulsendes Fleisch.

Noch blüht mein junges Antlitz,
doch von Nord nach Süd, von Ost nach West
hat der Aprilsturm meine Stirn gezeichnet.
Und der gesenkte Mund ist ausgeblutet
in der Erkenntnis des Todes.
Meine Füße haben ausgetanzt. Meine Hände
kennen den Willen der fordernden Erde.
Worte wie Peitschenschlag, Worte, liebkosende,
haben in meiner Kehle gewohnt.

Trennung, ein Tod, ein Leben
haben das alte Bild verwischt.

Jetzt bin ich, wie ich immer war,
wie ich niemals wieder sein werde.
Alles stand auf einem weißen Blatt.
Ich habe angefangen, in meiner Jugend zu lesen.
Mein ganzes Leben zu lesen, muß ich erst lernen,
wenn ich mein Bild erblicke, ernst und endgültig,
aus dem Rahmen des Todes.

LOUISE BOGAN

Die schlafende Furie

Da liegst du nun,
Laut wie du warst, und vor der ich mich fürchtete,
Liegst da alleine und schläfst, und ich sehe dich an.

Dein Haar über deiner Wange, und es gleicht nicht mehr
Den wutzischelnden Schlangen; dein Mund, der so
schrie, ist still.
Du, meine Geißel und Schwester, schläfst wie ein Kind,
Das nach der Wut in der Stunde der Stille die Tränen
verschläft.

Die Tage drängen dem Winter zu,
Rauh und mit Dröhnen. Wir hören die See und den
Wald,
Und die Flammen deiner Fackeln, von andern entzündet,
Wehen vom Wind gezaust in der Nacht. Die Opferschafe
Scharen sich ängstlich. Die Milch in den Krügen ist kalt.

Und alles das ohne Zweck, wie zuvor, das geschärfte
Messer, der Stoß
Und der laute Aufschrei, der dem Wimmern erwidert,
das du ihnen gabst.
Du allein wendest dich ab, ungestillt; unverändert, die
Strafe.

Hände voll Peitschen, durchflochten von deinen
Flammen und Nattern,
Wandtest du alleine dich ab, aber gingst nicht von
meiner Seite,

Unter dem Zwielicht, da die sanfte Nacht die Fackeln dir aus der Hand nahm.
In der Zärte des Morgens zeigtest du, gestaltlos und grob in der Stille,
Den unedlen Traum her und die Maske, tückisch, mit schmalem Spalt für die Augen:
Verstellung und halbe Sorge und zitternd darunter die Hoffnung des Feigen.
Nachts enthülltest du dich in der verriegelten Stille des Hauses,
Falsche Liebe um des Kindes willen, verküßte Lüge, Umarmungen
Der zwei, die um des Friedens willen zart miteinander sind.
Du weißt, was wir lieben, aber du zwingst uns, es auch zu wissen;
Du mit deinen Schreien und Peitschen, die du Wahrheit und Einsamkeit bringst;
Die du, anders als Menschen, der Buße Mitleid bereithältst.
Du senkst die Peitsche, wenn sich der Gepeitschte am Ende stellt,
Du hörst auf Jäger zu sein, wenn sich der Gejagte ergibt,
Still stehst du da und wartest und begegnest dem Blick.
Schön jetzt wie ein Kind, dessen Haar, naß von Tränen und Wut,
Ihm am Gesicht klebt. Und jetzt darf ich dich ansehen,
Da ich deinem Blick das eine Mal standhielt. Du schläfst und hast mich vergessen.
Alleine und stark in meiner Ruhe sehe ich dich in deiner Ruhe an.

DARIA MENICANTI

Messer

Ich schlendere mit einem großen Messer
in der Brust, der Griff ragt heraus.
Ich schlendere ruhig und bleich. Der Schutzmann
pfeift mich zurück: – Das Messer,
schreit er, das Messer! –
Anscheinend überschreitet die Klinge
gesetzlich erlaubte Maße.
So bleibe ich stehen, und zahle
schon wieder
meine Geldbuße.

CHRISTINE LAVANT

Verborgene Spindel im Mond
Wer dreht zwischen Vater und Sohn unsre Zeit,
wer webt an den hänfernen Sterbestunden,
wer stellt ihrem Docht alle Öltropfen vor
und führt hinters Licht unsre Augen?

Spindel, Spindel – ich schaue dich an.
Ich durchschaue das Rad zwischen Gestern und
Morgen!
Aber heute geht mir die Kindschaft durchs Herz,
aber heute wächst mir der Hanf um den Hals

und verknüpft dort den Vater, den Sohn und die Zeit,
um das Rad aus den Angeln zu heben.

O Spindel, gib dein Geheimnis her!
Ich schreie dich an durch viel hündische Stunden,
sie umkreisen die Frucht der lebendigen Zeit
und locken den wölfischen Tod in den Docht
und mich in das Mutterleib-Zwielicht.

OLGA OROZCO

Wenn du mich sehen kannst

Mutter: dein schutzloses Geschöpf ruft dich,
es bezwingt die Nacht mit einem Schrei und wirft sie dir
wie einen herabgefallenen Vorhang vor die Füße,
damit du nicht auf der anderen Seite bleibst,
wo du mich nur mit deinen Blindenhänden inmitten
einer Mauer
aus blinden Tongespenstern zu entziffern vermagst.
Mutter: auch ich sehe dich nicht,
denn jetzt verhüllen dich die eisigen Schatten der
kleineren Zeit
und die größere Entfernung,
und ich weiß dich nicht zu suchen,
vielleicht weil ich dich nicht zu verlieren lernte.
Aber ich bin hier, auf meinem blitzgespaltenen Sockel,
wieder Standbild aus Sand,
eine Handvoll Asche, damit du dein Merkmal
hineinschreibst,

die Zeichen, mit denen wir uns wieder verständigen
müssen.
Hier bin ich, die Füße von den Wurzeln meines
trauernden Bluts
umflochten,
ohne vorwärtsgehen zu können.
Drum suche du mich, inmitten dieses verblendeten
Waldes,
in dem jedes Knarren dein Klagen ist,
wo jedes Flattern ein Lockruf aus der Verbannung ist,
den ich nicht verstehe,
wo jedes Eiskristall ein Teil deiner Ewigkeit ist
und jeder Glanz die Lampe, die du entzündest, damit
ich mich nicht
in den Irrgängen dieser Welt verliere.
Und alles verwirrt sich.
Und dein Leben und dein Tod vermischen sich mit den
meinen
wie die Masken der Alpträume.
Und ich weiß nicht, wo du bist.
Vergeblich rufe ich dich an im Namen der Liebe, der
Frömmigkeit
und der Vergebung, wie jemand einen Talisman liebkost,
einen Stein, der einen Tropfen geronnenen Blutes
beherbergt,
imstande, im unmöglichsten der Träume
wiederzuerstehen.
Nichts. Nur eine Kralle grausamer Kümmernisse, die
über
das Gewebe vergangener Jahre eilt
und einen Tisch entdeckt, auf dem du das tägliche Brot
brichst,
ein Zimmer, in dem du mit Händen der Geduld diese
Falten

glättest, die in meine Seele das Fieber und den Schrecken
eingraben,
einen Salon, der sich sofort für die Zeremonie schmückt,
dich
vorübergehen zu sehen,
umgeben von einem Heiligenschein stolzer Zärtlichkeit,
ein Bett, in das du aus dem Tode zurückkehrst, nur um
uns
nicht allzu wehzutun.
Nein. Ich will nicht hinsehen.
Ich will nicht wieder den Namen des Glücks genau in
dem Augenblick erlernen,
in dem die riesigen Löcher sein Gesicht zernagen,
auch nicht spüren, daß dein Leib wiederum diese
verzweifelte
Flut aufhält, die ihn noch ein Mal fortschwemmt,
noch ein einziges Mal,
um mich gleichsam für immer in Trost und Abschied zu
hüllen.
Ich will nicht das Geräusch des splitternden Glases
hören,
nicht die Hunde, welche die düsteren Binden anbellen,
nicht sehen, wie du nicht da bist.
Mutter, Mutter, wer trennt dein Blut von dem meinen?
Was ist das, was da reißt wie eine gespannte, die
Eingeweide
schlagende Saite?
Welch großer unheilvoller Wandelstern läßt seinen
Schatten
auf alle Jahre meines Lebens fallen?
O Gott! Du warst alles, was ich von diesem vergessenen
Lande wußte,
aus dem ich kam,

warst wie der Schutz der Ferne,
wie ein Pochen in der Finsternis.
Wo jetzt den begrabenen Schlüssel meiner Tage suchen?
Wen nach dem unentzifferbaren Geheimnis meiner
Knochen befragen?
Wer wird mich hören, wenn du mich nicht hörst?
Und niemand antwortet mir. Und ich habe Angst.
Die gleichen dreißig Jahre hindurch erduldeten
Ängste.
Denn Tag um Tag spielt jemand, ein Maskierter, in mir
Verblendung und Tod.
Ich gehe neben ihm und stoße mit seiner Hand diese
letzte
Türe auf, diese, die meine Geburt nicht zu schließen
vermochte,
und die ich selbst im Gewand einer Totenwache
bewache.
Weißt du? Diesmal bin ich von weither gekommen.
Aber im Chor der Stimmen, die wie ein begrabenes
Meer ertönen,
ist nicht diese Stimme eines stets von der Liebe oder
vom Zorn
abgerissenen düsteren Blatts;
in diesen Prozessionen, die sich plötzlich wie
Augenblickskerzen entzünden,
sehe ich nicht die Farbe sonnenvergoldeten Schaums
aufleuchten;
kein Windstoß läßt meine Augen von deinem
Harzgeruch erglühen;
keine Wärme umfängt mich mit diesem Erbarmen,
das du meinen Knochen einflößest.
Wo bist du dann? Wer hindert dich am Kommen?

Ich weiß, wenn du könntest, würdest du meinen
Waisenkopf streicheln.
Und trotzdem weiß ich auch, daß du nicht du allein
bleiben kannst,
jemand, der in der eigenen Erinnerung beharrt,
die Einbalsamierte, die wie die Raben einige arme
Trauerfetzen umkreisen, die sie ernährt.
Und obgleich du das schreckliche Strafurteil erfüllst,
nicht dasein zu können,
wenn ich dich rufe,
gliederst du fraglos irgendwo die Familie neu,
oder du ordnest mir die Schatten,
oder schneidest diese Rauhreifzweige, die deinen Schoß
begrenzen,
um sie mir eines Tages zu hinterlassen,
oder du suchst mit endlosem Garn die schwere Wunde
meines Herzens zuzunähen.

INGEBORG BACHMANN

Keine Delikatessen

Nichts mehr gefällt mir.

Soll ich
eine Metapher ausstaffieren
mit einer Mandelblüte?
die Syntax kreuzigen
auf einen Lichteffekt?

Wer wird sich den Schädel zerbrechen
über so überflüssige Dinge –

Ich habe ein Einsehn gelernt
mit den Worten,
die da sind
(für die unterste Klasse)

Hunger
Schande
Tränen
und
Finsternis.

Mit dem ungereinigten Schluchzen,
mit der Verzweiflung
(und ich verzweifle noch vor Verzweiflung)
über das viele Elend,
den Krankenstand, die Lebenskosten,
werde ich auskommen.

Ich vernachlässige nicht die Schrift,
sondern mich.
Die andern wissen sich
weißgott
mit den Worten zu helfen.
Ich bin nicht mein Assistent.

Soll ich
einen Gedanken gefangennehmen,
abführen in eine erleuchtete Satzzelle?
Aug und Ohr verköstigen
mit Worthappen erster Güte?

erforschen die Libido eines Vokals,
ermitteln die Liebhaberwerte unserer Konsonanten?

Muß ich
mit dem verhagelten Kopf,
mit dem Schreibkrampf in dieser Hand,
unter dreihundertnächtigem Druck
einreißen das Papier,
wegfegen die angezettelten Wortopern,
vernichtend so: ich du und er sie es

wir ihr?

(Soll doch. Sollen die andern.)

Mein Teil, es soll verloren gehen.

NATALJA GORBANEWSKAJA

Keine Elegien, keine Oden, keine Eklogen,
nur ein Schluck bitteren Kaffees
und das Fähnchen der Petroleumlampe zur Decke
hinauf.

Mein verlorenes Paradies, schlaf ein,
schlaf ein wie ein junges blindes Tier,
ich habe die Tür hinter mir zugeschlagen.

An den Nußstrauch mich klammernd,
werde ich rasch in sein Dunkel sinken,
und über meine Lippen wird ein Kälteschauer gleiten
wie ein Schluck kalt gewordenen Kaffees.

Dritter Fußgänger

»Fern – auf meinem vollständig
zerschlagenen Körper –«
Oscar Rivera-Rodas

Geschöpf
du kommst hierher
von menschlichen Horizonten
zurückgeholt
und kein Säulengang
verwundert sich mehr in der Erinnerung.

Hinter deinem morgenfrühen Lächeln
bin ich das
der Kälte der Straßen
geöffnete Auge

Woher kommst du – wo – hast du so lange gesäumt?
Zerreißt du
vielleicht
das Schicksal meiner verschwiegenen
Ruinen? Oder
wirst du dich fügen müssen Tau zu sein
der im dürren Laub ausruht?

In diesem unbestimmten
Aufschub
gibt es keine neuen Weizenfelder für meine Seele
und deine Schultern
sind Sommerabende

sinkend
wie Regen der meine Sterbestunde besingt.

Mein Herz altert
im Dunkeln
es hört den Gesang der Zikaden
den der Winterwind
bald der Welt entziehen wird.

Und du
jüngstes Geschöpf
erwartest mich am Abend
auf einem Fluß mit riesigen jungen Armen
– nackter Rücken
– nackte Zeit
– Rasen im Gleichlauf mit den barfüßigen Träumen.

Hinter mir
werden die Ängste deinen Wassern vergeben die auf
das Ufer meines allzu gelben Sandes gleiten
ohne mich zu verbrennen
fallen sie
aus der Tiefe
in den letzten Sonnenuntergang mit verletzter Haut
und – ich werde – zu – dir – gehen

mit meinen deinem Licht entgegengehobenen Augen
Aber du
versteh
daß immer etwas in der Zärtlichkeit fehlt
daß etwas im Blick übrigbleibt.

Morgen wird
jeder Lärm
jeder Schrei
jede Kehrtwendung aufgehört haben
– was können wir anderes von dem gewaltigen Stein
erwarten der uns in die Schande der Leere
stürzen läßt?

Aus der Tiefe
bis zum letzten Sonnenuntergang – mit – verletzter –
Haut
werde ich in deiner Nacht schreiten.

OLGA BERGGOLZ

Versprechen

. . . Ich werde den Feind nicht durch Sterben erfreuen,
daß heuchelndes Schluchzen ihm presse das Herz.
Noch ist nicht der Haken, an dem ich mich aufhäng',
geschlagen, geschmiedet, gegraben aus Erz.
Ich werd' über Furcht, über eherner Klage
und über dem Abgrund des Lebens erstehen . . .
Viel ist's, was ich weiß. Ich gedenke. Ich *wage*.
Und schrecklich und furchtbar ist das, was ich wert bin.

Ballade von der abgenutzten stimme

Weil man nie sagen kann was
man sagen will
– finger aus verzweiflung an den lippen
die hand des elends drückt die kehle zu –

was sagen tränen noch wenn sie die lügen
befeuchten und die wahrheit aufweichen?
was sagt eine stimme die nicht mehr sprechen
kann über dinge die man stets verschweigt?

für den der das nicht darstellen kann heißt es
sterben können und doch weiterleben
wer das aber laut sagt erreicht damit daß
sein ton und seine mundart wieder nach lüge schmecken

vielleicht ist das so weil ein mensch lernen muß
zu leben ohne sicherheiten
zu leben ohne mitspieler
zu leben mit den narren die man Ich nennt
zu leben mit dem totmannsknopf der wahrheit
(– wenn das herz stirbt entgleist man nicht
sondern läuft geölt weiter auf den schienen gewohnheit
wo die neue lüge dann die weichen stellt
die passagiere blinder aberglaube
wissen von nichts –)

man schluckt die tränen wie bei einem schlechten
schauspiel
welche rollen das Ich auch spielt auf der bühne

der anderen; es ist nur spiel
in den kulissen steht das ungeschminkte tier
– ein prähistorischer souffleur – mit tierischem
kummer und winselt den mond an
weil auch auf dem mond die wahrheit unübersetzbar ist
weil auch auf dem mond das tier allein bleibt
im beklemmenden käfig des unvermögens.

GIZELLA HERVAY

Zeremonie

Ich bin Mensch, nicht Menschheit.
Vergebens war Kleopatra statt meiner glücklich.
Die Zeremonie nach meinem Tod ist mir kein Trost,
auch die Unendlichkeit nicht, bin nicht mehr dabei.
Die Ursache ist mir kein Trost, wenn ich keinen
Auftrag habe fürs Leben, das mir zusteht,
für das einzige, zu dem ich fähig bin.
Es gibt keine Rechtfertigung, für nichts.
Ein Arm wurde mir abgenommen,
weil der Mechanismus so ökonomischer ist.
Auch mein eines Auge ist überflüssig, und aus meinem
Hirn
nur ein paar Formeln verwendbar.
Der Rest: »Feuerwerk«, »Dekoration«.
Es gibt keine Rechtfertigung, die Ursache interessiert
mich nicht.
Ich bin Mensch, nicht Menschheit,
und auf die übliche Zeremonie verzichte ich.

Der Antichrist umkreist mein Herz

Warum sind die Nerven von Stellas Mutter in Aufruhr?
Warum gelingt es mir nicht, Blattwerk zu züchten?
Warum lebe ich so mühevoll,
wenn mein einziger Wunsch ist, glücklich zu sein?
Das Geschrei derer, die auf dem Platz ihre Wunden
herumzeigen,
zerfrißt meine Hochzeitsstickereien,
eine Aufgabe, die ich wie meine Eltern ausgeführt habe,
wie meine fernen Großeltern.
Welch unermeßliches Unglück auf dem Planeten!
So unermeßlich, daß ich mir die Haare abgeschnitten
habe,
ich, die ich sie lang wünschte, und sogar weiß.

Ein geschorenes Huhn, aus Angst verrückt zu werden,
laufe ich in meinem Stall spazieren,
in dem mich alle sehen wollen.
Und die Armen? Wo sind die Armen, die Geliebten
Gottes?
Die Antilyrik will mich töten, mich fressen, mich
vollscheißen
an diesem Abend aus Staub und Kummer.

Für Alle

ANNE FINCH

Die Toten des Krieges

Nieder die Lanzen, abgehängt die Trommeln!
Marschiert im Trauerzug nun heran,
Ihr still gewordnen Männer dieses Krieges!
Stumm die Oboen und die Flöten stumm!
Und keine Fahne, die mit Flattern prahle:
Denn seht auf dieser Bahre euch zu Füßen
Die eurem falschen Altar, eurem Götzen,
Genannt die Ehre, dargebrachten Opfer,
Die bleichen, vor der Zeit gebracht zum Tod.

FAUSTINA MARATTI

Veturia

Coriolanus stand, um Schimpf zu rächen und Unrecht,
  Unerbittlich-erzürnt, nahe dem zitternden Rom.
Und schon sah er es *sich* und seinen *Volskiern* dienstbar,
  Seine Feinde gebeugt, seine Verbannung gerächt;
Siehe da trat entgegen dem furchtbar-bösen Gedanken
  Unbewaffnet ein Weib, und sie errettete Rom.
Seine Mutter *Veturia* ging ihm entgegen; er wollte
  Küssen die Mutterhand, doch sie verschmähte den Kuß.
»Du bist nicht mein Sohn! Ein Felsstein hat dich geboren;

Nenne *Veturia* nicht, nenne die Mutter nicht *Rom.*« –
Schamrot zog er zurück. Was keine Heere vermochten,
Hat der rühmliche Stolz, Stolz einer Frauen getan.

AKIKO YOSANO

Klage um den in den Krieg gezogenen Bruder

Bruder, mein Bruder, ich weine um dich.
Stirb nicht! Ach, du sollst nicht sterben.
Du warst der Jüngste. Und so haben die Eltern
dich immer am meisten geliebt.

Aber sind sie es gewesen, die dir das Schwert gegeben,
die dich unterwiesen haben, wie man Menschen tötet?
Haben sie dich vierundzwanzig Jahre umsorgt,
damit du mordest und gemordet wirst?

Weil du dem Handelshaus vorstehst,
das der alten, ehrenwerten Familie in Sakai gehört,
weil du, der Erbe, den Namen der Eltern trägst:
stirb nicht! Ach, du sollst nicht sterben.
Was hast du damit zu schaffen,
ob die Festung Ryojun erstürmt wird oder nicht?
Du weißt doch, daß ein Handelshaus
nach anderen Gesetzen geführt wird.

Stirb nicht! Ach, du sollst nicht sterben.
Wenn der Kaiser,

der doch ein barmherziger Herrscher ist,
seine Soldaten nicht begleitet auf dem Feldzug,
wie kann er dann befehlen,
daß sie Blut vergießen,
daß sie wie Tiere umkommen,
daß sie durch ihren Tod den Ruhm gewinnen?

Stirb nicht, mein Bruder, nicht im Kriege!
Ach, du sollst nicht sterben.
Im vergangenen Herbst,
als der Vater von uns ging,
hat dich die Mutter in ihrem Gram
dem Herrn zum Opfer gebracht.
Nun hütet sie das Haus. Ihr Haar ergraut
in dieser »friedlichen« Regierungszeit.

Denkst du noch an deine junge, blühende Frau,
die unter dem Firmenschild weint?
Oder denkst du schon nicht mehr an sie?

Vergiß das mädchenhafte Herz nicht,
das du nach zehn Monaten verlassen hast!
Außer dir gibt es niemanden auf der weiten Welt,
an den dies Herz sich wenden kann.
Stirb nicht! Ach, du sollst nicht sterben.

Erinnerung an den Aufstand

Serbien ist ein großes Geheimnis:
der Tag weiß nicht, was die Nacht braut,
noch weiß die Nacht, was auf den Morgen folgt;
der Strauch weiß nicht, was in des Nachbarstrauches
Nestern ist.
der Vogel weiß nicht, was sich da bewegt
im Baum zwischen Blättern und Ästen.

Die Eidechse, die sich versteckt hat hinterm Stein,
der Maisstengel, der im Felde steht,
sie alle wissen nicht, was das Nachbarfeld ausheckt.
Alles verwandelt sich dauernd,
es flüstert jeder Winkel,
jedes Blatt steckt voller Heimlichkeiten.

Wer weiß, was sich versteckt hält
im unschuldigen Tau;
selbst in den harmlosen Rufen
der Bauern, die man von weitem hört,
kann eine Verschwörung lauern.

Nie wirst du wissen in diesem Lande,
was die jungen Mädchen hüten
unter den Falten ihrer Kleider;
welches schwere Geheimnis im Spielzeug ist,
das ein Kind hält in der Hand;
du wirst nicht wissen, wo sie hingehn,
die Alten; weißt nicht, was ihr heimliches Ziel ist.

Wisse, daß hier selbst der Ton der Kirchenglocke,
selbst die Düfte, die Bäche, auch jeder Wind,
geheime Botschafter sind;
daß dort, am nächsten Hang
schon der Wald beginnt –
aber wer weiß, was dir dort geschieht.

In diesem Land der Feind selbst darf nicht
traun der Hasenspur,
der Spur von Ochsenhufen.
Vielleicht sind sogar die schönen Erntelieder
geheime Verabredungen, Signale,
oder die Schläge der Äxte im Wald,
die Wiegenlieder, die die Frauen singen.

LOUISE OTTO

Für Alle

Für alle! hören wir die Worte tönen,
Da wird das Herz uns plötzlich groß und weit!
Sie künden uns wie mit Drommetendröhnen
Den Siegsgesang der echten Menschlichkeit.
Denn anders ist kein heilig' Werk zu krönen
Und anders nie zu enden Kampf und Streit,
Als wenn ein Heil, das in die Welt gekommen
Der Sonne gleich für alle ist entglommen.

»*Für alle!*« sangen einst der Engel Scharen
In jener gottgeweihten heil'gen Nacht,

»Für alle will der Herr sich offenbaren
In seiner ewigtreuen Liebesmacht;
Für alle hat er Noth und Tod befahren
Und der Erlösung großes Werk vollbracht,
Das gleich den Gliedern eines Leibes einte
Mit festem Band die gläubige Gemeinde.«

»Für alle –« klang es im Hussitenheere –
»Ist auch der Gnade Kelch mit Christi Blut,
Denn allen ward verkündet seine Lehre,
Die in der Gleichheit aller Menschen ruht,
Und Erd' und Himmel hat nicht höhre Ehre,
Als nun uns wird mit dem geweihten Gut.«
Im Märtyr'tum, in grauser Todeshalle
Ertönt es noch: »*Der Kelch des Heils für alle!*«

So wußten sie die Losung recht zu fassen,
Erteilten sie an *Mann und Weib zugleich.*
Sie wollten nicht das hohe Erbteil lassen,
Das Bürgertum im neuen Liebesreich.
Da gab es keinen Neid mehr und kein Hassen,
Kein Sklaventum, kein Herrschen stark und feig,
Die Seelen galt's, die freien, zu erretten
Aus düsterm Bann, aus schwerer Knechtschaft Ketten.

Wo wieder aber ward der Ruf vernommen:
»*Für alle Freiheit!*« klang es fast wie Hohn,
Denn für die *Männer* nur war er gekommen
Im Wettersturm der Revolution.
Denn schien auch Joch auf Joch hinweggenommen,
Und stürzte auch in Trümmer Thron um Thron:
Dem *Männerrecht* nur galt das neue Ringen,
Das *Frauenrecht* blieb in den alten Schlingen.

Wohl grüßten freie Männer sich als *Brüder*,
Nur Bürger gab es, nicht mehr Herr und Knecht;
Wohl sangen sie der Liebe Bundeslieder
Und fühlten sich als ein erneut' Geschlecht.
Doch auf die *Schwestern* blickten stolz sie nieder,
Der *Menschheit Hälfte* blieb noch ohne Recht,
Blieb von dem Ruf: »für alle!« ausgenommen –
Ihr muß erst noch der Tag des Rechtes kommen.

Der Frauen Schar, die in den Staub getreten,
Ward nur erhoben an des Glaubens Hand.
Die Besten lernten fromm zum Himmel beten,
Weil ja die Erdenwelt sie nicht verstand;
Die andern aber ließen sich bereden
Sie seien nur bestimmt zu Spiel und Tand,
Es sei ihr höchstes Ziel im süßen Minnen,
Des ganzen Lebens Inhalt zu gewinnen.

Doch wiederum wird einst der Ruf erklingen:
So wie vor Gott sind wir auf Erden gleich!
Die *ganze Menschheit* wird empor sich ringen
Zu gründen ein erneutes Liebesreich,
Dem Weibe wie dem Mann sein Recht zu bringen
Zu wahren mit des Friedens Palmenzweig.
In laut'rer Wahrheit stolzem Siegesschalle
Tönt's noch einmal: »*Erlösung kam für alle!*«

Noch immer fällt der Regen

Unter den Luftangriffen 1940. Nacht und Morgendämmerung.

Noch immer fällt der Regen –
finster wie die Menschenwelt, schwarz wie unser Sturz –
blind wie die neunzehnhundertundvierzig Nägel
auf dem Kreuz.

Noch immer fällt der Regen
mit einem Ton wie der Pulsschlag des Herzens, der
verwandelt ist in den Hammerschlag
auf dem Töpfersacker und den Hall der gottlosen Füße

auf dem Grab:
Noch immer fällt der Regen
auf den Blutacker, wo die kleinen Hoffnungen wachsen
und das menschliche Hirn
seine Gier nährt, dieser Wurm mit der Stirne Kains.

Noch immer fällt der Regen
zu Füßen des Verhungerten Mannes, des ans Kreuz
Geschlagenen.
Christus, der du von jedem Tag, jeder Nacht aufs neue
dort angenagelt wirst, erbarme dich über uns –
über den reichen Mann und den armen Lazarus:
Unter dem Regen sind die Wunden und das Gold wie
eins.

Noch immer fällt der Regen –
noch immer stürzt das Blut aus des Verhungerten
Mannes wunder Seite:

Er trägt in seinem Herzen alle Wunden – die des
Lichtes, das starb,
den letzten schwachen Funken
im selbst-ermordeten Herzen, die Wunden der
trauernden Finsternis, die nicht begriffen hat,
die Wunden des gehetzten Bären, den die Wärter
schlagen
auf sein hilfloses Fleisch ... die Tränen des gejagten
Hasen.

Noch immer fällt der Regen –
dann – oh, ich will springen auf zu meinem Gott: der
mich niederwirft –
schaue, schaue, wo Christi Blut strömt im Firmament:
Es fließt von der Stirn, die wir an den Baum genagelt
tief herab zu dem sterbenden, dem dürstenden Herzen,
das die Brände der Welt umschließt – dunkel befleckt
von Schmerzen
wie Caesars Lorbeerkranz.

Dann ertönt die Stimme des Einen, der wie das Herz des
Menschen
einst ein Kind war, das unter den Tieren lag –
»noch immer liebe ich, vergieße noch immer mein
unschuldiges Licht, mein Blut, für dich«.

Eine Stimme aus den Fabriken

. . .

Prüfe und entscheide. Beobachte einen Tag lang
einen dieser Kleinen. Die Sonne scheint seit
einer Stunde, und im Strahl der Morgenröte
schlendert er allein dahin, der letzte und geringste.
Sieh, wo er steht, noch zögernd auf dem Schwellenstein,
als hasse er es, dem stärkenden Wind zu entsagen,
mit sehnsüchtigen, schweifenden Blicken,
zurückgeworfen
auf all das Licht und die Pracht hinter ihm,
und seufzt beim Gedanken, daß er im Dunkeln
eingeschlossen sein muß.

Tritt ein mit ihm. Der Fremde, der den Blick gleiten läßt
über die kleinen Bewohner dieser düsteren Stätte
(wo erbärmliches Leiden seinem zurückschaudernden
Blick begegnet),
gewöhnt an die Pracht eines Kindergesichts,
sein wechselvolles Licht, seine bunte, funkelnde
Anmut
(Strahlen himmlischen Sonnenscheins auf unserer
schattenverhangenen Erde!),
erschrickt über jedes bleiche und freche und
niederträchtige Gesicht,
dessen Lächeln weder Unschuld noch Frohsinn zeigt –
und versteht die angeborene Erbsünde.

Dort schmachtet das bleiche Waisenkind, dessen
schwache Kräfte
die aufgezwungene unaufhörliche Mühsal hassen,
nach der kühlen, süßen, ausgedehnten
Abenddämmerung,
der Spielstunde im Sonnenlicht und dem Tau am
Morgen,
zermürbt vom eintönigen Grau seines freudlosen
Daseins –
während seine heißen, zitternden, matten kleinen Hände
mechanisch den Befehlen des Aufsehers gehorchen.

Dort beleidigen klagende Kummerlaute und
schmerzhafte Schläge
das Ohr und schrecken es aus der Ruhe auf
(während die Lungen nach der Luft schnappen, die diese
Stätte gewährt);
oder des Elends freudloses Laster, die Zote,
durchbricht die kranke Stille: den Gast anstarrend,
der ihre Arbeit zu betrachten kommt, vertreiben sie sich
den unbewachten Augenblick; halbunterdrücktes
Flüstern
und leises Murmeln entweiht ihre bleichen Lippen –
während von Gesicht zu Gesicht ein seltsames und
widerspenstiges Lächeln leuchtet.

Dies also sind seine Gefährten: zu jung,
um ihre niederträchtige und betrübliche Fröhlichkeit zu
teilen,
sitzt er dabei: schweigend läßt er seinen kleinen Kopf
hängen ;
seine Glieder sind verkrampft; sein Körper ist vor
Schwäche gebeugt;

folgsam müht er sich, bis die so verbrachten langen
Stunden
den Schlummer der Erschöpfung bewirken, dumpf und
tief.
Des Wächters Schlag, dreist – plötzlich – heftig,
drängt ihn aus dieser Lethargie des Schlafs
und befiehlt ihm zu erwachen zum Leben – zu Arbeit
und Tränen!
...

DJINTANA PINTCHALIO

Herzschnitt für die Gesellschaft

Sie können dem Herzkranken helfen durch Heilschnitt,
nicht wahr,
Triumphe, verstehst du, der Menschheit über den Tod,
ein Schritt, der dem Sterben beinahe schon Einhalt
gebot,
ein glänzender Sieg über das, was die Menschen noch
plagt.

Drum klatschen wir Beifall denn dem, was die Ärzte
bewirkt,
die rastlos den Tod überwinden, bis schier er verzagt –
sie haben die Krankheit, das Fieber, die Schmerzen
verjagt.
Ein heilender Arzt, fast scheint er den Göttern heut
gleich.

Doch unsre Gesellschaft, wie steht es erbärmlich um die!
Sie ist bis ins Herz von verwesendem Siechtum
verseucht
seit lang, langer Zeit, nicht wahr, guter Arzt, wie mich
deucht:
So hilf doch dem Herz der Gesellschaft in diesem
Geschlecht.

Das Messer setz an, o Wundarzt, mit heilendem Griff
und schneide die schwärenden Schwülste, das
Wuchergeflecht,
die fauligen, fiebrigen Süchte in Sitte und Recht,
der Säfte erkrankten Gestank vor dem Untergang.

Verwandle das Herz, mach neu es in Würde und Wert,
daß ohne Verderbnis es schlage, in reinlichem Klang.
Wie könnte es sein, daß Fortschritt jemals gelang,
wenn knechtisch und krank das Blut des Gemeinwesens
rann.

Denn sind auch des Herzschnitts am Menschen wir
mächtig, wird doch
zu heilen die sieche Gesellschaft gelingen nur dann,
wenn jeder es selber auch wagt, bis zum letzten Mann,
ins Herz ihr zu schneiden und auszubrennen die
Schmach.

Lied des Ölbaums

Besingen wir den Ölbaum
Der Ölbaum ist schief und krumm, aber er ersprießt aus
Felsen
Mit sieben trägt er seine Frucht
Und stirbt nicht, seinen Tod kennt man nicht
Er kann schwerfällig sein, aber wird nicht unfruchtbar
Er ist unsere Frau.

Besingen wir den Ölbaum, ja den Ölbaum
Vor Dürre hat er keine Angst
Er ist häßlich wie er nützlich ist
Durch Schlagen erntet man seine Frucht
Bis auf den Kern wird er verarbeitet
Von Jahr zu Jahr sieht man sich ihn an
Er ist unser Mensch.

Besingen wir den Ölbaum, ja den Ölbaum
In Heiligen Schriften wird er beschworen
Denn wenn er nicht trägt, leidet man Hunger
Wann er sich fortpflanzt, weiß man nicht
Seinen Platz füllt immer ein junger Baum
Er ist unsterblich
Er ist unser Arbeiter.

Besingen wir den Ölbaum
Für das Recht des Ölbaums
Für sein ungestümes Recht, das den Felsen
durchdringt

Für diese verschrumpelte, bittere Zukost unseres Brots
Für das Recht seines Kerns, dem das Öl ausgepreßt wird

Das Recht wird nicht mit Füßen getreten werden.

BARBARA SADOWSKA

und so fingen aus meinem Hochhaus Leute zu springen
an,
in einer, auf der Antenne hängenden Lacktasche
ein Fetzen: niemanden beschuldigen, kam irgendwie
nicht durch
auf der anderen Seite zittrig und gestrichen: positive
Desintegration
Zurücktreten! Bitte zurücktreten! Habt ihr nie eine
Leiche gesehen!

und so geht die Mobilität einer Versteigerung aufs
Mobiliar über
das Tote nimmt Leben an wie die Mobiles von Calder

das Einufern des Abwesenden ist das Anwesendmachen
wir tun es stets
und man braucht sich der Käfige Maulkörbe
Alpengärtchen
Aquarien nicht zu schämen, wir, Schmiede eiserner
Träume,
steigen einfach an festgelegten Stationen aus wenn das
Spiel mit dem Wasser in den Mund

nehmen beginnt mit dem Feuereröffnen dem Säuglinge
abstempeln links
der Henker rechts das Opfer rechts der Henker links
das Opfer
der Alltag schmeichelt mit Saccharin und der in Wörtern
flatternde Totengräber

macht sich munter ans Werk
Mund Herz Hirn öffnen und das Tote nimmt Leben an
wie die Mobiles von Calder

oder das Bestehende zusammenraffen verbal
ineinanderfügen in Bewegung setzen
zu Marionetten für die UNICEF

EWA LIPSKA

Prüfung

Die Aufnahmeprüfung für das Königsamt
wurde glänzend bestanden

Es meldete sich eine gewisse Zahl Könige
und ein Königsanwärter

zum König wählte man einen König
der König sein sollte

Er erhielt Zusatzpunkte für seine Abstammung
für seine spartanische Erziehung

und für sein
ehrwürdig – erwürgendes Lächeln

Im Fach Geschichte gab er Antworten
mit großem Gefühl fürs Schweigen

Die obligatorische Fremdsprache
entlarvte sich als seine eigene

Als er von Kunst redete
wurde er herzergreifend

Einen der Prüfer griff er
zu stark ans Herz

Ja
gewiß das war ein König

Der Vorsitzende des Prüfungsausschusses
lief das Volk zu holen
um es feierlich
dem König auszuhändigen
Das Volk war in Leder
gebunden

An die Genossen
(Tote beim Symposium)

Nichts hab ich euch zu sagen
auch keine Rede zu halten
für eure verlorenen Seelen
für euer Lebensspiel
bin schon entweiht
eurer Wut
und anmaßenden Revolte
eurem domestizierten
Tod
hab nur unterdrückten Schmerz
Steinwürfe und Straßenkämpfe
vor gequälten Augen
trotzdem begleit ich euch
auf dem Marsch
einsame Komplizin
mit verrauchter Wut

Vögel

Nun ja, die Vögel.
In V-Formation schießen sie nieder aufs Dach,
Victoria! Sieg. Es läuft die Wochenschau,
nun ja, die Vögel,
was fressen die Vögel?
Blut fressen sie in Venezuela,
Honig fressen sie in Guatemala,
aber Stiefel, die fressen sie nicht.

Wenn es keine Blutzeugen gibt,
sterben auch die Zeugen aus,
man kann Lederfabriken, Ledermärkte machen,
Abenteuer auf dem Ledermarkt,
und Stiefel, Stiefel, Stiefel.
Nun ja, die Vögel.
Der Himmel oben, die Gossen unten.
Wer wird sie zähmen.

Krankheiten des Südens

Fötus
und wenn er nicht
mit gebrochener Wirbelsäule
geboren wird
erfleht er den Tod ohne elektrische Spannung
ohne Gurte noch Beschläge
natürlich
und nicht von der Erde verschlungen:
daß er ihn umarme
nicht handgefesselt
in einen farblosen Kittel gewickelt
nicht zum Krüppel geschlagen
gesellig
und mit eigenem Namen
damit er in Frieden ruhe

Die leeren Hände

Zwei leere Hände
gaben die Mächtigen.
Nichts anderes.

»Halte durch, wenn du kannst!
Ertrinke, wenn nicht!«

Sie schlugen –
Meine leeren Hände,
soll ich euch aufheben
meinen Kopf zu schützen,
meinen herabsinkenden Kopf?

Oder entflamme ich schon,
presse zur Faust
meine Hände, meine Hände erwachen zu ihrer Kraft –
schlage ich zurück,
schlage ich zurück,
so daß die Sterne aus ihrer Bahn geschleudert werden –?

Die Wüste hat zwölf Ding

MECHTHILD VON MAGDEBURG

Die Wüste hat zwölf Ding

Du sollst minnen das Nicht,
Du sollst fliehen das Icht.
Du sollst alleine stahn
Und sollst zu niemand gahn.
Du sollst sehre unmüßig sein
Und von allen Dingen frei sein.
Du sollst die Gefangenen entbinden
Und die Freien zwingen.
Du sollst die Siechen laben
Und sollst doch selbst nichts haben.
Du sollst das Wasser der Pein trinken
Und das Feuer der Minne mit dem Holz der Tugend entzünden,
So wohnest du in der wahren Wüste.

HSI-DJÜN

Klage

Dorthin, wo der Himmel endet,
Haben mich meine Leute geschickt,
Gaben mich in die Fremde, dem König
Der Wu-sun zum Weibe.

Ein Zeltdach ist meine Wohnung,
Aus Filz sind die Wände.
Rohes Fleisch muß ich essen,
Stutenmilch ist mein Getränk.

Nie verläßt mich der Gedanke an die Heimat,
Das Herz blutet mir.
Ein gelber Kranich wünschte ich zu werden
Und nach Hause zu fliegen.

AL-CHANSA

Aus den Totenliedern auf ihren Bruder Sachr

Jawohl, der Zeiten Lauf und was er tilgt, ist wunderbar,
Er lässet übrig uns den Schweif und rottet aus das
Haupt,
Läßt jeden Namenlosen uns und schlägt uns mit Verlust
Der Edelsten, daß wir sie sehn vermodert und verstaubt.
Das ewig neue Zwillingspaar von Tag und Nacht, es
bleibt
Im Wechsel unentlaubt, und nur die Menschen sind
entlaubt.

KAROLINE VON GÜNDERODE

Vorzeit, und neue Zeit

Ein schmaler rauher Pfad schien sonst die Erde.
Und auf den Bergen glänzt der Himmel über ihr,
Ein Abgrund ihr zur Seite war die Hölle,
Und Pfade führten in den Himmel und zur Hölle.

Doch alles ist ganz anders nun geworden,
Der Himmel ist gestürzt, der Abgrund ausgefüllt,
Und mit Vernunft bedeckt, und sehr bequem zum
Gehen.

Des Glaubens Höhen sind nun demolieret.
Und auf der flachen Erde schreitet der Verstand,
Und misset alles aus, nach Klafter und nach Schuhen.

IRMA GEISSLOVÁ

Abkehr

Über die Felder herbstlich und matt
ziehn Winde im Reigen,
jagen ein letztes einsames Blatt;
weithin nur Schweigen.

Dämmerlicht fällt ins Land, gleicht der Trauer,
wenn von uns zieht

der, den wir schätzen; taulos und trocken
raschelt das Ried.

Ohn eine Träne irrt in die Ferne
starrend der Blick;
jemand entschwand im Zwielicht des Herbstes,
Schmerz bleibt zurück.

Wolkengebirge türmen sich auf,
Sturm fegt vorbei;
starr wird das Herz, das sehnsüchtig wartet,
reißt gleichsam entzwei.

SINAIDA GIPPIUS

Schrei

Ich vergehe vor Müdigkeit,
meine Seele ist ganz wund und blutet ...
Gibt es denn über uns kein Mitleid,
gibt es über uns keine Liebe?

Wir erfüllen einen strengen Willen,
wie Schatten, still, ohne Spur;
einen unerbittlichen Weg
gehen wir – nicht wissend wohin.

Und die Last des Lebens, die Kreuzeslast
ist um so schwerer, je weiter es geht ...

Und es wartet ein unbekanntes Ende
an einer ewig verschlossenen Tür.

Ohne Murren, ohne Erstaunen
tun wir, was Gott will.
Er hat uns ohne Begeisterung erschaffen
und konnte uns, nachdem er uns erschaffen hatte,
nicht liebgewinnen.

Wir fallen, eine kraftlose Menge,
kraftlos an Wunder glaubend,
und von oben, wie eine Grabplatte,
lasten blinde Himmel.

EEVA LIISA MANNER

Duo

Was für ein feuchtes dunkles pochendes Weltenall,
was für ein Schoß einer langmütigen Mutter
ließ die Formen Glied um Glied entstehen,
wiederholte die Geschichte als groteske Erinnerungen,
zerstörte und gebar aufs neue?

Morgen vielleicht schüttelt man uns in dem anderen
Zimmer
auf dem karierten Boden aus
neben den Bauern und den König, den Turm und den
Springer,

alle haben dasselbe Schicksal: zu nehmen und genommen
zu werden.
Oder wir spielen mit Sternen, mit Booten der Engel,
wir malen die Sonne an die karierte Decke des Himmels,
die Wiesen auf die Erde,

die warmen Wälder, die duftenden Haine,
die Wedel des Schilfs, gebrochen vom Licht,
schließt und öffnet der Wind; die Panther dem Wind
abgekehrt
und die Elefanten, die Trompetenbläser;
die Weiden
mit den Lämmern, den sich öffnenden Blumen,
die Schmetterlinge vereinigen sich mit den Blüten
(was für ein Meer von Farben und Liebeslust; die
polygamischen lieben Briefe),
und schließlich die Stille, von den Vögeln in ihren
Gesang gewoben:
wie Seide glänzen sie im tiefen Indigoblau,
wie ein spröder Saum –

Gott,
warum war dein Fühlen so tief,
daß du Bildern Leben schenktest?
Warum war deine Freigebigkeit so groß,
daß du die Welt uns überließest?
Deine Geschöpfe leiden! In unsere Augen hat man
abertausende Schrecken gesät,
unsern Sinn hat man für verrückt und begierig erklärt.
Wunde Esel tragen unsere Lasten,
die Hunde, deine Hunde, die einzig Treuen,
deren Augen aus Sorge um die Anhänglichkeit glänzen.
Hast du es gesehen? Die Augen des Heiligen

sind nicht langmütiger!
Canis Domini. Und Columba, Columba,
die Taube, dein Liebling, ist voller Ungeziefer.
Die Männer irren umher,
die Heiden und die Juden,
die Sterne weisen keinen Weg, nicht der milde Orion.
Gezeugt in der Höhe, geboren im Reich des Todes
der Hirte des Himmels.

Warum hast du die elendeste aller Welten geschaffen?
Warum gabst du der Krankheit eine liebliche Hülle?
Warum ist das Paradies eine Hölle? Warum ist Leben
Sterben?
Warum ist Liebe Haß? Warum Kälte Frieden?
Warum ist Güte Einfalt? Warum bekam der Teufel
Flügel,
den freien Willen und die schlagfertige
Überredungskunst?
Warum ist Entsagen das Lösegeld? Warum Leere
Erfüllung?
Warum ist Wahrheit eine prächtige Lüge?
Nimm diese Bilder zurück! Kehre zurück und spiele
mit deinem Rechenbrett,
gib den Tieren Frieden.

Rebus

Wie wirst du heranwachsen
ohne Alibi,
ohne Heiligenschein,
für die Rikscha oder zum Straßenkehrer
mit einem Wissen, das nicht dazugehört,
und so linkisch, daß dir der Krampen abbricht in der
Hand,
allergisch gegen jeden Faustschlag
Magma der Vergangenheit,
der du hundertmal Hinterhalten knappest entronnen,
rein geblieben bist in der Schule der Erpressung,
komisch verliebt in die slowenischen Zischlaute,
vernarrt in die Politik
bis zum Atmen und über die Ohren deiner
Gymnasiastenliebe hörig.

Wie wirst du der Peitsche ausweichen
wenn sie kommen und dir den Sinn deines Lebens
austreiben?

Der Baumstumpf

Stille Städte leben auf aus Farnkraut.
Wehklagen aus der Erde, tief, wohnt in den
Stoppelfeldern.
Dem verwundeten Bären leckt das Weibchen den
Scheitel;
so traurig tut die Bärin und stumm wie eine Pflanze.
Allein der Mensch sitzt schadenfroh und wüst auf dem
nackten
Baumstumpf einer Buche, gibt sich seinen Phantasien
hin.

Wo kann abschütteln der Mensch
seine Enge, die tägliche Umgebung?
Schon längst ließ ihn mit sich alleine die Natur.
Wo soll er sich verstecken? Es blitzen Schneiden scharf
im Dunkeln,
du weißt nicht: Lanze oder Axt, Mond oder Räuber.
Ein Toter auf dem Baumstumpf sitzt. Die Nacht, ein
Steinkauz,
schweigend horcht sie, ob sein Puls noch geht.
Seine angefreßnen Hände hält der Tote in den Wind.
Auch der
Wind ist voller Pest, trägt sich mit Selbstmordgedanken.

Die Fische ertränkten das Licht.
Wir fanden nichts im trägen, schweren Wasser.
Auf dem toten Baumstumpf sitzt ein Toter, wacht
ein Jemand. Mond oder Räuber, einer von beiden ist es
bestimmt.

UNICA ZÜRN

Das Leben, ein schlechter Traum

Der Mensch ist Rauch. Alle beten,
sterbend um Rache. Alle! Nichts
als Nacht. Ich Elender sterbe um
all' diese Scherben. Nacht! Mut! Er,
der Nebel lacht mich aus. Sterne,
ernste Sterne, bald lache ich um
den Irrtum, lache! Lache bestens!
Breche alles mitten durch: Nase,
Bauch, rechten Arm. Elende List
des Liebens! Marter! Ach, Leuchten
des bleichen Traums – er lachte
mich an, der Lebenstaeuscher
und brachte nichts. Arme Seele.

INGIBJÖRG HARALDSDÓTTIR

Verzweiflung

Tief unten in der Erde
nagt sie an den Wurzeln
langsam aber zielbewußt
bis eines Tages
– ich weiß daß er kommt –
sie mich mittendurch genagt hat

und ein Teil von mir
rast wie von Sinnen
auf und davon
verschwindet durchs Küchenfenster

der Rest bleibt zurück
und macht den Abwasch zuende.

NATASHA LAKO

Das Laub fällt jeden Herbst

Das Laub fällt jeden Herbst,
Im Herbst jeden Tag, jede Stunde . . .
Und der Wind beginnt in den gefallenen Blättern im Hof
Die Minuten des Jahres zu zählen.

Großmutter kehrt die Blätter,
Sie kehrt und kehrt . . .
Ihr scheint, daß Großvater
Jedes Jahr zurückkommt,
Um die Bäume im Wind zu schütteln.

Das Laub beginnt farblos zu werden,
Das Laub wird stumm,
Und Großmutter kehrt und kehrt . . .

Leiden

Im Ozean löst sich (ganz allmählich)
ein Stein aus Salz.

Es verblieb der Geist, freier
als der Körper.

Die Musik, weit hinaus
über das Instrument.

Vom Hebel
sein Daseinszweck: Der Antrieb.

Es verblieb das Siegel, der Abschluß
des Werkes.

Das Licht, das den Stern überlebt
und seine Krone ist.

Das Wunderbare. Das Unsterbliche.

Was verlorenging war wenig.

Es war aber das, was ich am meisten liebte.

Der Schmerz

Das Glück hat keine Lieder, das Glück hat keine Gedanken,
das Glück hat nichts.
Stoß an dein Glück, daß es zerbricht, denn das Glück ist boshaft.
Das Glück kommt sacht wie das Säuseln des Morgens in das schlafende Gebüsch,
das Glück gleitet vorbei wie leichte Wolken über dunkelblauen Tiefen,
das Glück ist wie das Feld, das in der Mittagsglut schläft
wie die endlose Weite des Meeres in den heißen, lotrechten Strahlen,
das Glück ist machtlos, es schläft und atmet und weiß von nichts ...

Kennst du den Schmerz? Er ist stark und groß mit heimlich geballten Fäusten.
Kennst du den Schmerz? Er lächelt hoffnungsvoll mit verweinten Augen.
Der Schmerz gibt uns alles, was wir brauchen –
er gibt uns die Schlüssel zum Reich des Todes,
er schiebt uns durch die Pforte, wenn wir noch zaudern.
Der Schmerz tauft das Kind und wacht mit der Mutter
und schmiedet all die goldenen Hochzeitsringe.
Der Schmerz herrscht über alle, er glättet die Stirn des Denkers,

er legt den Schmuck um den Hals der begehrten Frau,
er steht in der Tür, wenn der Mann von der Geliebten
kommt ...

Was ist es noch, was der Schmerz seinen Lieblingen
gibt?
Ich weiß nichts mehr.
Er gibt Perlen und Blumen, er gibt Lieder und Träume,
er gibt tausend Küsse, die alle leer sind,
er gibt den einzigen Kuß, der wirklich ist.
Er gibt uns unsere sonderbaren Seelen und
merkwürdigen Einfälle,
er gibt uns allen Lebens höchsten Gewinn:
Liebe, Einsamkeit und das Angesicht des Todes.

DANIELLE COLLOBERT

schluchzergeschüttelt – Speichel auf den Lippen – bitterer Geschmack – rutscht ein wenig zur Ecke hin – die Nase gequetscht – die Lippen – die Lippen schief verzogen – bis aufs Zahnfleisch hochgestülpt – näßt die Wand – mit geschlossenen Augen – Bauch und Brust plattgedrückt – löst sich – kommt stärker wieder zurück – harter Schulterstoß – löst sich – mit den Knien mit den Ellenbogen kommt zurück – boxt mit den Fäusten – mit dem Faustrücken – bis auf den Knochen – fängt wieder an – die Haut wird rot – reißt schließlich – er fällt – gekrümmt – mit ausgestreckten Armen an der Wand entlangschleifend – nur von den Fingernägeln in der Senkrechten gehalten – er stürzt hin – Aufschlag des Rückens – der Kopf dröhnt am Boden auf dem Holz – er stützt sich mit dem Ellenbogen ab – schleppt sich an der Wand entlang – erreicht den aufgehängten Mantel – hängt sich dran – zieht sich hoch – gräbt den Kopf in die Wolle – erwischt die Ärmel – schnürt die Ärmel-Enden ein – kreuzt sie um den Hals – erwartet Sanftes – aber nein – schnürt sich fester – erstickt – hustet unter Tränen – erstickt – läßt locker – klammert sich an den Stoff – zieht kräftig um zu zerreißen – er reißt mit aller Kraft – reißt Stücke mit den Zähnen heraus – spuckt – erstickt – die Arme die herabfallen – sackt zusammen – gleitet zu Boden

TERESA TRUSZKOWSKA

Am Boden

Dieser ungestillte Durst
am Boden der Krüge
Diese Wunde
am Boden der Stille
geplatzter Kristall der Luft
dem Munde unerreichbare
Kühle
vom Bewußtsein bedacht –
und ich vertiefe in mir
diese Nacht
die Grenze von Zeit und Blick

Irre
schütte den trockenen Sand um
und staune
über das abwesende Land

HILDA DOOLITTLE

Lethe

Kein Strahl, kein Arm, kein Vließ
wird retten euch,
kein Baldachin rot, noch ein dicht
Zedergewölb wird verstecken euch,
weder Tanne
noch Ficht.

Von Ginster nicht Glanz noch Gedörn,
kein Heckengesträuch
mit Blüten wie Feuer klar,
nicht Klage der Dommel wird wecken euch,
nicht Hänfling
noch Star.

Kein Ruf, kein liebender Blick, kein
Erschrecken, denn euch
verlangt nach der Nacht und dem Guß
der Woge, die anrollt, zu decken euch
ohne Frage
und Kuß.

Die sogenannten großen Leute

Die sogenannten großen Leute, was fangen die mit der
Nacht an?
Die großen Leute legen die Nacht nicht als Mantel
um
Wie es Gefangene tun
Die Nacht ist für sie
Ein Schleier über die Untaten des Tages gesenkt
Vor der Nacht stehen sie gebeugt
Denn weder fällt sie noch hebt sie sich
Auf ihr Geheiß

Die Nacht verändert jeden
Manche Wunden sind nicht zu sehen
Sie schmerzen nur
Die sich nirgends verbergen können
Verbirgt die Nacht

Die Nackten
Wickeln die Dunkelheit wie ein Tuch um sich
Die Bedeckten
Werden ganz nackt
Die Nacht verändert jeden

Manche großen Leute
Warten den ganzen Tag auf die Nacht
Um vor der eignen Heuchelei
Ihre Ruhe zu haben

Manche großen Leute wechseln das Nachtgewand
Und warten auf den Morgen
Um von neuem groß zu sein

Die sogenannten großen Leute
Was fangen die
Übers Stillen des Hungers hinaus mit der Nacht an?

Das Essen das über
Den Hunger hinaus in ihre Häuser geraten ist:
Manche großen Leute riechen wie es fault
Und sehen zu wie ihre eigenen Kleider
An ihrem eigenen Leib
Schmutzig werden

Manche großen Leute denken: Wenn es schon Nacht ist
Soll für ein langes und normales Leben
Die Nacht so lang sein
Wie keine Nacht lang sein kann

Den Tag umzukehren
Warten sie auf die Nacht
Und durch deren Adern breit wie Gassen
Möchten sie lärmend
Wie Kater jagen
Möchten schwimmen im schwarzen Blut der Nacht

Für manche großen Leute
Ist das Ding das ihrem Gesicht gleicht
Ein Mißverständnis
Im Spiegel ihr Gesicht zu sehen
Ist eine Idiotie
Für sie ist ihr Gesicht eine Art Gerücht

Solche großen Leute sehnen sich
Den ganzen Tag nach dem Anblick ihrer Füße
Die zu berühren
Manche Leute in die Schuhe fassen müssen

Denn die mit denen die großen Leute es zu tun haben
Sind entweder andere Gesichter
Oder bloß Papier

Wenn in einer solchen Nacht die großen Leute ihre
nackten Füße betrachten
Glauben sie plötzlich zu Unrecht
Sie werden auch ein Gesicht haben

Das Gesicht
Das weder im Büro ist
Noch im Spiegel
Das Gesicht
Das nie in ihrem Gesicht ist:
Um dieses Gesicht weinen sie
Und während sie aus Furcht vor ihrem Tod
Gespräche führen
Hassen sie sich selbst die ganze Nacht
Manche großen Leute die
Tags keinen Faden
Ins Nadelöhr fädeln können
Reißen der Nacht jedes einzelne Haar aus

Ihr Morgen
Beginnt mit der Entschädigung für die zersprungenen
Knöpfe
Ihr Morgen
Beginnt mit Verdecken und Verbergen

Ansonsten
Ist dies eine Art Kriegserklärung:
Die sogenannten großen Leute, was fangen die mit der
Nacht an?

NANCY MOREJÓN

Adiós Felicidad

Für Ela O'Farril

ja Ela
das Glück geht vorbei wie die Ochsen
das Glück vergeht wie die Ochsen
manchmal stolpert man in den Straßen darüber
und wer getrunken hat von seinem Geist oder seinem
Mysterium
ist sicher daß er den Tod sucht
und daß er ihn trifft
und eines Tages
eines einzigen Tages
– nur ein Tag wird reichen
da wird es vorüberfahren einsam schmutzig
zeigt nur das Profil
geliebte Ela
ohne anzuhalten zumindest
ohne sich umzudrehn.

Poem

Die Bäume sind von weichem Lichte übergossen,
im Winde zitternd glitzert jedes Blatt.
Der Himmel, seidig-blau und glatt,
ist wie ein Tropfen Tau vom Morgenwind vergossen.
Die Tannen sind in sanfte Röte eingeschlossen
und beugen sich vor seiner Majestät, dem Wind.
Hinter den Pappeln blickt der Mond aufs Kind,
das ihm den Gruß schon zugelächelt hat.

Im Winde sind die Büsche wunderbar:
bald sind sie Silber und bald leuchtend grün
und bald wie Mondschein auf lichtblondem Haar
und dann, als würden sie aufs neue blühn.

Ich möchte leben.
Schau, das Leben ist so bunt.
Es sind so viele schöne Bälle drin.
Und viele Lippen warten, lachen, glühn
und tuen ihre Freude kund.
Sieh nur die Straße, wie sie steigt:
so breit und hell, als warte sie auf mich.
Und ferne, irgendwo, da schluchzt und geigt
die Sehnsucht, die sich zieht durch mich und dich.
Der Wind rauscht rufend durch den Wald,
er sagt mir, daß das Leben singt.
Die Luft ist leise, zart und kalt,
die ferne Pappel winkt und winkt.

Ich möchte leben.
Ich möchte lachen und Lasten heben
und möchte kämpfen und lieben und hassen
und möchte den Himmel mit Händen fassen
und möchte frei sein und atmen und schrein.
Ich will nicht sterben. Nein!
Nein.
Das Leben ist rot,
Das Leben ist mein.
Mein und dein.
Mein.

Warum brüllen die Kanonen?
Warum stirbt das Leben
für glitzernde Kronen?

Dort ist der Mond.
Er ist da.
Nah.
Ganz nah.
Ich muß warten.
Worauf?
Hauf um Hauf
sterben sie.
Stehn nie auf.
Nie und nie.
Ich will leben.
Bruder, du auch.
Atemhauch
geht von meinem und deinem Mund.

Das Leben ist bunt.
Du willst mich töten.

Weshalb?
Aus tausend Flöten
weint Wald.

Der Mond ist lichtes Silber im Blau.
Die Pappeln sind grau.
Und Wind braust mich an.
Die Straße ist hell.
Dann . . .

Sie kommen dann
und würgen mich.
Mich und dich
tot.
Das Leben ist rot,
braust und lacht.
Über Nacht
bin ich
tot.

Ein Schatten von einem Baum
geistert über den Mond.
Man sieht ihn kaum.
Ein Baum.
Ein
Baum.
Ein Leben
kann Schatten werfen
über den
Mond.

Ein
Leben.

Hauf um Hauf
sterben sie.
Stehn nie auf.
Nie
und
nie.

CAROL RUMENS

Zivilisation

Dies ist die konstruierte Welt.
Die Geranien sind so vollendet,
daß sie aus Plastik sein könnten,

abgesehen von ihrem pfeffrigen Geruch,
reines Rot. Das Gras ist
auf zwei Zentimeter seines Lebens gestutzt.

Die Rosen sind besser genährt
als der größte Teil Indiens.
Der See hat die Form eines Klaviers.

Hier sind ein paar Kinder, verkümmert
in provozierend hohen Stühlen.
Mißhandelt, aufgesteckt wie Dahlien

und ins Licht gestoßen
beobachten sie Geschehnisse
mit aufmerksamen, tränenlosen Augen.

Die Alten nicken mit den Köpfen,
ihre Totenfarben plötzlich zerteilt
durch pasteurisiertes Lächeln, reinstes Weiß.

STEVIE SMITH

Nicht winkend, sondern ertrinkend

Niemand hörte ihn, den toten Mann,
doch noch immer lag er, klagend:
Ich war viel weiter draußen, als ihr dachtet,
und nicht winkend, sondern ertrinkend.

Armer Kerl, er scherzte immer so gern,
und nun ist er tot.
Es muß zu kalt für ihn gewesen sein, sein Herz gab auf,
sagten sie.

Oh, nein, nein, nein, es war immer zu kalt.
(Noch immer lag der Tote klagend.)
Ich war zu weit draußen mein ganzes Leben lang,
und nicht winkend, sondern ertrinkend.

Dennoch schauen

MAISUN

Ein Kleid von Woll und frei das Herz von Leide
Ist lieber mir als ein Gewand von Seide.
Ein Zelt, an das der Wüste Winde schlagen,
Ist lieber mir als der Paläste Ragen.
Ein hart Kamel im freien Feld zu reiten
Ist lieber mir als Maultiers sanftes Schreiten.
Ein Hund, der für die Wandrer bellt zum Zeichen,
Ist lieber als die Kätzchen mir, die weichen.
Ein Bissen Brot im Winkel einer Hütte
Ist lieber mir als eines Kuchens Schnitte.
Ein Rüstiger und Schlanker, der mein Vetter,
Ist lieber als ein Tölpel mir, ein fetter.

INÉS DE LA CRUZ

An die Hoffnung

Bezaubernd grünendes Gewächs des Lebens
und goldner Wahn, berückende Berückte,
in Schlaf und Traum mit wachem Aug Verzückte,
dein Schauen, deine Schätze all vergebens!

Weltseele du und Schlaffheit unsres Strebens,
im Welken Grünende und Scheingeschmückte,
dem Fröhlichen ein Jetzt und für Bedrückte
ein Morgen in dem Zeitlauf ihres Webens,

mit Eintagskindern magst du schattenspielen,
durch grüne Gläser ihre Welt gestalten,
nach Wunsch und Lust sie hin und wider drehen,

ich will im Schicksalsdämmer sicher zielen,
mit beiden Händen beide Augen halten
und nichts, als was ich so begreife, sehen.

Grünes Entzücken des menschlichen Lebens, törichte Hoffnung, vergoldeter Wahn, Traum der Verzweifelten, verworrener, wie von Träumen, so von eingebildeten Schätzen voll:
Seele der Welt, rüstiges Greisentum, altersschwache Jugendkraft, nur vorgestellt, das von den Glücklichen erhoffte Heute und das Morgen der Unglücklichen:
es mögen diejenigen deinem Schatten folgen, auf der Suche nach deinem Tag, die mit grünen Scheiben als Augengläsern alles nach ihrem Wunsch gemalt sehen;
ach, vernünftiger in meinem Schicksal, halte in beiden Händen beide Augen und sehe nur, was ich anfasse.

VITTORIA COLONNA

Du sehnst dich, verzehrst dich und grämst dich,
du freust dich, besinnst dich und schämst dich,
du fühlst in der Gier dein Herz nur noch schwerer.
Du wolltest zu viel ergreifen, besehen;
Zum Schluß ist dein Herz nur noch leerer!
Aber, da, auf einmal, lernst du alles verstehen;
Das Leid vergeht,
Freude besteht:
Licht durchflutet in schöner Klarheit
Deine Höhen und Tiefen – du weißt die Wahrheit.

GASPARA STAMPA

Blind liebt ich einst, Geliebter, nachtbefangen,
Mich rasch verwirrend in den bösen Reichen
Der Sinne. Doch das Dunkel seh ich weichen,
Das Herz erwacht zu reinerem Verlangen.

Klar, wie am Himmelszelt die Sterne prangen,
Prangt deiner Seele Schönheit ohnegleichen,
Prangt Ruhm und Ehre, keinem zu erreichen:
In sie sei nun mein Lieben eingegangen.

So will ich meiner Sonne Licht genießen
Mich spiegelnd in der Reinheit reinem Scheine.
Bewundernd will im Anschaun ich zerfließen.

So wend ich mich, so laß ich das Gemeine.
Nicht soll sich mehr das Herz am Herzen laben:
Die Seele speist sich mit der Seele Gaben.

ANNA LOUISA KARSCHIN

Lob der schwarzen Kirschen

Des Weinstocks Saftgewächse ward
Von tausend Dichtern laut erhoben;
Warum will denn nach Sängerart
Kein Mensch die Kirsche loben?

O die karfunkelfarbne Frucht
In reifer Schönheit ward vor diesen
Unfehlbar von der Frau versucht,
Die Milton hat gepriesen.

Kein Apfel reizet so den Gaum
Und löschet so des Durstes Flammen;
Er mag gleich vom Chineser-Baum
In echter Abkunft stammen.

Der ausgekochte Kirschensaft
Gibt aller Sommersuppen beste,
Verleiht der Leber neue Kraft
Und kühlt der Adern Äste;

Und wem das schreckliche Verbot
Des Arztes jeden Wein geraubet,
Der misch ihn mit der Kirsche rot
Dann ist er ihm erlaubet;

Und wäre seine Lunge wund,
Und seine ganze Brust durchgraben:
So darf sich doch sein matter Mund
Mit diesem Tranke laben.

Wenn ich den goldenen Rheinstrandwein
Und silbernen Champagner meide,
Dann Freunde mischt mir Kirschblut drein
Zur Aug- und Zungenweide:

Dann werd ich eben so verführt,
Als Eva, die den Baum betrachtet,
So schön gewachsen und geziert,
Und nach der Frucht geschmachtet.

Ich trink und rufe dreimal hoch!
Ihr Dichter singt im Ernst und Scherze
Zu oft die Rose, singet doch
Einmal der Kirschen Schwärze!

RICARDA HUCH

Mein Herz, mein Löwe

Mein Herz, mein Löwe, hält seine Beute fest,
Sein Geliebtes fest in den Fängen,
Aber Gehaßtes gibt es auch,
Das er niemals entläßt
Bis zum letzten Hauch,
Was immer die Jahre verhängen.
Es gibt Namen, die beflecken
Die Lippen, die sie nennen,
Die Erde mag sie nicht decken,
Die Flamme mag sie nicht brennen.
Der Engel, gesandt, den Verbrecher
Mit der Gnade von Gott zu betauen,
Wendet sich ab voll Grauen
Und wird zum zischenden Rächer.
Und hätte Gott selbst so viel Huld,
Zu waschen die blutrote Schuld,
Bis der Schandfleck verblaßte, –
Mein Herz wird hassen, was es haßte,
Mein Herz hält fest seine Beute,

Daß keiner dran künstle und deute,
Daß kein Lügner schminke das Böse,
Verfluchtes vom Fluche löse.

LUDMILLA WILKINA

Befreiung

Ich such nicht Liebe, such das leichte Rätsel.
Der Gruß der Unwahrheit nur mich erregt.
Mein Lieben wird vom Leben nicht gepflegt.
Ich bin Verrat – und Durst nach leichtem Rätsel.

Verrat – das ist der Gottheit reiche Fülle,
Die Hoffnung auf das Überirdsche hegt.
Es siegt hier, wer der Lüge Panzer trägt,
Wahrheit ist nur des Knechts zufällge Hülle.

Mich ließ das Übel Wahrheit nicht gesunden.
Gleich einem Wurm kroch in der Menge ich.
Und so hat auf dem Lebenspfad sie mich,
Die vormals Freie, schließlich dann gebunden.

Die breite Straße öffnet sich mir nun:
Der Lüge Preis: von Wahrheit auszuruhn!

Abriß eines Lebens

Für den Anfang ein Becken. Ein Lendentuch.
Oder nur das Lendentuch
Oder nicht einmal das

Für den Anfang nur du leiblich
Der Leib ist einem lieb solang er ist

Komm singen wir
Das Lied vom Leib
Für den Anfang . . . schwerelos, frei
Komm schlagen wir's
Für den Anfang . . . mit dem Stock

Nimm, grab um diesen
Berg, jenes Tal
Steh auf, los, lauf heb hoch diese Sänfte

Steh auf und hör
Immer wieder steh auf hör oder hör nur
Sprich nicht
Lauf
Und sing auch

Nach wie vielen niedrigen Daseinsformen
Hat man's zu einem Männer- (oder Frauen-) leib
gebracht
›Danke. Wer immer ihn benutzt
Solang er hält . . .‹

Wenn du so weiterläufst wirst eines Tages
Du im Himmel ankommen und nichts als das Becken
schlagen
Für den Anfang
Reicht genau das

CHARLOTTE MEW

In den Feldern

Herr, wenn ich schau auf alles, wie's lieb mir vorbeigeht:
Wie unter alten Bäumen der Schatten des jungen Grün
Tanzt überm Grase gemach, nun der Wind in sie
einweht;
oder wie golden sich stillt der August,
Wenn die Korngarben glühn –

Wär es denn wahr, daß es schöner sei dort, wo du bist?
Und wenn es so ist –

Sendet die fremde Welt von Wesen, die ewig bestehn,
jene Träume mir zu, daß ich atme beklommen?
Sie treiben abends beim Heimflug der Raben
In Heuduft und Wehn
der Felder. Im Frühling sind sie gekommen.

Es bleibt noch lange heute abend hell, die Tage werden
länger,
der Lärm des grellen Tages löst sich auf und flieht,
die Bäume, überrascht, daß sie die Nacht nicht kommen
sehen,
sie bleiben wach im weißen Abendlicht und sinnen …

In die von Gold und Schwüle schwere Luft
verströmen die Kastanien ihren Hauch, als teilten sie ihn
aus;
man wagt nicht, aufzutreten und die weichen Lüfte zu
bewegen,
aus Angst, den Schlaf der Wohlgerüche zu behelligen.

Ein fernes Rollen von der Stadt dringt bis hierher …
Der Staub, den leichter Lufthauch aufgehoben hatte,
verläßt den zitternden, erschöpften Baum, den er
bedeckt,
und sinkt von neuem langsam auf die stillen Wege.

Wir sehen sie alle Tage aus Gewohnheit an,
die Straße, die so einfach ist und die so oft begangen
wurde,
und doch – es hat im Leben irgend etwas sich geändert:
wir werden nie die Seele mehr von heute abend
haben …

Pinien

Ich sage: Pinien, und fühle,
wie sich meine Seele läutert.
Ich sage: Pinien, und in meinem Ohr
braust der Wald.
Ich sage: Pinien, und über meine Lippen
fließt die Frische wilder Quellen.

Pinien, Pinien, Pinien. Mit geschloßnem Auge
seh' ich den Nadelkranz um die dichten Zweige,
die die Sonne spalten in ungleiche Oblaten
und sie wie eine Handvoll Flimmerblättchen
auf die Wege werfen zu ihren Füßen.

Ich sage: Pinien, und sehe mich mit braunen Zöpfen
und mit fünfzehn Lenzen
unter einer von ihnen, geräumig wie ein Haus;
wie einer eines Nachmittags auf meine Lippen drückt,
köstlich wie frische Frucht,
den ersten Liebeskuß.

Mein ganzer Körper zittert,
wenn er sich des Dufts von damals erinnert, der Kräuter
ringsum!
Und ich schlafe ein, die Augen voll Tränen,
wie die Pinien schlafen,
die Zweige voll Tau.

Durch meine Straße, viele Jahre schon,
hallen Schritte: meine Freunde gehen fort.
Das zögernde Fortgehen meiner Freunde
paßt der Dunkelheit dort hinter den Fenstern.

Die Angelegenheiten meiner Freunde liegen im argen,
in ihren Häusern ist keine Musik, kein Gesang,
und nur die Mädchen von Degas
streichen wie früher ihre blauen Federn glatt.

Sei's drum, sei's drum; möge die Angst
euch Schutzlose nicht aufwecken mitten in der Nacht.
Eine geheimnisvolle Leidenschaft für den Verrat,
meine Freunde, trübt eure Augen.

O Einsamkeit, wie schroff ist dein Charakter!
Mit einem eisernen Zirkel blitzend,
schließt du so kalt den Kreis
und achtest nicht der nutzlosen Beteuerungen.

So rufe mich und belohne mich!
Als dein verwöhntes Kind, freundlich behandelt von dir,
werde ich mich, an deine Brust gelehnt, trösten,
werde mich waschen in deiner blauen Eiseskälte.

Laß mich auf Zehenspitzen in deinem Walde stehen
und mich am Ende dieser verlangsamten Bewegung
Blätter finden und sie ans Gesicht heben
und die Verlassenheit als Seligkeit empfinden.

Schenke mir die Stille deiner Bibliotheken,
die strengen Motive deiner Konzerte;
weise geworden, werde ich jene vergessen,
die gestorben sind oder die heute noch leben.

Und ich werde die Weisheit und die Trauer
kennenlernen,
die Dinge werden mir ihren geheimen Sinn anvertrauen.
Die Natur, sich an meine Schulter lehnend,
wird mir ihre kindlichen Geheimnisse mitteilen.

Und dann werden aus den Tränen, aus der Dunkelheit,
aus der armen unwissenden Vergangenheit
die schönen Züge meiner Freunde
erscheinen und wieder verschwimmen.

ANNE-MARIE ALBIACH

Rückerinnerung

Die Nacht »*in ihren Fetzen abgelaufen*« erneuert die Spur ihrer Blößen.

Ein Datum läßt die Grenzen des wild und rituell gewordenen Hungers erahnen; ihr Flexionsrhythmus entsprach dem.

So zeigte es sich und ihr Blick befreite sich aus den Kraftperspektiven. Es sollte sich an einem Ort entwikkeln der sie jenseits des Ausdrucks vereinte.

Ich werde ihn so nennen, werde ihn benennen, sein Name spiegelte sich in der geraden Schulterlinie, in der Linie der Augenlider; die Erinnerung zog auf dem Wasser eines Weihers verschiedene Personen an, den Atem, und diese extreme Ungenauigkeit, über alle Maßen neu.

Legten sie ihre offene Hand auf den schmerzhaften Punkt, den Körper befragend, und eine zur Reife strebende Glut veränderte seine Rede über unterirdisches Ungestüm, Rückzüge und Annäherungen.

»Du hast die Spuren dieser Jugend wiedergefunden« – und ich vergegenwärtige mir *gelehrte Objekte* dir vertraut geworden in ihrer Wiedergabe.

Er hat das Wollen der Elemente verschoben, den Kopf gesenkt, um das Sepia Wasser des Auffiugs zu erspüren. Sie hätte an diese Erscheinung glauben können; *Lachen eingedunkelter Gazellen in der Allee*. Der Schlaf peinigt den Nacken wie der Schwund des durch Verlust gebrochenen Ichs. Ein Kreis in unserem schwarzen Atemholen.

Tango Nummer drei

Gitarre
Harmonika
von Wein gefärbt.

Die Freudenhäuser des Hafens
öffnen euch ihre Hangars.
Zwischen den Alkoholschwaden
ausgedampft von den Matrosen
die sich an fünf Sonnen betranken,
drückt die Harmonika
drückt die Gitarre
das Mark von unseren Klängen
in die ziehenden Wunden.

Gitarre
Harmonika
was habt ihr nicht alles getrunken!
Seele des Armenviertels
Seele der Dachgeschosse
– die euch erfühlen
sind schon zufrieden
mit ein paar Münzen aus Kupfer.

Tango
du schenkst deine Trauer
dem Weltstadtcafé.

Schweifende Musikanten
tragen dich auf den Schultern
überall hin.
Harmonika und Gitarre
zwei Pfeifen voll Wein.

GRACE PALEY

Im vierten Stock

Die Frau im vierten Stock sagte Du Schlampe!
  Hab ich dir nicht verboten an meine Tür zu klopfen
  steh gefälligst gerade benimm dich anständig!
Das Mädchen sagte Ich bin gar keine Schlampe Ich hatte
  keinen Vater keine Mutter ...
Die Frau sagte Hör auf Ich hatte auch keinen Gar nichts
  hatte ich
Das Mädchen sagte Ich bin keine Schlampe Ich ficke
  keinen Typen
Die Frau sagte Was kümmern mich die Typen du bist
  ekelhaft Du bist keine Dame
Dreckig bist du schau dich doch an du kannst ja die
  Augen kaum offenhalten.

Der Junge erschien am Treppenabsatz Er brüllte
  Diana komm sofort hoch wo sind die Tuinal-Tabletten
Das Mädchen sagte Ich hab sie nicht
Der Junge schrie Ich hatte sechzehn Zehn hab ich geges-
  sen vier hast du gekriegt müssen noch zwei dasein

Ich hab sie nicht Ich hab nur zwei Methodon
Schau dich an sagte der Junge Du hängst ja total durch
du hast sie genommen
Hab ich nicht sagte sie komm mit zum East River Drive
Eddie
Da steigt ne Party Ich werd sagen, daß du mein Mann
bist
Der Junge schrie gibt mir die zwei Tuinal

Die Frau nahm das Mädchen bei der Hand Geh auf der
Stelle zurück in deine Wohnung kümmer dich nicht
um ihn
wasch dich du stinkst kämm dir dein Haar reiß dich
zusammen
schämst du dich denn nicht? Benimm dich anständig

WAVA STÜRMER

Es ist Abend
und dunkel.
Es ist März.

Ich hole die Wäsche vom Balkon
beinahe trocken
durchweht vom ersten
Frühlingswind.

Es ist Abend.
Die Fabrik ist gut zu hören.

Einige haben gerade ihre Arbeit begonnen
halten die Industrie in Gang
die unsere Stadt
ernährt und verzehrt.

Es ist Abend.
Im Haus gegenüber
haben nur die Pettersons Licht gemacht.
Und das Fenster rechts
dort ist immer Licht.
Die haben wohl Angst
die auch.

Es ist Abend.
Die alte Küche
füllt sich mit dem Duft der Wäsche
als ich sie falte.
Und ich denke lange
an die Sache mit der Sauberkeit
und an den Frühlingswind
und die Stadt
und alle die hier wohnen.

An die die schlafen
und an die deren Lampe
brennen muß in der Nacht.

Schwalbenkraut

Geisterhafte Federn, Engelsgebein, ich seh sie steigen
über der West Thirteenth Street, schwerelos, leuchtend,
winzige Don Quichots, die gen Himmel segeln
pünktlich: es ist Ende August.
Ich bin der Transzendenz müde. Laß uns zu Hause
bleiben
heute abend, nur wir, laß uns das Telefon aushängen
und ein friedvolles Bier trinken auf der Feuerleiter.
Jenseits des dunklen Gartens gießt unsre lesbische
Nachbarin
ihre Terrasse voller staksiger Geranien,
der Hausmeister und seine Frau geben eine Salsa-Party
und in einer kleinen Weile wird der Mond sich erheben
über die müden städtischen Londoner Platanen,
und der Altphilologe nebenan
wird von seinem Lexikon aufblicken und sich entsinnen,
daß selbst Zeus zu uns herabstieg der Liebe wegen.
Liebe, wir könnten schlimmer dran sein als dem Atmen
der Stadt zu lauschen,
die dabei ist, zu Bett zu gehen, während über uns
kalte Galaxien von Milkweed strömen und strömen.

ELISABET LAURILA

Gebet an die Nacht

Nacht, du, die groß ist und gütig,
spinne mich summend in Schlaf.
Breite vor meinen Augen meiner Kindheit kühle Träume
und vor meinen Ohren die sausende Stille:
das Seufzen der fernen Wälder
und das schläfrige Lied der Winde.

Nimm meine Gedanken weg,
bereite ihnen ein Bett in Blütenkronen
und auf betauten Blättern.
Nimm meine Sorgen weg wie Kleider,
die der Tag benötigt,
atme Frieden auf meine Stirn,
der als stiller, ertränkender Strom
über meinen ermüdeten Körper flute.

AINO KALLAS

Der Schwan des Todes

Der bleiche Schwan des Todes
schwimmt auf dem dunklen Strom,
doch wer sein Singen vernommen,
nicht fragt nach den Reizen der Welt.

Schon zweimal, o Schwan des Todes,
hast du gesungen vom Dachfirst herunter,
hör ich dich nun zum dritten Male,
mein eigener Aufbruch naht.

MARIANNE MOORE

Kein Schwan so schön

›Kein Wasser so still wie Versailles
  tote Fontänen.‹ Kein Schwan,
mit schwarzem blindem Schrägblick
und Ruderbeinen, so schön
  wie jener aus geblümtem Porzellan
mit braunen Augen und gezahntem Gold-
Halsband, das den Besitzer angibt.

Gelagert auf dem Kandelaber-Baum
  von Louis Quinze mit hahnenkamm-
roten Knäufen, Dahlien,
Seeigeln und Immortellen,
  ruht er auf verzweigtem Schaum
von blankem getriebenem
Blumenwerk – zwanglos und schlank.
  Sein Herr ist tot.

Die Tauben, die auf dem Friedhof kreisen, gurren,
und er, der ohne Augen blickt,
er, der sieht und den Flug der Tauben um die
zerbombten Grabsteine nicht sehen kann,
der Turm des Mondes dreht sich, dreht sich düster ins
Scheinwerferkreuz.

Was macht der Seestern mit seinen Armen,
und wo sind all die rechtsverdrehenden Prahler und
Bänker,
welche die rote Linie ziehen?
In ihren von korinthischen Säulen getragenen Banken
tuschelnd,
während sie sich die Finger belecken, um ihre
Geldscheine zu zählen,
und jeden Tag ein neues Datum in den Kalender setzen.

Was ist das, was du da hast, eine Schreibfeder, ein
Gänsekiel?
Oh, ich habe nichts als einen unbehängten
Kleiderbügel,
die auf ein Zimmer geklebte Fettmarke eines
Kopfes,
an der Wand eines Zimmers, das sie dreiseitig
zurückließen
und allen offen, das Tapetenmuster zu sehen und den
Ort, wo im Kamin ein Feuer brannte.

Komm in den Garten, Maud,
wirf dein Steingut in den leeren Abfalleimer,

zerbrich es gründlich, zerbrich es, zerbrich es in tausend
und abertausend Stücke.
Nicht einmal die Ausgräber werden, wenn sie sie wieder
zusammensetzen, erfahren,
ob es eine Teekanne oder ein Krug war.

MARIE PUJMANOVÁ

Gemischtwaren

Nelken fürn Groschen, fürn Groschen Muskat.
Seit Weihnachten arbeitslos. Für Schwesterchens Grab.
Wo denken Sie hin, zusammengerafft hat der ja genug
sich.
Fortwährend prahlte sie. Zum Militär. Schwägerin.
Markknochen nehm ich.

Eine Messerspitze Salz, und ein Stück Kren.
Wein' nicht, kleine Maus. Zum Arzt sollten Sie gehn.
Sie ist nur noch ein Schatten, eine Liebschaft hat er.
Brot und Dreck, was braucht der Mensch mehr.
Knoblauch 'ne Zehe, vom Bittern 'nen Fingerhut.
Schwarz färben laß ich's. Das Hänschen wächst gut.
Nehmen Sie's ernst, Herr Suk, mit dem Gewicht.
Ich sag, für ihr Wesen kann sie ja nicht.
Will dauernd Geld auf die Hand. Lästig wie Fliegen.
Schreiben Sie's an, Herr Suk, Sie werden's bald kriegen.
Nelken fürn Groschen und Pfeffer dazu.
Die Mutter sagte: spar zeitig, Mädchen, du.

JUDITH WRIGHT

Flußbiegung

Wer riß das Känguruhweibchen? Sein schlankes Skelett
wirbelte auf dem Wasser, die langen Hinterbeine
weißgewaschen wie Mondlicht.
Spuren im Sand, etwas trank frisches Blut.

Gestern nacht heulte in der Ferne ein Hund,
ein hungriger, nach Opfern gierender Geist.

Bei dieser Biegung, heißt es, stöberte die letzte Alte,
dünn, schwarz, Schmerzenslaute stammelnd,
nach Muscheln – weggestorben ihr Volk.

Der angeschwollne Winterfluß
krümmt über Gestein, eine wilde, nimmermüde Stimme.

JUDITA VAICIUNAITE

Das gelbe Licht des Senfes in der Blüte.
Einsamkeit, Sonne.
Ein Zustand,
Als ob man einen kindlich simplen Leierkasten drehe,
Als würden alle Ecken abgeschliffen,
Als ob in einer Welt, die rund und warm ist,
Mir wieder eine unbekannte helle Freude
Im Halse stehe.

Gelbe und bittre Fernen ...
Ich warte wieder auf das große Wunder
Und mühe mich umsonst, der, die ich gestern war,
Ganz zu entsagen ...
Mir bleibt nur diese rollende und senfne Sonne,
Die Schwerelosigkeit
Und Liebe,
Den Sinn der Tränen und des Windes zu erfragen.

HELVI JUVONEN

Felsengrund

III

Drücke die warme Hand, dröhnend fallen
die Bäume der nördlichen Wälder, knarren
die Kräne im Hafen, singen die Schiffe:
wir kommen wieder. Dies ist die große Schönheit.
Was ist gering, fragt' ich und nahm eine
Moltebeere und kostete ihren Saft.
Große Moore ringsum, der Duft von Wildem Rosmarin,
Zwergbirken und spärliches Wachstum.
So frisch war ihr Geschmack.

IV

Die Felsenspalten sind voller Ursprungsworte,
die harte Erde, das Gras,
der gerodete Acker, die Ähren.

Die Lebenden finden inneren Frieden
an der Ruhestatt derer, die ihr
Tagwerk schon beendet haben. Granit
auch dort, und Leben und Wachstum
dazwischen und der mächtige Gesang des Windes
unter dem nördlichen Himmel.

ÁGNES NEMES NAGY

Dennoch schauen

Und dennoch schauen, schauen, sagte wer, sobald
der Rauchvorhang es zuläßt, in der spaltgroßen Pause
In diesem Augenblick zwischen dem Rauch, der Säure,
dem Ammoniak, den Angriffen,
schauen, weißt du, wie einen Tisch die Form auflösend
gleichzeitig schaun als Platte und Profil

Und tun, weißt du, tun, tun, ich tue unablässig
mein Körper macht Geschichte, macht Biologie
und reflektieren, weißt du, mir ist mein Kopf so
merkwürdig, so unvollendbar
die Kugelform, ich weiß gar nicht, warum ich sie so mag,
Augapfel, Schädel, Erdkugel, derlei begrenzt
Unendliches
doch diese sind zerrissene Kugeln, Kokosnüsse,
mit dem zerschlagnen Faserhaar der Sterblichkeit rings
eingefaßt

Und schaun, von oben, unten, aus allerlei Winkeln
umtasten das Objekt mit etlichen Augen
mit ihnen die Kontur heraushaun, schlämmen,
niederreißen
dieweil sie öffnen schließen öffnen sich in
ungleichmäßigen Wellenschlägen

und auch heraus aus den Objekten selbst die langsam
vielen Blicke
der Höhlungen gewaltige Blicke unwahrnehmbar
in reglosen Seen und Steinen
herauspfeilend als splittrige Lichtzeichen

Wiewohl nichts, sagte wer, helfen diese verstreuten
hunderttausend Augen
wiewohl nichts hilft der Biosphäre mich umrauschendes
Palmwimpern-Aug,
spröde Äste der Zedern, Fächer Laubs
einiger Jahreszeiten Kratzer
Himmel Sonne um mich
ab und auf
schauen obwohls nicht hilft und dennoch schauen

Schaun, weißt du, schaun
wie eine, sagte wer, Narbe am Baum schaut

an eine Mohnblume mitten in der Stadt

aus meinen Köpfen sprießt
das Feuerwerk der Tränen, der
Flieder rostet, der Liguster
weht, die Camouflage des
Sommers läßt Gewitter ahnen –
Wolfsmilch besamt die Flur, die
Stare fallen, Mücken
flirren im Dorngebüsch, das
abgewelkte Blühen einer
Wolke von erbsengrüner Kirschenfrucht
gekrönt –
samt aufgeprägten kaiserlichen
Doppeladlern – Portraits auf roten Ziegeln – bröckelt
die Friedhofsmauer ab
gestützt nur noch von immergrünen
Efeuranken –
im Aufwind flügelschlagend
steht
raubvogelgleich mein Herz nach Beute äugend

Lied vom Begehren

Wanderer sein –
viele möchten wandern
doch nicht allen zeigt der Bach die Quelle.
Denn aufgeschlossen muß man sein
und immerfort bereit das Unverhoffte zu empfangen.

Und das fängt allerorten an.
An jeder Stelle ist der Anfang dessen
was man die Quelle nennt.

Wir sind's gewohnt
dort scheue Tiere anzutreffen
die nur den Kopf hochreißen
witternd
eh sie das Maul zum Wasser senken
wir sind's gewohnt dort auch den Jäger anzutreffen
der gegen Wind die Flinte anlegt.

Wir nehmen das Wort Quelle allzu
wörtlich.
Wir sind's gewohnt
aus hohler Hand sie frisch zu kosten
Und drin Erinnerung und Staub hinwegzuspülen.
Die eigentliche ist's noch nicht
ist nur ein Teil davon.

Denn ihren Anfang nimmt die Quelle überall.
Man braucht von nirgends fort um hinzukommen.

Wenn man nur aufgeschlossen ist
wenn man den Anfang greift selbst noch im Tod
und allem Tun des Endgültigen Siegel nimmt
das heißt wenn man vermag
allzeit das Unverhoffte zu erhoffen –

braucht man von nirgends fort um hinzukommen.

SHU TING

menschenherzen und ihre gesetze

für eine blume zu sterben
lohnt sich
unter kalten wagenrädern
und grausamen stiefelsohlen
werden die frühlingsregenbögen
düster und fahl
in allen pupillen
sie sind nicht aufzuhalten
und nirgends anzuklagen
also lohnt sich
als protest der tod

um eines wortes willen zu verstummen
lohnt sich
wiegt mehr als jeder
wasserfall von rede
dies eine wort

versiegelt hinter deinen lippen
bringt alle wahrhaftigkeit
und allen mut zutage
die in dir sind
kannst du dies eine wort nicht sagen
lohnt das verstummen
um nicht verrat zu begehn

ein leben lang sich treu bewahren
um eines einzigen versprechens willen
einsamkeit auf sich nehmen
um einer einzigen hingabe willen –
ja, man soll sein leben nicht
vertun
doch das herz eines menschen
hat seine eigenen gesetze

könnten wir hundertmal sterben
oder tausendmal
dann würde unser schweigen versteinern
und wie ein zutagetretendes flöz
unsere existenz bezeugen
in der dahinfliehenden zeit
doch, denk daran
der schärfste protest
die mutigste wahrhaftigkeit
ist
zu leben, und den mund aufzutun

Die Wahrheit heißt schlechtes Benehmen.
Die Wahrheit kann nicht nach verschiedenen Seiten
Kontakte unterhalten.
Die Wahrheit ist eingeschränkt, deswegen
kümmert sich niemand darum,
sie ist unmöglich.
Die Wahrheit blamiert sich in Gesellschaft.
Die Hälfte des Lebens ist auftreten.
Das nennt die Wahrheit eine Kulisse.
Niemand will den Augenblick seines Todes erfahren.
Auch nicht, wie dick, runzelig, häßlich, alt er ist.
Nicht, wie schlecht er schreibt und daß
er keine Chancen hat, Künstler zu werden.
Sage jemandem: Du bist ein unbedeutender Taugenichts.
Oder: Klatschbase, Hure?
Sag einem Mann: Du bist erbärmlich schlecht im Bett,
ganz zu schweigen von deiner Karriere?
Völlig richtig, daß man die Wahrheit auf der Straße
gesteinigt hat.

Der Kuckuck ruft

Der Kuckuck ruft
es lacht das Laub tanzt das Licht quillt das Wasser
das heißt Liebe heißt Warnung

In einer Zeit da die Wälder fallen abrasiert
da alle Welt der Erde unter den Rocksaum grapscht
ihr das letzte Grün zu entwinden
da alle Welt in die Meere kotzt –
jetzt noch: Löcher in den Himmel fetzend
diese kleinen Rebellen die Fluor-Gase
kleine Guerilla die in den Himmel
unaufhaltsam in den Himmel steigt

Seid stündlich bereit
auf das letzte Stündlein der Erde!

Wen immer in Südgewässern der Kuß der Sonne trifft
er empfängt den Keim des Todes ahnungslos
Bald schon geraten die Sinne der Jahreszeiten aus
dem Rhythmus
schneit es im Sommer kommt es zu Hitzschlägen im
Winter

Und dennoch
vielleicht weil er es weiß oder obwohl er es weiß:
mit der schönen Melodie seiner Stimme der
prophetischen
innehaltend in diesem einen Augenblick aus
Jahrmillionen
ruft der Kuckuck

Anhang

Verzeichnis der Autorinnen, Gedichte und Druckvorlagen

Dem folgenden Verzeichnis wurde eine Liste der Anthologien vorangestellt, denen zwei oder mehr Gedichte entnommen sind. Diese werden im Einzelnachweis dann jeweils mit dem halbfett gedruckten (Kurz-)Titel aufgeführt.

Die biographischen Angaben zu den einzelnen Lyrikerinnen sind – dies ist bei der großen historischen und geographischen Spannweite der vorliegenden Sammlung nicht anders möglich – notgedrungen von sehr unterschiedlicher Einläßlichkeit. Es schien uns aber doch besser, die vorhandenen Informationen weiterzugeben, als etwa aus Gründen eines selbst auferlegten Systemzwangs ganz darauf zu verzichten.

Abendländische Lyrik. Von den Troubadours bis zum 20. Jahrhundert in deutschen Übertragungen. Hrsg. von Erwin Laaths. München: Winkler, 1969.

Beschwingter Stein. Zeitgenössische Lyrik aus Jugoslawien. Ges. und nachged. von Ina Jun Broda. München/Wien: Jugend und Volk, 1976.

Britische Lyrik der Gegenwart. Engl./Dt. Hrsg. von Iain Galbraith. Mainz: Forum mainzer texte, 1984.

Chinesische Frauenlyrik. Tzi-Lyrik der Sung-Zeit. Von Li Tsching-dschau und Dschun Schu-dschen. Hrsg. und übers. von Ernst Schwarz. München: Deutscher Taschenbuch Verlag, 1985. (dtv 2151.)

Deutsche Dichterinnen vom 16. Jahrhundert bis zur Gegenwart. Hrsg. von Gisela Brinker-Gabler. Frankfurt a. M.: Fischer Taschenbuch Verlag, 1978. (Fischer Taschenbuch. 1994.)

Englisch Horn. Anthologie angelsächsischer Lyrik von den Anfängen bis zur Gegenwart. Übertr. von Georg von der Vring. Köln/Berlin: Phaidon, 1953.

Finnische Lyrik aus 100 Jahren. Ins Deutsche übertr. von Friedrich Ege. Hrsg. von Horst Bienek. Hamburg: Merlin Verlag, 1973. ^{2}1985.

Gedichte aus der Neuen Welt. Amerikanische Lyrik seit 1910. Eingel. und übertr. von Kurt Heinrich Hansen. München: Piper, 1956.

Der Himmel voller Wunden. Polnische Gedichte, Chansons [. . .]. Hrsg. von Frank Geerk. Karlsruhe: von Loeper, 1982.

Ich habe dich an diesen wilden Ort geführt. Erotische Gedichte aus Italien. Hrsg. und übers. von Gino Chiellino. München: Kirchheim, [1988].

Irdene Schale. Frauenlyrik seit der Antike. Hrsg. von Mechthild Barthel-Kranzbühler. Heidelberg: Lambert Schneider. [1960].

Italienische Lyrik nach 1945. It./Dt. Hrsg. und übers. von Gio Batta Bucciol und Georg Dörr. Tübingen: Narr, 1986.

Jugoslawische Lyrik der Gegenwart. Hrsg. und ausgew. von Herbert Gottschalk. Gütersloh: Mohn, 1964.

Kranich am Meer. Koreanische Gedichte. Hrsg. von Peter H. Lee. [Auf Grund der Übertragungen des Hrsg.s und in Zsarb. mit ihm von Franz Wilhelm Huber und Albert von Schirnding in die vorliegende Form gebracht.] München: Hanser, 1959.

Landkarte schwer gebügelt. Neue polnische Poesie von 1968 bis heute. Hrsg. von Peter Raina. Berlin: Oberbaumverlag, [1981].

Litauische Poesie aus 2 Jahrhunderten. Hrsg. von Vytautas Kubilius. [Nachged. von Uwe Berger. . . . Den Nachdichtungen liegen Interlinearübersetzungen von Dana Albertus . . . zugrunde.] Berlin: Volk und Welt, 1983.

Lyrik aus Lateinamerika. Hrsg. und übertr. von Curt Meyer-Clason. München: Deutscher Taschenbuch Verlag, 1988. (dtv 10931.)

Lyrik des Ostens. Hrsg. von Wilhelm Gundert, Annemarie Schimmel und Walther Schubring. München/Wien: Hanser, 1978.

Moderne englische Lyrik. Engl./Dt. Ausgew., komm. und hrsg. von Willi Erzgräber und Ute Knoedgen. Stuttgart: Reclam, 1976. (Universal-Bibliothek. 9826.)

Moderne Lyrik aus Ungarn. [Hrsg. von Paul Kárpáti. Den erarb. Nachdichtungen liegen Interlinearübers. von Ingrid Bejach . . . zugrunde.] Leipzig: Reclam, 1982. (Universal-Bibliothek. 970.)

New York, New York. Gedichte zweisprachig. Hrsg. von Hans Christian Rohr. München: Schneekluth, 1988.

Nimm eine Rose und nenne sie Lieder. Poesie der islamischen Völker. Hrsg. [und übers.] von Annemarie Schimmel. Köln: Diederichs, 1987.

The Norton Anthology of Modern Poetry. Ed. by Richard Ellmann and Robert O'Clair. New York: Norton, 1988.

Der Ochsenkarren. Hindilyrik der siebziger und achtziger Jahre. Zsgest. von Vishnu Khave und Lothar Lutze. Übers. von L. L. Freiburg: Mersch, 1983.

Polnische Lyrik aus 5 Jahrzehnten. Hrsg. von Henryk Bereska und Heinrich Olschowsky. Berlin/Weimar: Aufbau Verlag, 1975.

Polnische Lyrik der Gegenwart. Hrsg. und übers. von Karl Dedecius. Stuttgart: Reclam, 1973. (Universal-Bibliothek. 9482/83.)

Polnische Poesie des 20. Jahrhunderts. Hrsg. und übertr. von Karl Dedecius. München: Hanser, 1964.

Résonances. Französische Lyrik seit 1960. Hrsg. von Eugen Helmlé. München: Kirchheim, [1989].

Russische Lyrik. Gedichte aus 3 Jahrhunderten. Ausgew. und eingel. von Efim Etkind. München: Piper, 1981.

Russische Lyrik. Von den Anfängen bis zur Gegenwart. Russ./Dt. Hrsg. von Kay Borowsky und Ludolf Müller. Stuttgart: Reclam, 1983. (Universal-Bibliothek. 7994.)

Schwan im Schatten. Lateinamerikanische Lyrik von heute. Übertr. und eingel. von Albert Theile. München: Langen-Müller, 1955.

Schwarzer Orpheus. Moderne Dichtung afrikanischer Völker beider Hemisphären. Neue Sammlung. Ausgew. und übertr. von Janheinz Jahn. München: Hanser, 1964.

Die Sonnenuhr. Tschechische Lyrik aus 11 Jahrhunderten. Hrsg. von Ludvík Kundera. 3 Tle. [in 2 Bdn.]. Leipzig: Reclam, 1987. (Universal-Bibliothek. 1153/54.)

Spanische Lyrik des 20. Jahrhunderts. Span./Dt. Ausgew., komm. und hrsg. von Gustav Siebenmann und José Manuel López. Stuttgart: Reclam, 1985. (Universal-Bibliothek. 8035.)

Still wie Licht in windloser Gegend. Lyrik aus Finnland. Eine Anthologie in Finnisch/Schwedisch und Deutsch. Ausgew. und übers. von einem Team unter der Leitung von Ingrid Schellbach-Kopra. Karlsruhe: von Loeper/Helsinki: Suomalaisen Kirjallisuuden Seura, 1985.

Das surrealistische Gedicht. Hrsg. von Heribert Becker, Edouard Jaguer und Petr Král. Frankfurt a. M.: Zweitausendeins Verlag, 1985.

Unbekannte Nähe. Moderne niederländische Lyrik bis 1980. Ausgew. und übers. von Hans Theo Asbeck [u. a.]. Straelen: Straelener Manuskripte Verlag, 1985.

Die Wasser sind weiser als wir. Türkische Lyrik der Gegenwart. Türk./Dt. Hrsg., übers. und mit einem Nachw. von Yüksel Pazarkaya. München: Schneekluth, 1987.

BELLA ACHMADULINA (geb. 1937 Moskau)

Studium am Literaturinstitut in Moskau. Mit 18 Jahren heiratete sie den Lyriker Jewgenij Jewtuschenko, in 2. Ehe den Erzähler Jurij Nagibin. In den 60er Jahren war sie wie Jewtuschenko ein Idol der Jugend. Lebt in Moskau.

Russische Lyrik. Von den Anfängen bis zur Gegenwart. S. 627–629.

ANNA ACHMATOWA (1889 bei Odessa – 1966 bei Moskau)

Tochter eines Ingenieurs. Begann schon mit 11 Jahren, Gedichte zu schreiben. 1910–12 Reisen nach Paris und Italien. Gründete 1913 zusammen mit Gumilew, Mandelstam u. a. die Gruppe der Akmeisten, die sich gegen Futurismus und Symbolismus wendeten. Nach dem 6. Gedichtband *Anno Domini* (1922) für 18 Jahre Publikationsverbot. 1946 Ausschluß aus dem Schriftstellerverband; nach dem 20. Parteitag Rehabilitierung.

A. A.: Poem ohne Held. Hrsg. von Fritz Mierau. Leipzig: Reclam, 1979. (Universal-Bibliothek. 795.) S. 87.

DELMIRA AGUSTINI (1886 Montevideo – 1914)

Stammte aus wohlhabender Familie und genoß eine private Erziehung. Schrieb erste Gedichte mit 16 Jahren, 1907 erschien ihr erstes Buch. 1913 Heirat, knapp 2 Monate später Trennung. Wurde 1914 von ihrem ehemaligen Mann ermordet.

Schwan im Schatten. S. 27 – © 1955 Langen Müller Verlag in der F. A. Herbig Verlagsbuchhandlung GmbH, München.

ILSE AICHINGER (geb. 1921 Wien)

Tochter einer Ärztin und eines Lehrers. Beginn eines Medizinstudiums, das sie nach 5 Semestern aufgab, um ihren Roman *Die größere Hoffnung* fertigzuschreiben. Seit 1950 Arbeit als Lektorin in Frankfurt a. M. und an der Hochschule für Gestaltung Ulm. 1953 Heirat mit dem Lyriker und Hörspielautor Günter Eich. Lebt bei Salzburg.

I. A.: Verschenkter Rat. Gedichte. Frankfurt a. M.: S. Fischer, 1978. S. 60. – © 1978 S. Fischer Verlag, Frankfurt am Main.

AKIKO YOSANO (1878–1942)

Schrieb schon als junges Mädchen Gedichte. Heiratete 1901 einen Lyriker, der eine Dichtergruppe und eine Zeitschrift gegründet hatte.

Ruf der Regenpfeifer. Japanische Lyrik aus 2 Jahrtausenden. Ausgew. und übertr. von Kuniyo Takayasu und Manfred Hausmann. Esslingen: Bechtle, 1961. S. 79–81. – © 1961 Bechtle Verlag. Mit Genehmigung der F. A. Herbig Verlagsbuchhandlung GmbH, München.

GÜLTEN AKIN (geb. 1933)

Die Wasser sind weiser als wir. S. 321. – © 1987 Franz Schneekluth Verlag, München.

ANNE-MARIE ALBIACH (geb. 1937)

Aufgewachsen in Südfrankreich. Nach dem Studium 5 Jahre in England. Gab eine Zeitlang mit Royet-Journoud die Zeitschrift *Siècle à mains* heraus.

Rückerinnerung [Übers. von Felicitas Frischmuth] 280

Résonances. S. 203. – © 1989 Verlag Peter Kirchheim, München.

SOPHIE ALBRECHT (1757–1840 Hamburg)

Tochter eines Medizinprofessors. Heiratete mit 14 Jahren, wurde geschieden, begann zu schreiben und zu schauspielern. Starb völlig verarmt.

An die Freiheit 189

Deutsche Dichterinnen. S. 147 f.

MIRA ALEČKOVIĆ (geb. 1924)

Der Vater 129

Beschwingter Stein. S. 80 f.

SIBILLA ALERAMO (1876 Alessandria/Piemont – 1960)

Tochter eines Fabrikbesitzers. Heiratete 1892 einen Arbeiter, von dem sie sich 9 Jahre später wieder trennte. Schilderte ihr freies Liebesleben in Romanen.

Porträt in Rot 170

Ich habe dich an diesen wilden Ort geführt. S. 11. – © 1988 Verlag Peter Kirchheim, München.

ALTA (d. i. Alta Gerrey, geb. 1942)

Ich hab kein Hasenschwänzchen hinten
[Übers. von Ulla Hahn] 166

The Penguin Book of American Verse. Selected and Introduced by Geoffrey Moore. London: Penguin Books, 1977. Revised edition 1983. S. 557 f.

PATRICIA ANGELINI (geb. 1946)

Italienische Lyrik nach 1945. S. 161. – © 1986 Gunter Narr Verlag, Tübingen.

AGNETA ARA (geb. 1945)

Finnlandschwedin. Veröffentlichte ihren ersten Gedichtband 1975.

Die Horen. Zeitschrift für Literatur, Kunst und Kritik. Jg. 29 (1984) Bd. 135. S. 161. – Mit freundlicher Genehmigung von Klaus-Jürgen Liedtke, Berlin.

MARGARET ATWOOD (geb. 1939 Ottawa)

Englisch-Studium in Toronto und Cambridge, Mass. Dozentin an verschiedenen kanadischen Universitäten. Seit 1972 freiberufliche Schriftstellerin. Lebt mit ihrem Mann, einem Schriftsteller, und ihrer Tochter in Toronto.

M. A.: Wahre Geschichten. Gedichte. Düsseldorf: Claassen, 1984. S. 55 f. – © 1984 Claassen Verlag, Düsseldorf.

ROSE AUSLÄNDER (1901 Czernowitz – 1988 Düsseldorf)

Studium in Wien. Lebte 1921–31 in den USA; Rückkehr nach Czernowitz, wo sie von 1940–44 im Ghetto lebte. 1946–64 wieder in den USA, seit 1965 in Düsseldorf.

R. A.: Hügel aus Äther unwiderruflich. Gedichte und Prosa 1966–1975. [Gesammelte Werke in 7 Bänden. Bd. 3. Hrsg. von Helmut Braun.] Frankfurt a. M.: S. Fischer, 1984. S. 213. – © 1984 S. Fischer Verlag GmbH, Frankfurt am Main.

INGEBORG BACHMANN (1926 Klagenfurt – 1973 Rom)

1940–45 Studium der Philosophie in Graz, Innsbruck und Wien; Promotion über Heidegger. 1951–53 Redakteurin in Wien, seither freie Schriftstellerin. Mitglied der »Gruppe 47«. Erste Gastdozentin auf dem Frankfurter Lehrstuhl für Poetik. Lebte in Rom, München, 1958–62 mit Max Frisch in Zürich und Rom, in Berlin, der Schweiz und wieder in Rom, wo sie an den Folgen von Verbrennungen starb.

I. B.: Werke. Hrsg. von Christine Koschel, Inge von Weidenbaum und Clemens Münster. Bd. 1: Gedichte. München: Piper, 1978. S. 172 f. – © 1978 R. Piper & Co. Verlag, München.

ONE BALIUKONYTE (geb. 1948)

Bauerntochter. Philologiestudium in Vilnius.

Litauische Poesie aus 2 Jahrhunderten. S. 307. – © für die Übersetzung 1983 Verlag Volk und Welt, Berlin.

BAN DJIÄ-YÜ (ca. 48 v. Chr. – 6 n. Chr.)

Dichterin, Geliebte des Han-Kaisers Tscheng-di. Das Gedicht »Der Fächer im Herbst« schrieb sie, als sie durch eine Tänzerin aus der Gunst des Kaisers verdrängt worden war.

Lyrik des Ostens. S. 262. – © 1978 Carl Hanser Verlag, München und Wien.

YOLANDA BEDREGAL (geb. 1908)

Bolivianerin.

Schwan im Schatten. S. 78 f. – © 1955 Langen Müller Verlag in der F. A. Herbig Verlagsbuchhandlung GmbH, München.

GIOCONDA BELLI (geb. 1948 Managua)

Wegen Beteiligung an den Befreiungsaktionen der Sandinisten in Nicaragua Verhaftung und Flucht nach Costa Rica. 1979, nach dem Sieg der Sandinistischen Befreiungsfront, Rückkehr nach Managua. Leitete das nicaraguanische Presse- und Informationsamt.

G. B.: Wenn du mich lieben willst. Ausgew. und übers. von Dieter Masuhr. Wuppertal: Hammer, 1985. (Dialog Dritte Welt. 31.) S. 106 f. – © 1985 Peter Hammer Verlag GmbH, Wuppertal.

OLGA BERGGOLZ (1910 Petersburg – 1975 Leningrad)

Arzttochter; 1926–30 Studium der Philologie. Journalistische Tätigkeit, erste Gedichtbände Mitte der 30er Jahre. 1937 Verhaftung zusammen mit ihrem Mann, dem Lyriker Boris Kornilow, der liquidiert wurde. Sie wurde freigelassen und erlangte große Beliebtheit, als sie während der Blockade Leningrads durch die Deutschen über den Rundfunk ihre Gedichte vorlas.

Russische Lyrik. S. 435 [Auszug.] – © für die Übersetzung 1981 R. Piper & Co. Verlag, München.

LOUISE BOGAN
(1897 Livermoore Falls, Maine – 1970 New York)

Erziehung in Manchester und Boston, Studium in Boston, Chicago und Washington. In Chicago und Washington hielt sie Vorlesungen über Dichtung. Lebte abwechselnd in New York, Santa Fé und Wien.

Gedichte aus der Neuen Welt. S. 58 f.

EMMY BRIDGWATER (geb. 1902)

Das surrealistische Gedicht. S. 151–153.

VIRGINIA BRINDIS DE SALAS (geb. 1920 Montevideo)

Tochter eines Malers; lebt in Montevideo.

Schwarzer Orpheus. S. 236. – © 1964 Carl Hanser Verlag, München und Wien.

GWENDOLYN BROOKS (geb. 1917 Topeka, Kansas)

Aufgewachsen in Chicago, wo sie auch lebt. Erhielt 1950 als erste Farbige den Pulitzer-Preis.

Schwarzer Orpheus. S. 266–268. – © 1964 Carl Hanser Verlag, München und Wien.

ELIZABETH BARRETT BROWNING
(1806 Coxhoe Hall, Durham – 1861 Florenz)

Nahm als Kind an der klassischen Bildung ihrer Brüder teil. Jahrelange Bettlägerigkeit wegen einer Rückgratverletzung; einsames Leben, Neigung zu Schwermut. Die Ehe mit dem Dichter Robert Browning, mit dem sie vor ihrem Vater nach Italien flüchtete, veränderte ihr Leben völlig. Die *Sonette aus dem Portugiesischen*, ihr berühmtestes Werk, spiegeln ihre Liebe zu Browning.

Abendländische Lyrik. S. 365. – © Insel Verlag, Frankfurt am Main.

SIMONETTA BUONACCINI
(d. i. Ludmila Šebestová-Bučanová, 1893–1935)

Gestorben in Italien.

Die Sonnenuhr. Tl. 3. S. 221 f.

PUREZA CANELO GUTIÉRREZ
(geb. 1946 Moraleja, Estremadura)

Schulzeit in Salamanca; Studium in Madrid, wo sie seither lebt und arbeitet.

Nun darf ich mich sterben lassen
[Übers. von Gustav Siebenmann] 53

Spanische Lyrik des 20. Jahrhunderts. S. 341–343.

ANNA CASCELLA (geb. 1941)

Du bist eingeschlossen 76

Italienische Lyrik nach 1945. S. 163. – © 1986 Gunter Narr Verlag, Tübingen.

GLADYS CASELY-HAYFORD (1904 Axim, Ghana – 1950)

Tochter eines Rechtsanwalts. Erziehung in England, kehrte als Lehrerin nach Westafrika zurück. Schrieb auch Kurzgeschichten, Essays, Schauspiele und Theaterstücke für Kinder mit Musikbegleitung.

Gesang afrikanischer Schulmädchen 98

Christ erscheint am Kongo. Afrikanische Erzählungen und Gedichte. Ges. und übertr. von Peter Sulzer. Heilbronn: Salzer, 1958. S. 31. – © 1958 Eugen Salzer Verlag, Heilbronn.

AL-CHANSA (d. i. Tumadir, 7. Jh.)

Aus den Totenliedern auf ihren Bruder Sachr
[Übers. von Friedrich Rückert] 242

Lyrik des Ostens. S. 48.

INGER CHRISTENSEN (geb. 1935 Vejle)

Lebt in Kopenhagen.

Die klassenlose Sprache [Übers. von Hanns Grössel] . . . 51

Die Horen. Zeitschrift für Literatur, Kunst und Kritik. Jg. 36 (1991) Bd. 162. S. 116. – Mit freundlicher Genehmigung von Hanns Grössel, Köln.

CHRISTINE DE PISAN (1365 Venedig – um 1430 Poissy)

Konnte als einzige Frau des europäischen Mittelalters vom Ertrag ihrer Werke, die sie hochgestellten Persönlichkeiten widmete, leben. 1418 Eintritt in ein Kloster. Neben ihrem lyrischen Werk (Lieder vom Glück der Ehe und vom Leid des Witwendaseins) setzte sie sich in didaktischen Schriften für humanistische Ideen und gegen frauenfeindliche Tendenzen in der zeitgenössischen Literatur ein. Auch biographische und politische Schriften.

Poesie der Welt: Frankreich. [Ausw. und Prosaübertr. von Eva-Maria Schulz-Sander.] Berlin: Propyläen Verlag, 1979. S. 21.

ELENA CLEMENTELLI (geb. 1923)

Ich habe dich an diesen wilden Ort geführt. S. 89. – © 1988 Verlag Peter Kirchheim, München.

DANIELLE COLLOBERT (geb. 1940 Rostrenen – 1978 Paris)

Nach abgebrochenem Studium Gelegenheitsarbeiten, Anstellung in einer Galerie. An ihrem 38. Geburtstag beging sie Selbstmord.

Résonances. S. 251. – © 1989 Verlag Peter Kirchheim, München.

CARMEN COLÓN PELLOT (geb. 1911)

Puertoricanerin.

Schwarzer Orpheus. S. 174. – © 1964 Carl Hanser Verlag, München und Wien.

VITTORIA COLONNA (1492 Castel Marino – 1547 Rom)

Aus altadliger römischer Familie, deren Palast in Neapel Mittelpunkt von Künstler- und Gelehrtenkreisen war. 1509 Hochzeit mit dem Marchese von Pescara, der 1525 nach der Schlacht bei Pavia starb. Bis 1537 Witwensitz in Ischia, dann in Klöstern und von 1544 bis zu ihrem Tod in Rom. Versammelte Dichter und Gelehrte um sich; besondere Freundschaft mit Michelangelo.

Alphons Nobel: Vittoria Colonna. Recklinghausen: Bitter, 1946. S. 114 f. – © 1946 Georg Bitter Verlag GmbH & Co. KG, Recklinghausen.

JANINA DEGUTYTE (geb. 1928 Kaunas)

Studium der Philologie in Vilnius. Lehrerin, dann Verlagstätigkeit. Seit 1960 freie Schriftstellerin.

Litauische Poesie aus 2 Jahrhunderten. S. 228. – © für die Übersetzung 1983 Verlag Volk und Welt, Berlin.

MARCELINE DESBORDES-VALMORE
(1786 Douai – 1859 Paris)

Tochter eines Malers. Unruhiges, von existenzieller Not geprägtes Leben als Schneiderin, Sängerin und Schauspielerin. Heiratete 1817 einen Schauspieler, gab 1820 ihren Beruf auf und widmete sich ihrer Familie und der Literatur. In ihren Versen gibt sie ihren Gefühlen und Enttäuschungen Ausdruck. S. Zweig urteilte über ihre Lyrik: »Eben weil diese Dichtungen nichts der Phantasie danken und alles dem Erlebnis, sind sie frauenhaft.« [!]

Stefan Zweig: Marceline Desbordes-Valmore. Das Lebensbild einer Dichterin. Mit Übertragungen von Gisela Etzel-Kühn. Leipzig: Insel-Verlag, 1920. S. 81.

CHRISTINE D'HAEN (geb. 1923 Sint-Amandsberg)

Studium der Germanistik in Gent, Amsterdam und Edinburgh. Mitarbeiterin am Gezelle Archiv in Brügge; lebt dort.

Lyrik seit 1960: Westfalen – Westflandern. Eine zweisprachige Anthologie. Poezie sinds 1960. [Ausw. und Einf. Westfalen: Lothar Jordan. Keuze en inleidingen West-Vlaanderen: Hugo Bruns.] Münster: Kleinheinrich, 1989. S. 177–179. – © 1989 Kleinheinrich Verlag Kunst – Literatur – Wissenschaft, Münster.

EMILY DICKINSON
(1830 Amherst, Mass. – 1886 Amherst, Mass.)

Tochter eines Rechtsanwalts. Besuch der Amherst Academy. Zog sich nach einer unglücklichen Liebe ab etwa 1856 zunehmend in ihr Elternhaus und dann in ihr Zimmer zurück, von wo aus sie nur brieflich Kontakt zur Welt außerhalb ihrer Familie unterhielt. Hier entstanden ihre fast 200 Gedichte, über die sie regelmäßig mit einem bekannten Bostoner Literaten korrespondierte.

E. D.: Gedichte. Engl./Dt. Ausgew. und übertr. von Gertrud Liepe. Nachw. von Klaus Lubbers. Stuttgart: Reclam, 1970 [u. ö.]. (Universal-Bibliothek. 7908.) S. 141.

BLAGA DIMITROWA (geb. 1922 Weliko Tyrnowo)

Studium der slawischen Philologie in Sofia und Moskau. Redakteurin der literarischen Zeitschrift *Septemvri*. Ausgedehnte Übersetzertätigkeit aus dem Polnischen, Griechischen und Russischen.

B. D.: Fenster zur Hoffnung. Gedichte. Hrsg. und aus dem Bulg. nachged. von Wolfgang Köppe. Nachw. von Barbara Antkowiak. Berlin: Verlag Volk und Welt, 1986. (1) S. 70. (2) S. 9. (3) S. 40. – © für die Übersetzung 1986 Verlag Volk und Welt, Berlin.

HILDE DOMIN (geb. 1912 Köln)

Tochter eines Rechtsanwalts. Beendete ihr Volkswirtschafts- und Soziologiestudium in Italien, wo sie 7 Jahre lebte, bevor sie für 4 Jahre nach England und für weitere 12 Jahre als Lektorin für Deutsch nach Santo Domingo ging. Kehrte 1954 nach Deutschland zurück. Lebt in Heidelberg.

H. D.: Gesammelte Gedichte. Frankfurt a. M.: S. Fischer, 1987. S. 331 f. – © 1987 S. Fischer Verlag GmbH, Frankfurt am Main.

HILDA DOOLITTLE (1886 Bethlehem, Penns. – 1961 Zürich)

Professorentochter; Studium am Frauencollege von Bryn Mawr. Seit 1911 lebte sie in Europa, verheiratet mit dem englischen Dichter Richard Aldington. Mit ihm, Ezra Pound, D. H. Lawrence und Amy Lowell gehörte sie zur Londoner Gruppe der Imagisten, als deren bedeutendste Vertreterin sie gilt. 1914–18 Herausgeberin der Zeitschrift *The Egoist* ; Patientin Freuds.

Unsterblich schöne Schwestern. Frauenlyrik aus drei Jahrtausenden. Hrsg. von Georg von der Vring. Ebenhausen b. München: Langewiesche-Brandt, 1956. S. 174. – © 1956 Verlag Langewiesche-Brandt KG, Ebenhausen bei München.

ANNETTE VON DROSTE-HÜLSHOFF
(1797 Schloß Hülshoff bei Münster – 1848 Meersburg)

Erhielt eine umfassende Bildung. Reisen an den Rhein und in die Schweiz. Bekanntschaft mit A. W. Schlegel, Simrock, Uhland, Schwab und den Brüdern Grimm. Freundschaft mit Levin Schücking. Seit 1841 lebte sie meist auf der Meersburg am Bodensee.

A. v. D.-H.: Gedichte. Ausw. und Nachw. von Siegfried Sudhoff. Stuttgart: Reclam, 1974 [u. ö.]. (Universal-Bibliothek. 7662.) S. 22 f.

DSCHUN SCHU-DSCHEN (12. Jh.)

Abendspaziergang 145

Chinesische Frauenlyrik. S. 70. – © 1985 Deutscher Taschenbuch Verlag GmbH & Co. KG, München.

DSI-YÄ (4.–5. Jh.)

Volkssängerin in Wu; trug vor allem wehmütige Liebeslieder vor.

Die Weberin [Übers. von Peter Olbricht] 140

Lyrik des Ostens. S. 275. – © 1978 Carl Hanser Verlag, München und Wien.

FADWA TUQAN (geb. 1917 Nablus)

Erste Gedichtveröffentlichungen 1955; gilt als führende palästinensische Dichterin.

Totenklage für ihren Bruder Nimr 148

Nimm eine Rose. S. 273. – © 1987 Eugen Diederichs Verlag GmbH & Co. KG, Köln.

ANNE FINCH (1661 Basingstoke – 1720 London)

1684 Heirat mit dem späteren Earl of Winchelsea.

Die Toten des Krieges 217

Englisch Horn. S. 78.

GLORIA FUERTES GARCÍA (geb. 1918 Madrid)

1937–39 Buchhalterin in einer Fabrik. Mitherausgeberin der poetischen Zeitschrift *Arquero*, lange Jahre Tätigkeit als Bibliothekarin. Schrieb außer Lyrik auch Geschichten und Gedichte für Kinder.

Ich mache Verse, meine Herren!
[Übers. von Gustav Siebenmann] 31

Spanische Lyrik des 20. Jahrhunderts. S. 292.

VERONICA GAMBARA
(1485 Pratalboino bei Brescia – 1550 Correggio)

Heiratete 1509 Gilberto X., Fürst von Correggio. Nach dessen Tod 1518 übernahm sie selbst die Regierung und versammelte bedeutende Künstler und Gelehrte wie Pietro Bembo, Aretino und Correggio an ihrem Hof.

Kurt Pfister: Vittoria Colonna. Werden und Gestalt der frühbarocken Welt. München: Bruckmann, 1950. – © 1950 Verlag F. Bruckmann GmbH & Co. KG, München.

IRMA GEISSLOVÁ (1855 Budapest – 1914 Jicín)

Arbeitete ihr ganzes Leben im Haushalt der Eltern und der Schwester.

Die Sonnenuhr. Tl. 2. S. 231.

ÁGNES GERGELY (geb. 1933 Budapest)

Studium in Budapest. Diplom als Mittelschullehrerin für Ungarisch und Englisch.

Neue ungarische Lyrik. Ausgew. von Gerhard Fritsch. Vorw. von György Rónay. Salzburg: Müller, 1971. S. 93. – © 1971 Otto Müller Verlag, Salzburg.

IDA GERHARDT (geb. 1905)

Lehrerin für klassische Sprachen.

Unbekannte Nähe. S. 31. – Mit freundlicher Genehmigung von Maria Csollány, Edingen.

ZUZANNA GINCZANKA (1917 Kiew – 1944 Krakau)

Veröffentlichte schon als Schülerin Liebesgedichte und Satiren. Im Alter von 27 Jahren wurde sie von den Nationalsozialisten erschossen.

Polnische Lyrik aus 5 Jahrzehnten. S. 252. – © 1975 Aufbau Verlag, Berlin und Weimar.

NIKKI GIOVANNI (geb. 1943 Knoxville, Tennessee)

Studium an der Fisk University in Nashville. Engagement in der Bürgerrechtsbewegung. Organisierte 1967 das Black Arts Festival und gründete das Black New Theatre. Lebt in New York und New Brunswick, Kanada, wo sie an der Rutgers University unterrichtet.

New York, New York. S. 139–142 [Auszug.] – © 1988 Franz Schneekluth Verlag, München.

SINAIDA GIPPIUS (1869 Belev bei Tula – 1945 Paris)

Aus alter deutscher Adelsfamilie; führte in Petersburg einen literarischen Salon. 1919 Emigration nach Paris. Starb dort als bedeutendste Dichterin der russischen Emigration.

Russische Lyrik. Von den Anfängen bis zur Gegenwart. S. 251.

GIRDHAR RĀTHĪ (geb. 1946)

Der Ochsenkarren. S. 89. – © 1983 Verlag Wolf Mersch, Freiburg.

NATALJA GORBANEWSKAJA (geb. 1936 Moskau)

Studium der Philologie; Übersetzerin, Redakteurin. Seit 1968 aktiv in der Dissidentenbewegung. Begründerin der Zeitschrift *Chronik der laufenden Ereignisse*. Zwangsbehandlung in psychiatrischen Anstalten. 1975 Ausreise nach Paris, dort in der Redaktion der Zeitschrift *Kontinent*.

Russische Lyrik. Von den Anfängen bis zur Gegenwart. S. 619.

CATHARINA REGINA VON GREIFFENBERG (1633–1694)

Aus protestantischem Landadel Österreichs; genoß eine gute Erziehung. Im Zuge der Gegenreformation verließ sie ihren Stammsitz und ging nach dem Tod ihres Mannes – sie mußte 1664 ihren Onkel heiraten – ins Exil nach Nürnberg, wo sie erstes weibliches Mitglied in Philipp von Zesens »Teutschgesinnter Genossenschaft« wurde. Sie schrieb vor allem religiöse Lyrik.

Deutsche Dichterinnen. S. 92.

KAROLINE VON GÜNDERODE
(1780 Karlsruhe – 1806 Winkel a. Rh.)

Jugend in Hanau. 1797–99 Stiftsdame im Cronstetten-Hynspergischen Stift für verarmte adlige Damen. Freundschaft mit Clemens und Bettina Brentano. Unglückliche Liebe zu einem verheirateten Altphilologen. Als dieser sich von seiner Frau nicht trennen wollte, erdolchte sich die Günderode auf dem Friedhof von Winkel am Rhein.

K. v. G.: Gedichte. Hrsg. von Franz Josef Görtz. Frankfurt a. M.: Insel Verlag, 1985. (insel taschenbuch. 809.) S. 83.

MARGHERITA GUIDACCI (geb. 1921)

Italienische Lyrik nach 1945. S. 135. – © 1986 Gunter Narr Verlag, Tübingen.

ARMANDA GUIDUCCI (geb. 1923)

Ausgebrannte Glühbirne 164

Italienische Lyrik nach 1945. S. 155. – © 1986 Gunter Narr Verlag, Tübingen.

ULLA HAHN (geb. 1946 Brachthausen)

Bürolehre. Studium der Germanistik, Geschichte, Soziologie; Promotion. Lebt als freie Autorin in Hamburg. Lyrik, Prosa.

So 185

U. H.: Herz über Kopf. Gedichte. Stuttgart: Deutsche Verlags-Anstalt, 1981. S. 25. – © 1981 Deutsche Verlags-Anstalt GmbH, Stuttgart.

ANNA HAJNAL (1907–1977)

Geboren in Österreich. Sprachstudien in Wien. In den 30er Jahren Mitbegründerin eines literarischen Zirkels. Übersetzungen aus dem Englischen und Deutschen.

An den Entfremdeten [Übers. von Richard Pietraß] 163

Moderne Lyrik aus Ungarn. S. 44 f.

INGIBJÖRG HARALDSDÓTTIR (geb. 1942)

Studium am Filminstitut in Moskau, danach 6 Jahre Regieassistentin am Nationaltheater in Havanna. Nach ihrer Rückkehr nach Island Arbeit als Journalistin und Filmkritikerin. Übersetzungen russischer und lateinamerikanischer Literatur.

Verzweiflung [Übers. von Wolf Kühnelt] 250

Die Horen. Zeitschrift für Literatur, Kunst und Kritik. Jg. 31 (1986) Bd. 143. S. 185. – Mit freundlicher Genehmigung von Wolf Kühnelt, Berlin.

GIZELLA HERVAY (geb. 1934 Makó)

Studium der ungarischen Sprache und Literatur. Lehrerin, Redakteurin verschiedener Kinder- und Jugendzeitschriften. Lebt als freie Autorin in Bukarest.

Zeremonie [Übers. von Anemone Latzina] 213

Neue siebenbürgisch-ungarische Lyrik. Ausgew. von István Szépfalusi. Vorw. von András Sütő, Salzburg: Müller, 1974. S. 29. – © 1974 Otto Müller Verlag, Salzburg.

JUDITH HERZBERG (geb. 1934 Amsterdam)

Tochter eines Rechtsanwalts und Schriftstellers. Schreibt außer Gedichten auch Dramen und Drehbücher.

Grau-Skala 85

J. H.: Zwischen Eiszeiten. Ausgewählte Gedichte. Übers. von Maria Csollány und Gregor Laschen. Straelen: Straelener Manuskripte Verlag, 1984 (Straelener Manuskripte. 1.) S. 10. – Mit freundlicher Genehmigung von Maria Csollány, Edingen.

RITA ANN HIGGINS (geb. 1955 Galway)

1986 Stipendium des irischen Arts Council.

Die Bist-du-schon-gekommen-Sager der westlichen Welt [Übers. von Eva Bourke] 131

Die Horen. Zeitschrift für Literatur, Kunst und Kritik. Jg. 33 (1988) Bd. 151. S. 211.

MAŁGORZATA HILLAR (geb. 1932)

Lebt in Warschau.

Gebet 79

Polnische Lyrik der Gegenwart. S. 75.

HŎ NANSŎRHŎN (1563–1589)

Schwester eines koreanischen Romanschriftstellers, der ihre Werke sammelte.

Kummer der Frauen 57

Kranich am Meer. S. 94–96. – © 1959 Carl Hanser Verlag, München und Wien.

HSI-DJÜN (um 100 v. Chr.)

Prinzessin unter Wu-di. Wurde um 105 v. Chr. dem Herrscher der Wu-sun-Barbaren zur Frau gegeben.

Günter Eich: Gesammelte Werke. Hrsg. vom Suhrkamp Verlag in Verb. mit Ilse Aichinger [. . .]. Bd. 4: Vermischte Schriften. Hrsg. von Heinz F. Schafroth. Frankfurt a. M.: Suhrkamp, 1973. S. 329 f. – © 1973 Suhrkamp Verlag, Frankfurt am Main.

RICARDA HUCH (1864 Braunschweig – 1947 Schönberg i. Ts.)

Studium der Geschichte, Philosophie und Philologie in Zürich, 1891 Promotion als eine der ersten Frauen. Bibliothekarin und Lehrerin in Zürich und Bremen. In erster Ehe mit einem Italiener verheiratet, in zweiter mit ihrer Jugendliebe, dem Mann ihrer Schwester und Vetter Richard Huch. Beide Ehen wurden geschieden. Lebte gemeinsam mit ihrer Tochter u. a. in München, Berlin und Jena. Schrieb außer Lyrik auch Romane, historische und philosophische Schriften. 1933 trat sie aus Protest gegen den Ausschluß »entarteter« Künstler aus der Akademie der Künste aus.

R. H.: Gesammelte Werke. Hrsg. von Wilhelm Emrich. Bd. 5: Gedichte, Dramen [. . .]. Köln/Berlin: Kiepenheuer & Witsch, 1971. S. 315. – Mit freundlicher Genehmigung von Alexander Böhm, Rockenberg.

HWANG CHIN-I (um 1506–1544)

Berühmteste Dichterin Koreas in Songdo; Tänzerin, Musikerin.

Kranich am Meer. S. 51. – © 1959 Carl Hanser Verlag, München und Wien.

JUANA DE IBARBOUROU
(1895 Melo, Uruguay – 1979 Montevideo)

Kindheit und Jugend in großer Freiheit. Schrieb mit 8 Jahren ihre ersten Verse. 1914 Heirat, 1919 Veröffentlichung des ersten Gedichtbandes, der ein großer Erfolg wurde. Gehört mit Alfonsina Storni und Gabriela Mistral zu den drei bedeutendsten lateinamerikanischen Lyrikerinnen.

Pinien 278

Schwan im Schatten. S. 43. – © 1955 Langen Müller Verlag in der F. A. Herbig Verlagsbuchhandlung GmbH, München.

KAZIMIERA IŁŁAKOWICZOWNA (1892 Wilno–1983 Poznań)

Studium in Krakau und Oxford. Mit 13 Jahren erste Gedichtveröffentlichungen. Von 1918–26 Arbeit im Außenministerium, 1926–30 Privatsekretärin Marschall Pilsudskis. 1922 Anschluß an die Dichtergruppe »Skamander«. Während des 2. Weltkrieges hielt sie sich in Siebenbürgen auf, danach bis zu ihrem Tod in Poznań. Übersetzungen aus dem Deutschen (Goethe, Schiller, Büchner, Böll), Russischen (L. Tolstoi) und Ungarischen (Ady).

Patronin der Schwestern, Antigone
[Übers. von Annemarie Bostroem] 108

Polnische Lyrik aus 5 Jahrzehnten. S. 43. – © 1975 Aufbau Verlag, Berlin und Weimar.

PATRIZIA IMPERIALI (geb. 1953)

Ich führe die Haut 186

Ich habe dich an diesen wilden Ort geführt. S. 115. – © 1988 Verlag Peter Kirchheim, München.

INÉS DE LA CRUZ (d. i. Juana Inés de Asbaje y Ramírez de Santillana, 1651 San Miguel Nepantha – 1695 Mexiko Stadt)

Tochter eines Seefahrers. Wurde sehr jung Ehrendame am Hof von Mexiko; glänzendes Examen. 1669 Eintritt in den Hieronymitenorden. Dort betrieb sie wissenschaftliche Studien und betätigte sich literarisch, was sie aber 1691 auf Veranlassung des Bischofs von Mexiko aufgab. Verlangte für Frauen das Recht, lernen zu dürfen. Starb, bei der Krankenpflege der Armen angesteckt, an der Pest.

An die Hoffnung [Übers. von Karl Vossler] 269

Poesie der Welt. Lateinamerika. Hrsg. von Hartmut Köhler. Berlin: Propyläen Verlag, 1986. S. 13.

DIE HOFDAME ISE (um 875–939)

Tochter eines Statthalters. Begehrte Schönheit am japanischen Hof, freies Liebesleben. Geliebte des Kaisers Uda.

Lyrik des Ostens. S. 436. (1, 2) – © 1978 Carl Hanser Verlag, München und Wien.

ISHIGAKI RIN (geb. 1920 Tokio)

Aufgewachsen im Hafenviertel von Tokio. Vom 14. bis zum 60. Lebensjahr Bankangestellte; unverheiratet. Fing schon als Schülerin an zu schreiben, gründete 1943 eine Lyrikerinnengruppe. In der Gewerkschaftsbewegung für die Unterstützung der arbeitenden Frauen engagiert.

Akzente. Zeitschrift für Literatur. Hrsg. von Michael Krüger. Jg. 37 (1990) H. 5. S. 423. – © 1990 Carl Hanser Verlag, München und Wien.

IWA NO HIME (5. Jh.)

Hauptgemahlin des Kaisers Nintoku (407–427); zog sich von ihm zurück, als er eine Nebenfrau nahm.

Lyrik des Ostens. S. 377. – © 1978 Carl Hanser Verlag, München und Wien.

IZUMI SHIKIBU (974 [?] – 1033/34)

Eine der bedeutendsten japanischen Lyrikerinnen ihrer Zeit. Führte ein unruhiges Leben und hatte unkonventionelle Liebesbeziehungen. Die Verbindung mit dem Prinzen Atsumichi schilderte sie in einem berühmten Tagebuch. »Steht in der japanischen Lyrik einzig da durch Unmittelbarkeit des starken Gefühls, rücksichtslose Offenheit, andringende Kraft der Sprache.« (Lyrik des Ostens.)

Lyrik des Ostens. S. 440. – © 1978 Carl Hanser Verlag, München und Wien.

JUNE JORDAN (geb. 1936 Harlem)

Lebt in New York. Schriftstellerin und Literaturkritikerin, Dozentin an verschiedenen Universitäten. Schreibt Romane und Gedichte.

New York, New York. S. 193–197. – © 1988 Franz Schneekluth Verlag, München.

JENNY JOSEPH (geb. 1932)

Studium in Oxford. Arbeitete als Journalistin, Kneipenwirtin, Sprachschullehrerin, Dozentin. Schreibt außer Lyrik auch Kinderbücher.

Britische Lyrik der Gegenwart. S. 137.

PIA JUUL (geb. 1962)

Lebt in Kopenhagen. Ihr erster Gedichtband erschien 1985, ein Roman 1990.

Die Horen. Zeitschrift für Literatur, Kunst und Kritik. Jg. 36 (1991) Bd. 162. S. 164. – Mit freundlicher Genehmigung von Gerd Weinreich, Hamburg.

HELVI JUVONEN (1919 Iisalmi – 1959 Helsinki)

Arbeitete bis 1948 als Bankangestellte; danach freie Schriftstellerin.

Moderne finnische Lyrik. Ins Deutsche übertr. und mit einer Einl. von Manfred Peter Hein. Göttingen: Vandenhoeck & Ruprecht, 1962. S. 27. [Auszug.]

MASCHA KALÉKO (1912 Schidlow, Galizien – 1975 Zürich)

Studium in Berlin. Erste Gedichtveröffentlichungen 1930. 1938 Emigration in die USA, ab 1966 lebte sie in Jerusalem.

M. K.: Verse für Zeitgenossen. Hamburg: Rowohlt, 1958. S. 37. – © Hunzinger Bühnenverlag GmbH, Bad Homburg.

AINO KALLAS (1878–1951)

Tochter eines deutschstämmigen finnischen Volksliedforschers; verheiratet mit einem estnischen Wissenschaftler. Ihre Prosabücher behandeln meist estnische Stoffe. Eine Sensation waren ihre nach ihrem Tod veröffentlichten freimütigen Tagebücher.

Finnische Lyrik aus 100 Jahren. S. 31. – © 1973 Merlin Verlag Andreas Meyer VerlagsgmbH & Co. KG, Vastorf.

ANNA LOUISA KARSCHIN
(1722 bei Crossen i. Odw. – 1791 Berlin)

Geboren auf einem Meierhof als Tochter eines Gastwirts. Als 17jährige heiratete sie einen Gastwirt, von dem sie nach elfjähriger sehr unglücklicher Ehe als erste Frau Preußens geschieden wurde. Eine zweite Ehe mit einem trunksüchtigen Schneider war noch unglücklicher. Sie lebte nach der Trennung mit 4 Kindern in großer Armut und begann, sich mit Gelegenheitsgedichten etwas hinzuzuverdienen; wurde so die erste Frau in Deutschland, die vom Schreiben leben konnte. Liebe zu Gleim, der sie freundschaftlich förderte und eine erste Sammlung ihrer Gedichte herausgab. 1789 bekam sie von Friedrich Wilhelm II. ein Haus in Berlin geschenkt.

A. L. K.: O, mir entwischt nicht, was die Menschen fühlen. Gedichte und Briefe. Hrsg. und mit einem Nachw. vers. von Gerhard Wolf. Frankfurt a. M.: Fischer Taschenbuch Verlag, 1982. S. 51.

MARIE LUISE KASCHNITZ (1901 Karlsruhe – 1974 Rom)

Offizierstochter aus elsässischem Adel. Buchhandelslehre in Weimar und München, Buchhändlerin in Rom. Heiratete einen Archäologieprofessor, den sie häufig auf dessen Reisen begleitete. 1960 Gastdozentin für Poetik in Frankfurt a. M.

M. L. K.: Gesammelte Werke in 7 Bänden. Hrsg. von Christian Büttrich und Norbert Miller. Bd. 5: Die Gedichte. Frankfurt a. M.: Insel Verlag, 1985. S. 444. – © 1985 Insel Verlag, Frankfurt am Main.

IMPI KAUPPILA (geb. 1909 Helsinki)

Arbeit als Verkäuferin, Arbeiterin, Serviererin. Nebenher Studium am Finnischen Arbeiterinstitut. Publizierte 1947 einen bemerkenswerten Gedichtband und verschwand danach wieder in der Anonymität.

Finnische Lyrik aus 100 Jahren. S. 66. – © 1973 Merlin Verlag Andreas Meyer VerlagsgmbH & Co. KG, Vastorf.

KAVITA SINHA (geb. 1932)

Gelobt sei der Pfau. Indische Lyrik der Gegenwart. Hrsg. von Alokeranjan Dasgupta. München: Schneekluth, 1986. S. 30. – © 1986 Franz Schneekluth Verlag, München.

SARAH KIRSCH (geb. 1935 Limlingerode)

Begann ein Biologie-Studium in Halle, 1963–65 Studium am Literaturinstitut »Johannes R. Becher« in Leipzig. Seit 1968 Wohnsitz in Ost-Berlin, ab 1977 West-Berlin. Lebt heute auf dem Land in Schleswig-Holstein.

S. K.: Landaufenthalt. Ebenhausen b. München: Langewiesche-Brandt, 1969/1977. S. 66. – © 1969 Verlag Langewiesche-Brandt KG, Ebenhausen bei München.

KARIN KIWUS (geb. 1942 Berlin)

Studium der Publizistik, Germanistik und Politologie in Berlin. Lektorin in Frankfurt a. M., Sekretärin der Akademie der Künste Berlin, Gastdozentin in Austin, Texas.

K. K.: Von beiden Seiten der Gegenwart. Frankfurt a. M.: Suhrkamp, 1976. S. 46. – © 1976 Suhrkamp Verlag, Frankfurt am Main.

GERTRUD KOLMAR
(d. i. G. Chodziesner, 1894 Berlin – 1943 Auschwitz [?])

Tochter einer wohlhabenden jüdischen Familie. Besuch eines Lehrerinnenseminars, Fremdsprachendiplom; zeitweilig Arbeit als Erzieherin in Dijon. Ab 1928 lebte sie abgeschieden und ohne Teilnahme am literarischen Leben Berlins in ihrem Elternhaus. Beschäftigung mit östlichen Kulturen und dem Zionismus. 1938 Zwangsverkauf des Elternhauses, Zwangsumsiedlung, 1941 Zwangsverpflichtung in der Berliner Rüstungsindustrie. 1943 Deportation, vermutlich nach Auschwitz.

G. K.: Das lyrische Werk. München: Kösel, 1960. S. 11. – © 1960 Kösel-Verlag GmbH & Co., München.

ONO KOMACHI (9. Jh.)

Stammte aus Nordjapan und wurde den »sechs Dichtergenien« zugerechnet. Von besonderer Schönheit, lebte sie wahrscheinlich zwischen 859 und 877 in Kyôto; dem Hof nahestehend. Schrieb empfindsame Liebesgedichte von kunstvollem Bau.

Lyrik des Ostens. (1) S. 423 f. (2) S. 425. – © 1978 Carl Hanser Verlag, München und Wien.

URSZULA KOZIOŁ (geb. 1931 Rakówka)

Studium der Polonistik in Breslau; dort als Lehrerin tätig. Redaktionsmitglied der Zeitschrift *Odra*.

Polnische Lyrik aus 5 Jahrzehnten. S. 362. – © 1975 Aufbau Verlag, Berlin und Weimar.

HERTA KRÄFTNER (1928–1951)

Wuchs in Wien und im Burgenland auf. 1946 Beginn eines Studiums der Germanistik und Anglistik. Nahm sich mit einer Überdosis Schlaftabletten das Leben.

H. K.: Das blaue Licht. Lyrik und Prosa. Hrsg. von Otto Breicha und Andreas Okopenko. Nachw. von Peter Härtling. Darmstadt/Neuwied: Luchterhand, 1977. S. 16. – © 1977 Luchterhand Literaturverlag, Hamburg und Zürich.

URSULA KRECHEL (geb. 1947 Trier)

Studium der Germanistik, Theaterwissenschaft und Kunstgeschichte in Köln; Promotion. Arbeit als Dramaturgin in Dortmund. Lebt als freie Schriftstellerin in Frankfurt a. M.

U. K.: Verwundbar wie in den besten Zeiten. Darmstadt/Neuwied: Luchterhand, 1979. S. 24. – Mit freundlicher Genehmigung von Ursula Krechel, Frankfurt am Main.

VESNA KRMPOTIĆ (geb. 1932)

Kroatin.

Beschwingter Stein. S. 38 f.

KUJO TAKEKO (1887–1928)

Tochter eines buddhistischen Abtes. Präsidentin mehrerer karitativer buddhistischer Frauenvereine.

Am Gestade ferner Tage. Japanische Lyrik der neueren Zeit. Ausgew., übertr. und mit einem Vorw. vers. von Günther Debon. München / Zürich: Piper, 1990. (Serie Piper. 1241.) S. 73. – © 1990 Verlag R. Piper GmbH & Co. KG, München und Zürich.

LOUISE LABÉ (1525 Lyon – 1566 Lyon)

Tochter eines reichen Kaufmanns; genoß eine umfassende Erziehung, war humanistisch gebildet, konnte aber auch reiten und mit Waffen umgehen. Nach der Heirat mit einem reichen Seiler wurde ihr Haus Mittelpunkt der gebildeten Gesellschaft Lyons. Mitglied der Lyoner Dichterschule. Berühmt vor allem durch ihre von Rilke übersetzten Sonette im Stil Petrarcas, die als Beginn der französischen Renaissancelyrik gelten.

Abendländische Lyrik. S. 100. – © 1969 Artemis & Winkler Verlag, München.

NATASHA LAKO (geb. 1948 Korça)

Studium des Journalismus an der Universität Tirana.

Einem Adler gleich. Anthologie albanischer Lyrik vom 16. Jahrhundert bis zur Gegenwart. Hrsg. und übers. von Robert Elsie. Hildesheim / Zürich / New York: Olms, 1988. S. 249. – © 1988 Georg Olms Verlag, Hildesheim, Zürich und New York.

ELISABETH LANGGÄSSER (1899 Alzey – 1950 Rheinzabern)

Jugend in Darmstadt, Mainz und Worms; Lehrerin. Seit 1929 in Berlin, wo sie sich dem Kreis um die Zeitschrift *Kolonne* anschloß. 1936 erhielt sie als Halbjüdin Schreibverbot. Seit 1948 lebte sie wieder in der Rheinpfalz.

E. L.: Gedichte. Hamburg: Claassen, 1959. S. 216. – © 1959 Claassen Verlag GmbH, Hamburg.

MARRA PL. LANOT (geb. 1944 Manila)

Englisch- und Literaturstudium. Seit 1965 als freie Journalistin tätig; Mitherausgeberin literarischer Magazine. Aktiv in der Frauenbewegung.

Frauen auf den Philippinen. Erzählungen, Gedichte und Berichte. Hrsg. von Katharina Regenhardt. Dt. von Barbara Dusik und Hartmut Traub. München: Deutscher Taschenbuch Verlag, 1987. (dtv 10716.) S. 105 f. – Mit freundlicher Genehmigung von Katharina Regenhardt, Hamburg.

BERTA LASK (1878 Wadowice bei Krakau – 1967 Berlin)

Tochter eines galizischen Fabrikanten; bürgerlich-humanistische Erziehung. Lebte ab 1901 in Berlin, dort Anschluß an die Frauenbewegung und die KPD. Mitbegründerin und Vorstandsmitglied des »Bundes proletarisch-revolutionärer Schriftsteller«. 1933 Emigration in die Sowjetunion, 1953 Rückkehr nach Berlin.

Deutsche Dichterinnen. S. 303.

ELSE LASKER-SCHÜLER (1869 Elberfeld – 1945 Jerusalem)

Stammte aus einem wohlhabenden jüdischen Elternhaus. Heiratete 1894 einen Berliner Arzt und lebte bis 1933 als freie Schriftstellerin in Berlin, wo sie dem Kreis der Expressionisten um die von ihrem zweiten Mann Herwarth Walden herausgegebene Zeitschrift *Der Sturm* angehörte. Mittelpunkt der Berliner Bohème, befreundet mit Hille, Däubler, Benn, Werfel, Kraus, Marc u. a. Als im Ersten Weltkrieg viele Freunde fielen und auch ihr Sohn starb, vereinsamte sie immer mehr und geriet in zunehmende finanzielle Not. 1933 Flucht nach Zürich, dann nach Jerusalem, Ägypten, wieder Zürich und 1937 endgültig nach Jerusalem, wo sie völlig verarmt starb.

E. L.-Sch.: Sämtliche Gedichte. Hrsg. von Friedhelm Kemp. München: Kösel, [1977]. S. 215. – © 1977 Kösel-Verlag GmbH & Co., München.

PATRICIA LASOEN (geb. 1948 Brügge)

Studium der Germanistik in Gent. In den 70er Jahren Redakteurin der Zeitschrift *Jung und kreativ*, die die neorealistische Lyrik förderte. Arbeitet als Lehrerin in Brügge.

Unbekannte Nähe. S. 307–309. – Mit freundlicher Genehmigung von Heinz Schneeweiß, Breda (Niederlande).

ELISABET LAURILA (geb. 1913 Tuulos)

Lebt seit vielen Jahren meist in Paris und nur im Sommer in Finnland.

Finnische Lyrik aus 100 Jahren. S. 65. – © 1973 Merlin Verlag Andreas Meyer VerlagsgmbH & Co. KG, Vastorf.

CHRISTINE LAVANT (d. i. Christine Habernig, 1915 Groß-Edling, Kärnten – 1973 Wolfsberg, Kärnten)

Wuchs in einer kinderreichen Bergarbeiterfamilie auf. Nach dem Besuch der Volksschule arbeitete sie als Strickerin in ihrem Heimatdorf im Lavanttal. Lebte zuletzt halb blind und taub in St. Stefan.

Ch. L.: Spindel im Mond. Gedichte. Salzburg: Müller, 1959. S. 5. – © 1959 Otto Müller Verlag, Salzburg.

MARIA GRAZIA LENISA (geb. 1937 Udine)

Die Walnuß 175

Ich habe dich an diesen wilden Ort geführt. S. 101. – © 1988 Verlag Peter Kirchheim, München.

DENISE LEVERTOV (geb. 1933 Ilford, Essex)

Tochter eines anglikanischen Geistlichen russisch-jüdischer Herkunft. Heiratete 1948 einen amerikanischen Schriftsteller und zog zu ihm in die USA. Mithrsg. der linksliberalen Zeitschrift *The Nation*, Engagement gegen den Vietnamkrieg. Lebt in New York.

Song für Ischtar [Übers. von Ulla Hahn] 69

The Norton Anthology of Modern Poetry.

LI TSCHING-DSCHAU (1083–1155 Dschin-Hua)

Tochter einer noblen, armen Literatenfamilie. Mit 18 Jahren Heirat eines ihr wesensverwandten Mannes, der ihre literarische Begabung anerkannte und förderte. Nach dem Einfall der Dschurden in die Reichshauptstadt wurde der Ehemann Präfekt von Nanking. Nach seinem Tod 1129 führte die Dichterin ein einsames, unstetes Leben.

Bitte an den Himmelsherrn 27

Chinesische Frauenlyrik. S. 27. – © 1985 Deutscher Taschenbuch Verlag GmbH & Co. KG, München.

LĪLĀDHAR JAGŪRĪ (geb. 1944)

Die sogenannten großen Leute 257

Der Ochsenkarren. S. 81.

EWA LIPSKA (geb. 1945 Krakau)

Studium an der Akademie der Schönen Künste in Warschau. Redaktionsmitglied des Krakauer Verlags »Wydawnictwo Literackie«. Lebt in Krakau.

Landkarte schwer gebügelt. S. 60 f. – © 1981 Oberbaumverlag GmbH, Berlin.

HENRIQUETA LISBOA (geb. 1903)

Brasilianische Poesie des 20. Jahrhunderts. Hrsg. und übertr. von Curt Meyer-Clason. München: Deutscher Taschenbuch Verlag, 1974. (dtv sonderreihe. 5428.) S. 110 f. – Mit freundlicher Genehmigung von Curt Meyer-Clason, München.

AUDRE LORDE (geb. 1934 New York)

Lehrt an der City University of New York, lebt auf Staten Island.

New York, New York. S. 151–153. – © 1988 Franz Schneekluth Verlag, München.

AMY LOWELL (1874 Brookline, Mass. – 1925)

Ausgedehnte Reisen nach Ägypten, Kalifornien und in die Mittelmeerländer. Wortführerin der amerikanischen Imagisten.

Irdene Schale. S. 231. – © 1960 Verlag Lambert Schneider, Gerlingen.

LINDIWE MABUZA (geb. 1939)

Südafrikanerin; Studium in den USA, seit 1970 im Exil. Repräsentantin des ANC in Stockholm, Kulturreferentin des ANC.

Amandla maatla. Neue Gedichte aus dem südafrikanischen Widerstand. Hrsg. [und übers.] von Peter Schütt. Dortmund: Weltkreis-Verlag, 1983.

MAISUN AL-KALBIJA (7. Jh.)

Gemahlin des Kalifen Mu'awija, von beduinischer Herkunft.

Lyrik des Ostens. S. 44.

DESANKA MAKSIMOVIĆ (geb. 1898 Rabrovica, Serbien)

Studium der Philosophie in Belgrad und Paris; Lehrerin. Mitglied der Serbischen Akademie.

Jugoslawische Lyrik der Gegenwart. S. 136 f.

GABRIELLA MALETI (geb. 1942 bei Modena)

Ich habe dich an diesen wilden Ort geführt. S. 113. [Auszug.] – © 1988 Verlag Peter Kirchheim, München.

EEVA LIISA MANNER (geb. 1921 Helsinki)

Versicherungs- und Verlagsangestellte; seit 1946 freie Schriftstellerin. Bedeutende finnische Lyrikerin der Moderne.

Finnische Lyrik aus 100 Jahren. S. 73 f. – © 1973 Merlin Verlag Andreas Meyer VerlagsgmbH & Co. KG, Vastorf.

DACIA MARAINI (geb. 1936 Florenz)

Studium in Florenz, Palermo und Rom. 1955 Mitarbeit an Alberto Moravias Zeitschrift *Nuovi Argomenti*. In ihren Romanen, Theaterstücken und Gedichten feministische Kritik an der bürgerlichen Gesellschaft.

Ich habe dich an diesen wilden Ort geführt. S. 95. [Auszug.] – © 1988 Verlag Peter Kirchheim, München.

FAUSTINA MARATTI (1679 [?] – 1745)

Frau des Rechtsanwalts und Dichters Giovan Battista Felice Zappi. Ihr Haus in Rom war Mittelpunkt der literarischen und künstlerischen Gesellschaft.

Poesie der Welt. Italien. Ausw. und Nachw. von Hartmut Köhler. Berlin: Propyläen Verlag, 1983. S. 151.

MARGUERITE DE NAVARRE
(1492 Angoulême – 1549 Odos bei Tarbes)

Schwester und Beraterin von König Franz I; heiratete 1527 Henri d'Albret, König von Navarra. Hochgebildete, feinsinnige Förderin von Wissenschaft und Kunst an ihrem Hof. Veröffentlichte 1531 eine Sammlung mystischer Gedichte, später Mysterienspiele, Komödien sowie geistliche und weltliche Lieder über Gottes- und Königsliebe. 1558 erschien ihr Hauptwerk, die Novellensammlung *Histoire des amants fortunés*, die nach dem Vorbild Boccaccios gestaltet ist.

Lilie und Lorbeer. Französische Dichtungen des 15. bis 18. Jahrhunderts. Übertr. von Max Rieple. Freiburg: Klemm, 1952.

NOWELLA MATWEJEWA (geb. 1934 Puschkin)

Studium am Literaturinstitut in Moskau. Seit 1958 Veröffentlichungen von Gedichten, die sie auch vertont und zur Gitarre singt.

Mitternachtstrolleybus. Ausgew. und hrsg. von Fritz Mierau. Berlin: Verlag Neues Leben, 1965. S. 128.

FRIEDERIKE MAYRÖCKER (geb. 1924 Wien)

Lebt in Wien, wo sie als Englischlehrerin unterrichtete. Mitglied der »Wiener Gruppe«; Freundschaft mit Ernst Jandl.

F. M.: Winterglück. Gedichte. Frankfurt a. M.: Suhrkamp, 1986. S. 8. – © 1986 Suhrkamp Verlag, Frankfurt am Main.

ME FE (8. Jh.)

Lieblingsgemahlin des Kaisers Hsüan-dsung (685–761), wurde 745 durch eine Rivalin verdrängt. Als der Kaiser ihr später einen Scheffel Perlen, von denen er eine größere Menge als Tribut von einem Barbarenstamm erhalten hatte, sandte, schickte sie ihm diese mit dem hier abgedruckten Gedicht zurück.

Lyrik des Ostens. S. 287.

MECHTHILD VON MAGDEBURG (um 1207/10 – 1282/83)

Geboren vermutlich in Niedersachsen; umfassende weltliche Bildung, Vertrautheit mit der Literatur. Seit dem 12. Lebensjahr Visionen. Um 1230 Begine in Magdeburg, zwanzig Jahre strenge Askese. Ab 1250 Niederschrift ihrer Visionen. Nach schwerer Krankheit 1271 Eintritt in das Zisterzienserinnenkloster Helfta bei Halle, wo sie auch starb.

Der Dom. Bücher deutscher Mystik. Faksimile der in den Jahren 1919–1927 im Insel Verlag erschienen Reihe. 13 Bde. [Bd.] Mystische Dichtung aus 7 Jahrhunderten. Ges., übertr. und eingel. von Friedrich Schulze-Maizier. Frankfurt a. M.: Insel Verlag, 1980. S. 72.

SELMA MEERBAUM-EISINGER
(1924 Czernowitz – 1942 KZ Michailowska)

Starb nach einem Jahr der Inhaftierung im KZ an Entkräftung.

S. M.–E.: Ich bin in Sehnsucht eingehüllt. Gedichte eines jüdischen Mädchens an seinen Freund. Hrsg. und eingel. von Jürgen Serke. Hamburg: Hoffmann und Campe, 1980. S. 63 – © 1980 Hoffmann und Campe Verlag, Hamburg.

DARIA MENICANTI (geb. 1914)

Italienische Lyrik nach 1945. S. 153. – © 1986 Gunter Narr Verlag, Tübingen.

SOPHIE MEREAU (1770 Altenburg – 1806 Heidelberg)

Heiratete 1793 F. E. K. Mereau, von dem sie 1801 wieder geschieden wurde. 1803 Heirat mit Clemens Brentano, mit dem sie in Marburg, Jena und ab 1805 in Heidelberg lebte, wo sie an den Folgen einer Entbindung starb.

Deutsche Dichterinnen. S. 151.

AILA MERILUOTO (geb. 1924 Pieksämäki)

Ihr erster, 1946 erschienener Gedichtband *Glasmalerei* war ein großer Erfolg. Lebte von 1962–74 in Schweden. Übersetzerin (u. a. Rilke).

Finnische Lyrik aus 100 Jahren. S. 68. – © 1973 Merlin Verlag Andreas Meyer VerlagsgmbH & Co. KG, Vastorf.

CHARLOTTE MEW (1870 London – 1928 London)

Lebte in Armut, Krankheit und Einsamkeit; nahm sich das Leben.

Englisch Horn. S. 187.

GABRIELA MISTRAL (d. i. Lucila Godoy Alcayaga, 1889 Vicuña, Chile – 1957 Hempstead, N. Y.)

Lehrerin. Die Liebe zu einem Mann, der später Selbstmord beging, prägte ihre Lyrik. 1922 Mitarbeit an der Schulreform in Mexiko. Eintritt in den diplomatischen Dienst, Konsulin auf Lebenszeit. Ausgedehnte Reisen in den USA und Europa. 1945 erhielt sie den Nobelpreis für Literatur.

G. M.: Gedichte. Unter Mitw. von Heinz Müller und Gisela Pape hrsg. von Albert Theile. Darmstadt/Berlin/Neuwied: Luchterhand, 1958. S. 198 f. – Mit freundlicher Genehmigung der Agentur Liepman AG, Zürich.

MARIANNE MOORE (1887 St. Louis, Miss. – 1972 New York)

Besuch verschiedener Colleges. Wollte eigentlich Malerin werden, entschloß sich dann aber überraschend zum Besuch einer Handelsschule und lehrte danach Stenografie an einer Schule für Indianer. 1921 ging sie nach New York, wo sie in der New York Public Library arbeitete. Ihre ersten Gedichte wurden ohne ihr Wissen von ihren Freunden publiziert. 1925–29 war sie Chefredakteurin der avantgardistischen Zeitschrift *The Dial*.

M. M.: Gedichte. Eine Auswahl. Einl. von T. S. Eliot. Wiesbaden: Limes Verlag, 1954. S. 79. – © 1954 Limes Verlag, Wiesbaden und München. Mit Genehmigung der F. A. Herbig Verlagsbuchhandlung GmbH, München.

OLYMPIA FULVIA MORATA (1526 Ferrara – 1555 Heidelberg)

Tochter eines Rhetorik- und Poetikprofessors am Hof der d'Este in Ferrara. Nach dem Tod des Vaters mußten sie und ihr Ehemann, der deutsche Gelehrte und Arzt Andreas Grundler, wegen ihrer protestantischen Gesinnung den Hof verlassen; sie ließen sich in Schweinfurt nieder. Nach der Zerstörung der Stadt 1554 zog das Ehepaar nach Heidelberg, wo die wegen ihrer exzellenten Bildung hochgeschätzte Olympia Privatunterricht in Griechisch gab. Im Oktober 1555 starb sie an Tuberkulose. Olympia Morata, die neben lateinischen Abhandlungen auch eine Reihe vorwiegend religiöser Gedichte in Griechisch schrieb, gilt als die bedeutendste Frau des Humanismus zwischen 1500 und 1550.

Deutsche Literatur von Frauen. Hrsg. von Gisela Brinker-Gabler. Bd. 1: Vom Mittelalter bis zum Ende des 18. Jahrhunderts. München: Beck, 1988. S. 141.

NANCY MOREJÓN (geb. 1944)

Ché Amigo. Kubanische Lyrik der Gegenwart. Hrsg. von Edmundo Aray. Aus dem kuban. Spanisch von Ursula Messall und Heinz G. Schmidt. Wuppertal: Hammer, 1971. S. 184. – © 1971 Peter Hammer Verlag GmbH, Wuppertal.

NAZIK AL-MALA'IKA (geb. 1923 Bagdad)

Studium der arabischen Literatur. Ihre 1949 erschienene erste Gedichtsammlung verhalf dem freien Vers in der arabischen Dichtung zum Durchbruch.

Nimm eine Rose. S. 229 f. [Aus: Fünf Gesänge an den Schmerz.] – © 1987 Eugen Diederichs Verlag GmbH & Co. KG, Köln.

ÁGNES NEMES NAGY (geb. 1922 Budapest)

Studium der Philologie und Kunstgeschichte. Mitherausgeberin der Zeitschrift *Ujhold* (›Neumond‹). 1953–57 Mittelschullehrerin; danach freie Autorin. Essays über Poetik, Übersetzungen (u. a. Rilke, Brecht).

Moderne Lyrik aus Ungarn. S. 110.

DAGMAR NICK (geb. 1926 Breslau)

Lebte seit 1933 in Berlin. Studium der Graphologie und Psychologie in München. Lebt dort.

D. N.: Zeugnis und Zeichen. München: Delp, [1969]. S. 38. – © 1969 Delp'sche Verlagsbuchhandlung, München.

ANNA DE NOAILLES (1876 Paris – 1933 Paris)

Geboren als Prinzessin Bibesco de Brancovan. Vater Rumäne, Mutter Kreterin. 1897 Heirat, danach lebte sie abwechselnd in Paris und am Genfer See. Reisen nach Griechenland, Italien, in die Türkei und nach Asien.

Französische Gedichte. 64 Gedichte aus 6 Jahrhunderten mit deutscher Prosaübersetzung. Hrsg. und übers. von Ulrich Friedrich Müller. München: Deutscher Taschenbuch Verlag, 1981. S. 155. – © 1960 Verlag Langewiesche-Brandt KG, Ebenhausen bei München.

CAROLINE NORTON (1808 London – 1877)

Veranlaßt durch ihre sehr unglückliche Ehe, verfaßte sie eine Reihe von Streitschriften zur Verbesserung der Situation der Frauen. Vor allem mit der Schrift *English Laws for Women in the Nineteenth Century* dürfte sie erheblichen Einfluß auf die diesbezügliche Gesetzgebung genommen haben. Nach dem Tod ihres Ehemannes heiratete sie ein zweites Mal und starb kurz darauf.

Viktorianische Lyrik. Engl./Dt. Hrsg. von Armin Geraths und Kurt Herget in Verb. mit Gordon Collier und Bernd Wächter. Einl. von Armin Geraths. Stuttgart: Reclam, 1985. (Universal-Bibliothek. 8078.) S. 117–119. [44.–48. von 59 Strophen.]

HELGA M. NOVAK (geb. 1935 Berlin)

Studium der Philosophie und Journalistik in Leipzig. 1961 Heirat nach Island, dort Arbeit in einer Teppichweberei und einer Fischfabrik. Zog 1967 nach Frankfurt a. M. Schreibt neben Gedichten und Balladen auch Prosatexte und Hörspiele.

H. M. N.: Colloquium mit vier Häuten. Neuwied/Berlin: Luchterhand, 1967. S. 29.

NUKADA HIME (7. Jh.)

Erste bedeutende Dichterin Japans. Geliebte des Prinzen Oo-ama; mußte aber 661 seinen Bruder, den Kaiser Tenchi, heiraten. Nach dessen Tod 671 Rückkehr zum Geliebten.

Lyrik des Ostens. S. 376. – © 1978 Carl Hanser Verlag, München und Wien.

JOYCE CAROL OATES (geb. 1938 Lockport, N. Y.)

Universitätsprofessorin. Schreibt außer Lyrik auch Dramen, Romane und Kurzgeschichten.

Schöner Jüngling mich lüstet dein. Liebesgedichte von Frauen. Ein Wegweiser durch den Irrgarten der Liebe von Sappho bis Gioconda Belli. Gegliedert von Nancy Arrowsmith. Hrsg. [. . .] von Michael Korth. Frankfurt a. M.: Eichborn, 1988. S. 223 f. – © Joyce Carol Oates. Mit Genehmigung von Mohrbooks, Zürich.

GLORIA C. ODEN

Geboren in Yonkers, N. Y. Promovierte an der Howard University, Washington. 1955 Aufenthalt in Israel.

Schwarzer Orpheus. S. 278. – © 1964 Carl Hanser Verlag, München und Wien.

IRINA ODOJEWZEWA (geb. 1901 St. Petersburg)

Erste Gedichte unter dem Einfluß ihres Lehrers Gumilew. 1922 emigrierte sie mit ihrem Ehemann, dem Lyriker Georgij Iwanow, nach Paris. 1987 Rückkehr nach Leningrad.

Banaler als banal [Übers. von Kay Borowsky] 195

Russische Lyrik. Von den Anfängen bis zur Gegenwart. S. 497.

MERET OPPENHEIM (1913 Berlin – 1985 Basel)

Studium in Paris, wo sie Anschluß an die Surrealisten um Baton, Duchamps und Max Ernst fand. Seit 1948 in Bern. Ihre Malereien und Objekte wurden weltweit ausgestellt.

Welch schöne Frau 77

M. O.: Husch, husch, der schönste Vokal entleert sich. Gedichte, Zeichnungen. Hrsg. und mit einem Nachw. von Christiane Meyer-Thoss. Frankfurt a. M.: Suhrkamp, 1984. (edition suhrkamp. 1232.) S.96. – © 1984 Suhrkamp Verlag, Frankfurt am Main.

OLGA OROZCO (geb. 1922)

Argentinierin.

Wenn du mich sehen kannst 202

Lyrik aus Lateinamerika. S. 126. – Mit freundlicher Genehmigung von Curt Meyer-Clason, München.

BRONISLAWA OSTROWSKA

Geboren in Warschau. Längerer Aufenthalt in Paris; während des Ersten Weltkriegs Verbannung in Charkow, seit 1919 wieder in Warschau, wo sie auch starb.

O wieviel Sehnsucht 32

Polnische Poesie des 20. Jahrhunderts. S. 27. – © 1964 Carl Hanser Verlag, München und Wien.

LOUISE OTTO (1819 Meißen – 1895 Leipzig)

Fortschrittliche Erziehung, frühes soziales Engagement. Mitarbeit an den *Vaterlandsblättern* unter dem Pseudonym Otto Stren. 1847 Entwurf eines Programms für die Frauenbewegung, Gründung von Arbeiterinnen- und Bildungsvereinen sowie der ersten deutschen *Frauenzeitung*. 1858 heiratete sie den revolutionären Schriftsteller August Peters, mit dem sie die *Mitteldeutsche Volkszeitung* herausgab. 1865 Mitbegründerin des »Allgemeinen Deutschen Frauenvereins«.

Deutsche Dichterinnen. S. 209 f.

GRACE PALEY (geb. 1922 New York)

Lebt in New York und Vermont. Wurde mit 3 Bänden Kurzgeschichten bekannt.

New York, New York. S. 65. – © 1988 Franz Schneekluth Verlag, München.

VESNA PARUN (geb. 1922 Zlarin, Kroatien)

Studium der Philosophie in Zagreb, seit 1945 freie Schriftstellerin.

Beschwingter Stein S. 80. (1)
Jugoslawische Lyrik der Gegenwart. S. 86. (2)

MARIA PAWLIKOWSKA-JASNORZEWSKA
(1893 Krakau – 1945 Manchester)

Vater und Großvater waren berühmte Maler. Erster Gedichtband 1922. Sympathisierte mit dem Dichterkreis »Skamander«.

Polnische Poesie des 20. Jahrhunderts. S. 38. – © 1964 Carl Hanser Verlag, München und Wien.

NANCY JOYCE PETERS (geb. 1936 Seattle, Wash.)

Stieß 1974 zu der von Franklin und Penelope Rosemont geführten surrealistischen Gruppe der USA. Zeichnet und malt auch; lebt in San Francisco.

Liebesgedicht [Übers. von Richard Anders] 175

Das surrealistische Gedicht. S. 1043.

MARIJA PETROVYCH (1908 Moskau – 1979)

Studium in Moskau. Übersetzerin aus dem Armenischen, Litauischen, Polnischen und Hebräischen.

Gib mir ein Wiedersehn auf dieser Welt
[Übers. von Kay Borowsky] 158

Russische Lyrik. Von den Anfängen bis zur Gegenwart. S. 534.

DJINTANA PINTCHALIO (geb. 1946)

Studium in Bangkok. Arbeit bei der staatlichen Energiewirtschaftsbehörde.

Herzschnitt für die Gesellschaft 228

Wenn vom Tau der Reis erwacht. Eine Auswahl thailändischer Lyrik von früher Zeit bis heute. Hrsg. und übers. von Volkmar Zühlsdorff. München: Simon und Magiera, 1984. S. 70.

SYLVIA PLATH (1932 Boston – 1963 London)

Studium am Smith College. 1956 heiratete sie den englischen Schriftsteller Ted Hughes, dem sie 1959 endgültig nach England folgte. Im Februar 1963 nahm sie sich das Leben.

Papi 125

S. P.: Ariel. Gedichte. Engl./Dt. Übers. von Erich Fried. Frankfurt a. M.: Suhrkamp, 1974. (Bibliothek Suhrkamp. 380.) S. 107–111. – © 1974 Suhrkamp Verlag, Frankfurt am Main.

AMRITA PRITAM (geb. 1917)

Inderin.

Lettre International 2/91.

MARIE PUJMANOVÁ (1893 Prag – 1958 Prag)

Vater Universitäts-Professor; Ehemann Regisseur des National-Theaters. Besonders bedeutend als Romanautorin.

Die Sonnenuhr. Tl. 3. S. 264.

RENATE RASP (geb. 1935 Berlin)

Tochter eines Schauspielers. Schauspielschule, Malereistudium in Berlin und München. Arbeit als Schriftgraphikerin. Lebt als freie Autorin in München und Cornwall.

R. R.: Junges Deutschland. München/Wien: Hanser, 1978. S. 58. – © 1978 Carl Hanser Verlag, München und Wien.

HELENA RASZKA (geb. 1930)

Der Himmel voller Wunden. S. 114. – Mit freundlicher Genehmigung von Karl Dedecius, Frankfurt am Main.

CHRISTA REINIG (geb. 1921 Berlin)

Arbeitete als Fabrikarbeiterin und Blumenbinderin, nebenher Abendabitur. Studium der Kunstgeschichte und Archäologie. Bis 1963 Assistentin am Märkischen Museum in Berlin. Nach der Verleihung des Bremer Literaturpreises 1964 blieb sie in der Bundesrepublik. Lebt als freie Autorin in München.

Die Prüfung des Lächlers 123

Ch. R.: Sämtliche Gedichte. Die Steine von Finisterre. Vorw. von Horst Bienek. Düsseldorf: Eremiten-Presse, 1984. S. 33. – © 1984 Verlag Eremiten-Presse GmbH, Düsseldorf.

ADRIENNE RICH (geb. 1929 Baltimore)

Tochter eines Arztes. Professorin für Englisch an verschiedenen amerikanischen Universitäten. Prominente Feministin, lebt in New York.

(1) *Was immer mit uns geschieht* 183
(2) Upper Broadway 110

A. R.: Der Traum einer gemeinsamen Sprache. Gedichte 1974–1977. Aus dem Amerik. von Verena Stefan und Gabriele Meixner. München: Frauenoffensive, 1982. (1) S. 43. (2) S. 53.

CONNY ROJAS SANÍN

Geboren in Medellín. Arbeit in der Werbebranche und als Agentin für junge Künstler.

Im Galopp dem Mond entgegen 182

AMORica Latina. Mein Kontinent – mein Körper. Erotische Texte lateinamerikanischer Autorinnen. Hrsg. und übers. von Erna Pfeiffer. Wien: Wiener Frauenverlag, 1991. S. 295–297. – © 1991 Wiener Frauenverlag, Wien.

LALLA ROMANO (geb. 1909 Demonte, Cueno)

Studium in Turin. Studienrätin in Turin und Mailand.

Ein tiefer Klang ist im Blut 172

Ich habe dich an diesen wilden Ort geführt. S. 39. – © 1988 Verlag Peter Kirchheim, München.

SUSANNA ROMANO (geb. 1947)

Argentinierin.

Krankheiten des Südens 236

Lyrik aus Lateinamerika. S. 291. – Mit freundlicher Genehmigung von Curt Meyer-Clason, München.

AMELIA ROSSELLI (geb. 1937 Paris)

Lebt in Italien.

Das gewalttätige Geschlecht 128

Ich habe dich an diesen wilden Ort geführt. S. 90. – © 1988 Verlag Peter Kirchheim, München.

FRIEDERIKE ROTH (geb. 1948 Sindelfingen)

Studium der Philosophie und Linguistik in Stuttgart; Promotion. Hörspieldramaturgin in Stuttgart. Villa-Massimo-Stipendium.

Ehe 165

F. R.: Schieres Glück. Gedichte. Darmstadt/Neuwied: Luchterhand, 1980. S. 23 f.

MURIEL RUKEYSER (geb. 1913 New York)

Studium am Vassar College und an der Columbia University.

Zwei versuchen miteinander zu reden 161

Gedichte aus der Neuen Welt. S. 35 f.

CAROL RUMENS (geb. 1946)

Zivilisation 264

Britische Lyrik der Gegenwart. S. 203.

NELLY SACHS (1891 Berlin – 1970 Stockholm)

Tochter einer großbürgerlichen jüdischen Familie. 1940 Emigration nach Schweden. 1966 erhielt sie den Nobelpreis für Literatur.

Diese Jahrtausende 32

N. S.: Gedichte. Hrsg. und mit einem Nachw. vers. von Hilde Domin. Frankfurt a. M.: Suhrkamp, 1986. (Bibliothek Suhrkamp. 549.) S. 10. – © 1986 Suhrkamp Verlag, Frankfurt am Main.

BARBARA SADOWSKA (geb. 1940)

Studium an der Akademie für Bildende Künste in Warschau. Erste Gedichtveröffentlichungen 1957 in der Wochenzeitung *Nowa Kultura*, danach Veröffentlichungen in der unzensierten Zeitschrift *Zapis*. Lebt in Warschau.

Landkarte schwer gebügelt. S. 84. – © 1981 Oberbaumverlag GmbH, Berlin.

SAFIJJA VON BAHILA

Araberin aus vor- oder frühislamischer Zeit.

Lyrik des Ostens. S. 42.

EDNA ST. VINCENT MILLAY
(1892 Rockland, Maine – 1950 Steepletop, N. Y.)

Gedichtveröffentlichungen seit dem 15. Lebensjahr. Studium am Vassar College; Promotion. Bohèmeleben in Greenwich Village, zeitweise Auftritte als Schauspielerin. 1923 Heirat eines reichen Geschäftsmannes, seither lebte sie auf ihrem Landsitz Berkshire.

Irdene Schale. S. 250 f. – © 1960 Verlag Lambert Schneider, Gerlingen.

SAPPHO (um 600 v. Chr.)

Geboren in Eresos auf Lesbos. Nach achtjähriger Verbannung nach Syrakus aus politischen Gründen kehrte sie mit ihrer Tochter Kleïs nach Lesbos zurück und unterrichtete in Mytilene einen Kreis junger Mädchen bis zu deren Hochzeit in Musik, Tanz und Poesie. Wurde schon von ihren Zeitgenossen als Dichterin hoch geschätzt.

S.: Strophen und Verse. Übers. und hrsg. von Joachim Schickel. Frankfurt a. M.: Insel Verlag, 1978. (Insel Taschenbuch. 309.) S. 13. – © 1978 Insel Verlag, Frankfurt am Main.

SARA

Gewiß, ich hätte den süßesten Körper 176

Ich habe dich an diesen wilden Ort geführt. S. 121–123. – © 1988 Verlag Peter Kirchheim, München.

SAUMITRA MOHAN (geb. 1938)

Muster 91

Der Ochsenkarren. S. 61.

DOROTHEA SCHLEGEL (1763 Berlin – 1839 Frankfurt a. M.)

Tochter des Philosphen Moses Mendelssohn. 1783 heiratete sie den Bankier Simon Veit, von dem sie 1798 geschieden wurde. Lebte mit Friedrich Schlegel in Jena und Paris, heiratete ihn 1804. Nach seinem Tod lebte sie mit ihrem Sohn aus erster Ehe in Frankfurt a. M.

Draußen so heller Sonnenschein 191

Gedichte der Romantik. Hrsg. von Wolfgang Frühwald. Stuttgart: Reclam, 1984. (Universal-Bibliothek. 8230.) S. 37.

SIBYLLA SCHWARZ (1621–1638)

Tochter einer angesehenen Greifswalder Familie. Sie genoß eine gelehrte Privaterziehung und schrieb erste Gedichte schon mit 10 Jahren. Sie starb 17jährig an einer Infektion.

Ein Gesang wieder den Neidt 29

Deutsche Dichterinnen. S. 87.

ANNE SEXTON (1928 Newton, Mass. – 1974 Weston, Mass.)

Tochter eines Vertreters. Nach dem College-Besuch Heirat und Arbeit als Mannequin. Erster Gedichtband 1960. 1969 erhielt sie den Pulitzer-Preis. Lehrauftrag an der Universität Boston. Freitod.

Frau mit Korsett [Übers. von Ulla Hahn] 87

The Norton Anthology of Modern Poetry. S. 1200.

SENNUR SEZER (geb. 1943)

Lied des Ölbaums 230

Die Wasser sind weiser als wir. S. 361–363. – © 1987 Franz Schneekluth Verlag, München.

PRINZESSIN SHIKISHI (1152 [?] – 1201)

Tochter des Kaisers Go-Shirakawa; seit 1192 Nonne. »Beste Dichterin der Zeit.« (Lyrik des Ostens.)

Beim Anblick einer Wolke [Übers. von Wilhelm Gundert] 147

Lyrik des Ostens. S. 456. – © 1978 Carl Hanser Verlag, München und Wien.

SHIRAISHI KAZUKO (geb. 1931 Vancouver)

Tochter eines Fischexporteurs. Kurz vor Ausbruch des Pazifischen Krieges 1941 kehrte die Familie nach Japan zurück. Schrieb als Oberschülerin erste Gedichte. Nach Studium, Heirat und Scheidung verdiente sie sich ihren Lebensunterhalt als Texterin und experimentierte mit Jazz, Tanz und Poesie. Setzt sich nachdrücklich für die in Japan noch ungewöhnlichen öffentlichen Lesungen ein.

Der Kuckuck ruft [Übers. von Siegfried Schaarschmidt] . . 300

Akzente. Zeitschrift für Literatur. Hrsg. von Michael Krüger. Jg. 37 (1990) H. 5. S. 470. – © 1990 Carl Hanser Verlag, München und Wien.

SHU TING (geb. 1952 Xiamen, Provinz Fujian)

Wuchs wegen Verbannung des Vaters und Tod der Mutter im Haus der Großeltern auf, die ihr die klassische chinesische Literatur und die abendländische Literatur des 19. Jahrhunderts vermittelten. 1969–72 Verschickung aufs Land, bis 1975 Gelegenheitsarbeiterin, Kontakt mit einer Lyrikgruppe. Seit 1980 festes Gehalt des Schriftstellerverbandes. Reisen in die USA.

menschenherzen und ihre gesetze 297

Zwischen Wänden. Moderne chinesische Lyrik. Ausgew. und übertr. von Rupprecht Mayer. München: Simon und Magiera, 1984. S. 24.

KIRSTI SIMONSUURI (geb. 1945 Helsinki)

Studium in Helsinki, Edinburgh, Cambridge und Strasbourg. Mitarbeiterin der BBC in London und Paris. 1978–81 a. o. Professorin für Literatur in Oulo. Übersetzerin (S. Weil, V. Woolf, R. D. Laing, S. Plath). Lebt in Helsinki.

Die Tatsachen [Übers. von Tuuli Mahringer] 50

Still wie Licht in windloser Gegend. S. 271. – © 1985 von Loeper Verlag, Karlsruhe.

EDITH SITWELL (1887 Scarborough – 1964 London)

Tochter einer alten Adelsfamilie. 1915 erste Gedichtveröffentlichungen. Von 1916 bis 1929 gab sie gemeinsam mit Aldous Huxley und Sherard Vines die literarische Zeitschrift *Wheels* heraus. Unter dem Eindruck der Kriegserlebnisse gewann ihre spielerisch-experimentelle Dichtung Tiefe. 1954 wurde sie zur »Dame of the Order of the British Empire« ernannt; Übertritt zum Katholizismus. Sie erhielt mehrere Ehrendoktortitel.

Noch immer fällt der Regen [Übers. von Ursula Clemen] . 224

Moderne englische Lyrik. S. 163–165.

STEVIE SMITH (1902 Hull, Yorksh. – 1971 London)

Arbeit in einem Verlagsbüro; seit 1953 freie Autorin, sporadische Arbeiten für die BBC. Illustrierte ihre Gedichtbände selbst, las und sang ihre Verse öffentlich, auch auf Schallplatte.

Nicht winkend, sondern ertrinkend
[Übers. von Ute und Werner Knoedgen] 265

Moderne englische Lyrik. S. 220.

EDITH SÖDERGRAN
(1892 St. Petersburg – 1923 Raivola, Karelien)

Finnlandschwedin. Von 1902–08 Besuch der deutschen Petrischule in St. Petersburg; erste Gedichte in deutscher Sprache. Erkrankte mit 16

Jahren an Lungentuberkulose. Nach der Oktoberrevolution floh sie mit ihrer Mutter nach Finnland, wo sie bis zu ihrem Tod in großer materieller Not lebte.

Der Schmerz [Übers. von Christiane Grosz] 253

E. S.: Klauenspur. Gedichte und Briefe. Hrsg. und mit einem Nachw. vers. von Richard Pietraß. Leipzig: Reclam, 1990. (Reclam-Bibliothek. 1336.) S. 32.

MARIA LUISA SPAZIANI (geb. 1924 Turin)

Studium der französischen Literatur in Turin und Paris; Promotion. Mitarbeiterin an literarischen Zeitschriften, Übersetzungen.

Beredsamkeit 173

Ich habe dich an diesen wilden Ort geführt. S. 51. – © 1988 Verlag Peter Kirchheim, München.

GASPARA STAMPA (1523 Padua – 1554)

Tochter einer gebildeten bürgerlichen Familie; aufgewachsen in Venedig, sorgfältige Erziehung. Mit 26 Jahren Liebesheirat mit dem Grafen Collalto, der sie nach dreijähriger Abwesenheit in Feldzügen wegen einer anderen verließ. Ihre *Canzoniere* sind die Geschichte dieser unglücklichen Leidenschaft. Sie starb kaum 30jährig an ›gebrochenem Herzen‹.

Blind liebt ich einst 271

G. S.: Dichtungen. Ausgew. und übertr. von Leo Graf Lanckoronski. Frankfurt a. M.: Schauer, 1947. S. 151.

WAVA STÜRMER (geb. 1929 Boma, Kongo)

Lebt in Helsinki. Ausbildung als Betriebswirtin; Mitarbeit an Tageszeitungen und beim Rundfunk. Schreibt auch Romane, dramatische Texte und Lieder.

Es ist Abend [Übers. von Ulrike Karger] 284

Still wie Licht in windloser Gegend. S. 283–285. – © 1985 von Loeper Verlag, Karlsruhe.

EFUA THEODORA SUTHERLAND
(geb. 1924 in Cape Coast, Ghana)

Besuch der Lehrerbildungsanstalt in Mampong. Studium in Cambridge und London. Lebt in Akkra, Ghana. Mitbegründerin der bedeutenden ghanesischen Literaturzeitschrift *Okyeame*, Verlegerin. Gründete das »Ghana Drama Studio«.

Dunkel 174

Schwarzer Orpheus. S. 46. – © 1964 Carl Hanser Verlag, München und Wien.

MAGDA SZÉKELY (geb. 1936 Budapest)

Studium der Hungarologie und Bulgaristik; Lektorin im Budapester Europa-Verlag.

Das Antlitz [Übers. von Jürgen Rennert] 82

Moderne Lyrik aus Ungarn. S. 188 f.

WISŁAWA SZYMBORSKA (geb. 1923 Bnin bei Posen)

Studium der Polonistik und Soziologie in Krakau. Redigiert den Lyrik-Teil der Wochenschrift *Życie Literackie* (›Literarisches Leben‹).

Frauenbildnis 74

W. S.: Deshalb leben wir. Ausw. und Übertr. von Karl Dedecius. Frankfurt a. M.: Suhrkamp, 1980. (Bibliothek Suhrkamp. 697.) S. 61. – © 1980 Suhrkamp Verlag, Frankfurt am Main.

TAHIRA QURRATUL'AIN (1817–1852)

Erste persische Dichterin der Bābī-Bewegung, wurde wegen ihrer religiösen Überzeugung hingerichtet.

Sollte mein Auge je dich erschaun 154

Nimm eine Rose. S. 67. – © 1987 Eugen Diederichs Verlag GmbH & Co. KG, Köln.

HANNELIES TASCHAU (geb. 1937 in Hamburg)

1962–64 in Paris, seit 1967 freiberufliche Autorin. 1972–74 Mitherausgeberin der Autoren-Edition bei Bertelsmann. Lebt in Hameln und Essen.

H. T.: Wundern entgehen. Gedichte 1957–1984. Nachw. von Heinrich Vormweg. Darmstadt/Neuwied: Luchterhand, 1986. (Sammlung Luchterhand. 642.) S. 152–154. – © 1986 Luchterhand Literaturverlag, Hamburg und Zürich.

ARJA TIAINEN (geb. 1947)

Lebt in Helsinki.

Still wie Licht in windloser Gegend. S. 297. – © 1985 von Loeper Verlag, Karlsruhe.

TERESA TRUSZKOWSKA (geb. 1925)

Der Himmel voller Wunden. S. 112. – Mit freundlicher Genehmigung von Karl Dedecius, Frankfurt am Main.

ʿULAIYYA BINT AL-MAHDI (um 800)

Tochter des abbasidischen Kalifen al-Mahdi in Bagdad.

Nimm eine Rose. S. 27. – © 1987 Eugen Diederichs Verlag GmbH & Co. KG, Köln.

JOHANNE CHARLOTTE UNZER (1725 Halle – 1782 Altona)

Tochter eines Organisten und Komponisten; verheiratet mit einem Arzt und Schriftsteller, dem sie nach Hamburg folgte.

Nachricht 60

Deutsche Dichterinnen. S. 130.

JUDITA VAICUNIAITE (geb. 1937 Kaunas)

Studium der Geschichte und Philologie an der Universität Vilnius.

Das gelbe Licht des Senfes [Übers. von Heinz Kahlau] . . . 291

Litauische Poesie aus 2 Jahrhunderten. S. 234. – © für die Übersetzung 1983 Verlag Volk und Welt, Berlin.

KATRI VALA (d. i. K. Wadenström, 1901 Muonio, Lappland, bis 1944 Eksjöin, Schweden)

Herausragende Vertreterin des Kreises junger, engagierter Dichter um die Zeitschrift *Tulenkantajat* (›Die Fackelträger‹). Schwere Krankheit. In den 30er Jahren Engagement gegen Faschismus und Krieg. Vorkämpferin des freien Verses in Finnland.

Die Weidenflöte 195

Finnische Lyrik aus 100 Jahren. S. 42. – © 1973 Merlin Verlag Andreas Meyer VerlagsgmbH & Co. KG, Vastorf.

BLANCA VARELA (geb. 1926)

Peruanerin.

A rose is a rose 46

Lyrik aus Lateinamerika. S. 165. – Mit freundlicher Genehmigung von Curt Meyer-Clason, München.

MARJA-LIISA VARTIO (1924 Sääminki – 1966 Savonlinna)

Erster Gedichtband 1952. War verheiratet mit dem Lyriker Paavo Haavikko.

Finnische Lyrik aus 100 Jahren. S. 84 f. – © 1973 Merlin Verlag Andreas Meyer VerlagsgmbH & Co. KG, Vastorf.

IDA VITALE (geb. 1926)

Uruguayerin.

Lyrik aus Lateinamerika. S. 169. – Mit freundlicher Genehmigung von Curt Meyer-Clason, München.

ELLEN WARMOND
(d. i. Pieternella Cornelia van Yperen, geb. 1930 Rotterdam)

Ballettausbildung; Konservatorin am Nederlands Letterkundig Museum in Den Haag.

Unbekannte Nähe. S. 201. – Mit freundlicher Genehmigung von Heinz Schneeweiß, Breda (Niederlande).

EVA WICHMANN (geb. 1908 Helsinki)

Finnlandschwedin. Ein erstes Buch mit Prosatexten erschien 1937, der erste Lyrikband 1946.

Finnische Lyrik aus 100 Jahren. S. 63. – © 1973 Merlin Verlag Andreas Meyer VerlagsgmbH & Co. KG, Vastorf.

LUDMILLA WILKINA (1878–?)

Frau des politischen Schriftstellers Nikolaij Minskij; lebte in Paris, schrieb wenige Erzählungen und Gedichte.

Dein Lächeln noch unbekannt gestern. Verse russischer Frauen. Übertr. und hrsg. sowie mit einem Nachw. vers. von Johannes von Guenther. Heidelberg: Rothe, 1958. S. 34 f. – Mit freundlicher Genehmigung von Anna von Guenther, Kochel.

JUDITH WRIGHT (geb. 1915 Armidale, New South Wales)

Stammt aus einer der ältesten australischen Grundbesitzerfamilien. Sporadischer Besuch von Vorlesungen an der Universität von Sydney; ihr Interesse galt jedoch eindeutig der Schriftstellerei. Einjährige Europareise, dann Arbeit als Stenotypistin, Sekretärin und Meinungsforscherin; daneben schrieb sie. Heiratete den Schriftsteller und Philosophen Jack McKinney. Großes Engagement für den Umweltschutz und die Bürgerrechte der Aborigines. Seit 1967 Englisch-Dozentin an der University of Queensland.

J. W.: Schweigen zwischen Wort und Wort. Hrsg., mit einem Nachw. und Anm. vers. von Hans Petersen. Berlin: Volk und Welt, 1990. S. 133. – © für die Übersetzung 1990 Verlag Volk und Welt, Berlin.

ELLA YOUNG (1865–?)

In früher Jugend Begegnung mit Irlands Sagen und Dichtungen. Seit 1925 in den USA, las dort über keltische Mythologie.

Irische Harfe. Gedichte vom 8. Jahrhundert bis zur Gegenwart. Aus dem Gälischen und Anglo-Irischen übertr. von Hans Trausil. Ebenhausen b. München: Langewiesche-Brandt, [1957]. S. 69. – © 1957 Verlag Langewiesche-Brandt KG, Ebenhausen bei München.

SIDONIA HEDWIG ZÄUNEMANN (1714 Erfurt – 1740 Erfurt)

Tochter eines Notars, blieb unverheiratet und lebte bis zu ihrem frühen Tod im Elternhaus. Führte ein sehr selbständiges Leben, besuchte ein Bergwerk unter Tage, ritt in Männerkleidung aus; kam durch einen Sturz vom Pferd ums Leben.

Deutsche Dichterinnen. S. 127.

NORAH ZAPATA PARRILLA (geb. 1940)

Bolivianerin.

Lyrik aus Lateinamerika. S. 270–272. – Mit freundlicher Genehmigung von Curt Meyer-Clason, München.

ZEB UN-NISA (1638–1701)

Älteste Tochter des Mogulherrschers Aurang-Zeb, Mäzenin von Gelehrten und Dichtern. Erbaute auch Gartenanlagen in Lahore.

Nimm eine Rose. S. 219. – © 1987 Eugen Diederichs Verlag GmbH & Co. KG, Köln.

SUSANNA ELISABETH ZEIDLER (um 1686)

Pastorentochter aus der Grafschaft Mansfeld.

Deutsche Dichterinnen. S. 97.

IRENA ŽERJAL-PUČNIK

Beschwingter Stein. S. 85.

CHRISTIANA MARIANA VON ZIEGLER
(1695 Leipzig – 1760 Leipzig)

Ihr Vater, seit 1701 Bürgermeister von Leipzig, wurde wegen eines angeblichen Staatsverbrechens zu Festungshaft verurteilt und verblieb dort bis zu seinem Tod 40 Jahre später. Als 1728 ihr erstes Buch erschien, waren ihr bereits zwei Ehemänner und beide Kinder gestorben. Lebte ab 1722 wieder in ihrem Elternhaus und führte dort einen Salon. Sie schrieb Texte für J. S. Bachs Kantaten, wurde das erste weibliche Mitglied der »Deutschen Gesellschaft« in Leipzig und erhielt große Unterstützung durch Gottsched. 1741 dritte Ehe und Verstummen als Dichterin.

Deutsche Dichterinnen. S. 114 f.

UNICA ZÜRN (1916–1970)

1956 wurde sie durch Hans Bellmer in den Kreis der Pariser Surrealisten eingeführt. 1957 erste Anzeichen von Schizophrenie; mehrfach in psychiatrischen Kliniken. Beging 1970 Selbstmord.

U. Z.: Gesamtausgabe. 5 Bde. Hrsg. von Günter Bose und Erich Brinkmann. Bd. 1: Anagramme. Berlin: Brinkmann & Bose, 1988. S. 123 – © 1988 Brinkmann & Bose, Berlin.

MARINA ZWETAJEWA (1892 Moskau – 1941 Jelabuga)

Tochter eines Universitätsprofessors und einer Pianistin. Ablehnung der Oktoberrevolution; folgte ihrem Mann, einem »Weißen«, 1922 in die Emigration nach Prag, 1925 nach Paris. Wegen Vereinsamung, Armut und Heimweh 1939 Rückkehr in die Sowjetunion, wo ihr Mann erschossen und ihre Tochter in ein Lager geschickt wurde. Sie versuchte vergeblich, ihre literarische Isolation zu überwinden, und verübte Selbstmord, nachdem sie wegen des deutschen Überfalls auf die Sowjetunion evakuiert worden war.

M. Z.: Ausgewählte Werke. 3 Bde. Hrsg. von Edel Mirowa-Florin. Bd. 1: Lyrik. München: Hanser, 1989. S. 155 f. [Aus dem Zyklus »Der Tisch«.] – © Verlag Volk und Welt GmbH, Berlin.

Der Verlag Philipp Reclam jun. dankt für die Nachdruckgenehmigungen den Rechteinhabern, die durch den Quellennachweis oder einen folgenden Copyrightvermerk bezeichnet sind. In einigen Fällen waren die Rechteinhaber nicht festzustellen. Hier ist der Verlag bereit, nach Anforderung rechtmäßige Ansprüche abzugelten.

Nachwort

I

Jede Frau, die sich als Frau ernst nimmt und ihr Geschlecht nicht im Abstraktum des Menschseins verschwinden lassen will, hat wohl einmal ein ähnliches Erlebnis, wie es Virginia Woolf in ihrem Buch *Ein Zimmer für sich allein* beschrieben hat: »Und wenn man eine Frau ist, wird man oft von einer plötzlichen Bewußtseinsspaltung überrascht, z. B. wenn, während sie die Whitehall hinabgeht, sie aus einer natürlichen Erbin dieser Zivilisation plötzlich im Gegenteil zur Außenseiterin wird, fremd und kritisch.«

Ich machte diese Erfahrung erneut beim Zusammenstellen dieser Anthologie. Daß der »Prozeß der Integration von Frauen in den Literaturbetrieb vollzogen« sei, »weibliche Karrieren« der »Normalfall« seien, erwies sich bei der Sichtung des Materials zunehmend als Wunschdenken. Anders als bei der Auswahl deutschsprachiger Autorinnen mußte ich bei den ausländischen auch auf Anthologien zurückgreifen. Und wollte es nicht glauben. Gab es in Schweden 1979 (*Schwedische Lyrik der Gegenwart*), in Frankreich 1979 (*Französische Lyrik der Gegenwart*), in Mexiko 1984 (*Moderne Lyrik aus Mexiko*), wirklich keine, in England 1986 (*Englische Lyrik der Gegenwart*) gerade nur eine übersetzenswerte Lyrikerin? Hat in der *Ungarischen Dichtung aus fünf Jahrhunderten* (1970) wirklich nicht eine Autorin Bestand? Und müßte es nicht eine(n) Klappentextverfasser(in), die eine Sammlung als »Who is Who der japanischen Lyrik« anpreist, im Jahre 1990 zumindest stutzig machen, daß keine Autorin vertreten ist, obgleich in den Lyrik- und Literaturzeitschriften 15 % der modernen, d. h. freirhythmischen Gedichte von Frauen stammen (unter den Verfassern klassischer Tanka- und Haiku-Gedichte ist der Anteil noch höher). Und soll man über eine Anthologie *Italienische Lyrik nach 1945* mit der sonderbaren Rubrizierung »Klassische Moderne, Industrielandschaft, Frauenlyrik« eher lachen oder weinen? Wohlverstanden: es geht hier nicht darum, Gedichte von Frauen mit einem Geschlechtsbonus, einer Quotenregelung in die Anthologien zu hieven. Es geht darum, daß wir sensibel dafür werden, ob die Abwesenheit von Autorinnen überhaupt zur Kenntnis genommen und thematisiert wird. Kaum etwas legt die marginale Rolle der Frau in der Literaturgeschichte so bloß wie ihr verschwindender Anteil in den Anthologien aller Herren Länder. Nicht anders als in Politik und Wirtschaft sind, wenn es um die Repräsentanz von Macht und Kompetenz geht, auch heute noch die Frauen als Ausnahmen zu bestaunen. Je repräsentativer der Anspruch, je weitgreifender in Zeit und Raum, desto weniger Platz wird ihnen zugestanden. Als Repräsentantinnen einer Nation, in Anthologien sogenannter Nationalliteratur sind Autorinnen schließlich kaum noch vorhanden. Und wenn es gar um die *Lyrik des Abendlandes* geht, tauchen die Frauen als Splitterpartei gerade noch als »Sonstige« auf.

Die wenigen Ausnahmen gilt es daher zu rühmen. So das Nachwort Yüksel Pazarkayas zu seiner Sammlung türkischer Lyrik der Gegenwart, das die veränderte Rolle der türkischen Autorin erläutert, oder die Anmerkungen Gino Chiellinos in seiner Anthologie erotischer Lyrik aus Italien, die die Gedichte der Frauen einbeziehen und zugleich ihre spezifische Perspektive berücksichtigen. Wie denn in Herzensangelegenheiten weibliches Spezialistentum nach wie vor gefragt ist: In der Edition *Polnische Liebesgedichte* sind ebenso viele Frauen wie Männer vertreten.

II

Eine Auswahl aus den vorliegenden Auswahlen zu treffen, die ja ihrerseits wieder auf Auswahlen anderer, etwa der Verleger von Einzeleditionen beruhen, war aber nur eine der Widrigkeiten. Aufschlußreich wäre z. B. ein internationales Projekt, wo Fachleute jeweils Gedichte von Autorinnen, die sie für wichtig halten, auswählten, womöglich übersetzten. Seit Rilke Elisabeth Barrett Brownings *Sonnets from a Portuguese* übertrug, sind diese in jeder deutschen Anthologie zu finden und prägen das Bild der Dichterin als hingebungsvoller, gefühlsseliger Frau. Daß sie auch sozialkritische, geradezu feministische Gedichte schrieb, z. B. ein Gedicht an George Sand, bleibt weithin unbeachtet. Erst die kürzlich erschienene Sammlung *Viktorianische Lyrik* hat einige ihrer sozialkritischen Titel aufgenommen. Das größte Problem wäre jedoch auch durch eine veränderte, breitere Auswahlmöglichkeit nicht aus dem Weg geräumt, weil sich jeder Herausgeber fremdsprachiger Lyrik mit einem herumplagen muß: mit der Beeinträchtigung des Originals durch die Übersetzung. Denn gerade das der Sprache Eigentümliche – Klangfärbung, Konnotationen, der artistische spielerische Umgang mit dem Wort – entfällt weitgehend. Rettbar ist im guten Falle die Eigenheit von Bildern und Gedanken, so daß primäres Auswahlkriterium die Qualität der Texte in deutscher Sprache war, wobei ich, hatte ich die Wahl, mich für die Interlinearversion entschied, da sich an ihr noch niemand mit poetischen Nachbesserungen vergreifen konnte, die den Sinn des Originals mitunter bis zur Umkehrung der Aussage entstellen. An einem Vergleich der Interlinearübersetzung mit der Vosslerschen Übertragung des Gedichts »An die Hoffnung« von Inés de la Cruz kann man dies gut nachvollziehen.

III

Eine chronologische Anordnung der Gedichte hätte zweifellos ihren Reiz gehabt, zeigte sie doch, wie spät Europa und erst recht die europäische Frau auf der literarischen Weltbühne in Erscheinung getreten sind. Doch schien mir diese Anordnung zu formal, weil das Nacheinander der Texte kein Neben-, Mit- oder Gegeneinander ergab, sondern ein Wirrwarr unterschiedlicher Stimmen. Auch ergaben sich, ohne daß ich dies auf Grund der oben beschriebenen Quellenlage hätte planen können, Themenschwerpunkte, die den Autorinnen über Länder, Zeiten und Kulturkreise hinaus gemeinsam waren. Dennoch liegt dieser Anthologie kein universalistisches, gleichmacherisches »Wir-Frauen«-Konzept zugrunde; dazu waren und sind die Lebensumstände der Autorinnen zu verschieden. Sichtbar werden soll vielmehr ein Zugleich verschiedener Perspektiven und Schreibweisen. Und vielleicht trägt diese Sammlung auch ein wenig dazu bei, europäischen Egoismus und Überheblichkeit besonders gegenüber der heute sogenannten Dritten Welt auszuräumen und Mißtrauen abzubauen zwischen »feministischer Avantgarde« und der Mehrzahl der Frauen. Verschwiegen werden darf schließlich auch nicht, daß aus Umfangsgründen ein guter Teil der ausgewählten Texte entfallen mußte.

IV

Alt wie die Dichtung selbst sind die Themen dieser Anthologie: Liebe und Tod, Ich- und Welterfahrung, die Bemühung um die Sprache, das Wort. Welch ein Weg von Sappho bis Adrienne Rich, von Louise Labé bis Alta, von Li Tsching-dschau bis Ingeborg Bachmann. Es gibt einen tiefgreifenden Wandel in den Lebensumständen ihrer Produzentinnen, einen Wandel, den man gottlob als Fortschritt bezeichnen darf, als Fortschritt der Frau auf ihrem Weg zu Menschenrecht und Menschenwürde. Veränderte Lebenspraxis aber wirkt zurück auf die Mentalität, der spezifische Erfahrungsbereich ist immer auch mitbestimmend für die Textproduktion. Unleugbar also, daß sich weniger die Themen, wohl aber deren Behandlung gewandelt haben. Demzufolge wurden Texte bevorzugt, in denen Frauen die ihnen traditionell zugestandenen Themenkreise überschreiten, wobei es nicht selten zu Dissonanzen zwischen der Radikalität von Erfahrungen und der des Schreibens kommt, vergleichbar etwa der Freiheitslyrik aus der Restaurationszeit, die mit traditionellen Strophen so radikal zum Umsturz aufrief.

Wenn Schreiben auch heißt, sich zu entdecken, sich selbst sichtbar zu machen, dann kann diese Anthologie auch gelesen werden als ein zunehmendes Infragestellen von Frauenbildern und Verhaltensweisen, die Männern genehm sind, als Befreiung von jahrtausendealten männlichen Wunsch-, Wahn- und Angstprojektionen, als ein Abstreifen von Kostümen und Masken, als ein immer mutigeres Öffnen des Blicks auf sich selbst, auf Merkmale, Eigenschaften und Verhaltensweisen des eigenen Geschlechts. Wenn Frauen schreiben, ist das auch eine Suche nach Identität, einem Platz in der Welt, nicht nach einem neuen, diesmal weiblichen Ich-Ideal in Utopia.

V

Die Abfolge der Themengruppen verführt dazu, eine Finalität in die Anordnung der Gedichte zu interpretieren, eine Aufwärtsbewegung. Von der Reflexion des Schreibens über das große Thema Liebe, das, ebenso wie die Frauen- und Männerbilder, den Wandel der Geschlechterbeziehung verdeutlicht, hin zu den Gedichten, in denen das Geschlecht keine Rolle spielt. Finalität kommt aber nur dann zustande, wenn man in den letzten Teil des Satzes stillschweigend ein »mehr« hineinliest und so eine unterschwellige Wertung konstruiert. Nein, eine Finalität soll diese Zusammenstellung nicht suggerieren, wohl aber eine Haltung der Herausgeberin: Sie heißt mit einer Gedichtzeile der großen ungarischen Lyrikerin Agnes Nagy: »Dennoch schauen!« Dieses Dennoch ist die Basis jedes Kunstwerks, jedes Gedichts, selbst desjenigen, das nichts als Verzweiflung, Haß, Schmerz ausdrückt, denn »jedes angefertigte Werk ist eine Absage gegen Zerfall und Untergang« (Gottfried Benn).

VI

Die meisten Texte dieser Anthologie datieren in diesem Jahrhundert, wie überhaupt die Gedichte von Frauen aus den letzten hundert Jahren ein entscheidendes Übergewicht haben. Mag sein, weil die Aussonderung aus dem ästhetischen Kanon noch nicht gegriffen hat. Doch daß eine solche Fülle entstehen konnte, ist in jedem Falle eine Folge der Frauenbewegung, die für das Schreiben von Frauen, den Beruf der Autorin, die entscheidenden sozialen Voraussetzungen schuf.

Für das Schreiben speziell von Gedichten scheint mir ein zweiter Umstand bedenkenswert: der Wandel der lyrischen Sprechweise, der sich Mitte des 19. Jahrhunderts vollzog und von Frankreich mit Rimbaud, Baudelaire, Mallarmé seinen Ausgang nahm. (Hugo Friedrich hat diesen Vorgang in seinem nach wie vor gültigen Buch *Die Struktur der modernen Lyrik* umfassend abgehandelt.) Worin bestand nun dieser Wandel, und worin liegt möglicherweise seine Bedeutung für das Schreiben von Frauen? Sicherlich nicht im Bruch mit der poetischen Tradition. Zerstören kann man nur, was man besitzt, und Frauen war jahrhundertelang der Zugang zur Bildung versperrt. Wichtiger war da schon, daß die starren Auflagen von Inhalt und Form ihre begrenzende Macht überhaupt einbüßten; im Gegensatz zum traditionellen, dem sogenannten organischen Gedicht, in dem sich alle Teile aufs Ganze beziehen mußten, war das Gegenteil davon geradezu Kennzeichen des avantgardistischen Textes. »Im avantgardistischen Werk«, so Peter Bürger, »verweist das Einzelzeichen nicht primär auf das Werkganze, sondern auf die Wirklichkeit.« Von diesem neuen Verhältnis der Dichtung zur Wirklichkeit ging, scheint mir, ein befreiender Impuls aus. Nicht länger gefiltert durch den Regelkanon der Tradition, traten Dichtung und Wirklichkeit in eine unmittelbare direkte Beziehung. Obwohl die Avantgardebewegung heute längst selbst zur Tradition zählt, weisen die meisten hier aufgenommenen Gedichte dieses Wirklichkeitsverhältnis auf. Die Autorinnen nehmen Wirklichkeit ins Gedicht, das Gedicht schließt sich nicht gegen Wirklichkeit ab. Die Welt jenseits der Texte kann und soll nicht vergessen werden. Ein L'art pour l'art, die Kunst als Selbstzweck, ist in der Lyrik von Frauen kaum auszumachen; hermetische Gedichte sind Ausnahmen. Meist durchdringen sich die kommunikativen und poetischen Möglichkeiten der Sprache, die lyrische Wirklichkeit bleibt der erlebten verbunden.

VII

Wie sieht nun diese lyrische Wirklichkeit aus, und wie werden die poetischen Möglichkeiten der Sprache genutzt? Virginia Woolfs Feststellung vom gleichzeitigen Ausgegrenzt- und Einbezogensein der Frauen in die herrschende Kultur wird in der feministischen Literatur in der Regel als Mangel empfunden. Etwa von der amerikanischen Lyrikerin Adrienne Rich in Überlegungen zum eigenen Werdegang: »Im männlichen Universum nahm ich natürlich Vorstellungen über Frauen, Sexualität, Macht aus der subjektiven Sicht männlicher Dichter auf. [. . .] Der Widerspruch zwischen diesen Vorstellungen und den Alltagsereignissen meines eigenen Lebens erforderte eine anpassungsfähige Phantasie, eine Art andauernder Übersetzung und eine unbewußte Zerstückelung der Identität in Frau und Dichterin. Jede Gruppe, die unter dem Diktat der Namen und Bilder einer herrschenden Kultur lebt, ist der Gefahr der geistigen Zerstückelung ausgesetzt und bedarf einer Kunst, die dem widerstehen kann.«

Doch kann diese »anpassungsfähige« (was ja nicht heißt: angepaßte!) Phantasie, diese durch die Notwendigkeit der ständigen Übersetzung geschmeidige, gut trainierte Phantasie nicht auch positiv gesehen werden? Als Möglichkeit jeder Autorin, die Perspektive wählen und wechseln zu können? Frei und von Fall zu Fall entscheiden zu können zwischen dem »einbezogenen« und dem »ausgegrenzten« Blick? Und wäre das dann nicht eher eine Bereicherung denn eine »Zerstückelung«? Was auch immer theoretisch und programmatisch von feministischer Seite eingeklagt werden mag: das Einzelwerk fast jeder Autorin so gut wie die Texte dieser Sammlung weisen die Bewegung zwischen beiden Blickrichtungen auf.

Ebensowenig wie es eine Definition von Lyrik gibt, die alle Epochen und Kulturen umspannt, gibt es eine »weibliche Lyrik«, eine »andere Sprache«. Das »Körperschreiben«, das Helene Cixous als »weibliches Schreiben« entdeckt hat (im Gegenentwurf zu Luce Irigaray, die es für nötig ansieht, die männlichen Diskurse zunächst zu »durchqueren«, d. h. ironisch in Frage oder auf den Kopf zu stellen, bevor sie zum »Eigenen« kommt, möchte Cixous ihren Anhängerinnen diesen mühsamen Durchmarsch ersparen), dieses »Körperschreiben« fordert, Anfang und Ende, Grenzen und Definitionen, Grammatik und Syntax, kurz, alles Festgefügte verschwimmen zu lassen, aufzulösen, zum Verschwinden zu bringen. Doch warum sollte dieses ästhetische Verfahren nicht ebensogut von männlichen Autoren genutzt werden? Behauptungen, ein Text lasse auf den ersten Blick erkennen, wes Geschlechts sein Verfasser sei, sind barer Unsinn. Der Raum der Kunst ist ein universeller Raum, wobei hier nicht diskutiert werden soll, welche Folgen es für das Schreiben von Frauen hat, daß die bestehende Kunst fast durchweg von Männern geschaffen wurde. Aber ist sie deswegen »Männerkunst«, die Frauen bestenfalls als Untersuchungsmaterial zum Nachweis von Unterdrückungsideologien etwas wert sein darf? Ganz zu schweigen von den beliebten Kurzschlüssen zwischen schäbigem Leben und schlechtem Schreiben. Taugen Brechts Gedichte und Dramen weniger, weil er seine Geliebten als penetrierbare Schreibmaschinen benutzte? Und selbst wo Spuren eines solchen Verhaltens ein Werk durchziehen – und sie müssen gerade bei Brecht nicht mit der Lupe gesucht werden –, geht dieses doch nie in ihnen auf. Nein, wir verzichten auf zu vieles, wenn wir den Freiraum der Kunst – frei von Geschlechtsbezogenheit, frei für das Menschliche in allen phantasierbaren Spielarten – als männlich besetzt abtun und damit akzeptieren und respektieren.

Andersherum wird ein Schuh, will sagen, ein Kunstwerk daraus: Der Raum der Kunst ist universell. Das Geschlecht spielt dort eine Rolle unter vielen anderen soziokulturellen Merkmalen, etwa der Kultur-, Rassen-, Religionszugehörigkeit. Wenn Frauen diesen Raum erobern, ist ihre biologische Bestimmtheit nur noch ein Merkmal unter vielen. Frauen dürfen ihr Geschlecht in diesem Freiraum ungestraft vergessen, müssen es aber nicht; können es vielmehr so selbstverständlich oder problematisch nehmen wie alle anderen Zuschreibungen auch. Den Stoff, das Thema sucht sich jede(r) Autor(in) nur bis zu einem bestimmten Punkt aus, das Thema sucht aber immer auch ihn/sie. Was Wunder, wenn Frauen im ersten Ansturm auf eine Männerbastion zunächst einmal auch im Freiraum der Kunst ihr Frausein, die Diskriminierungen ihrer Weiblichkeit zur Sprache brachten und bringen. Das Schaffen und Aufnehmen von Kunst ist immer auch ein Akt der Befreiung. Daß Frauen den Freiraum der Kunst auch zur Befreiung von tradierten Bildern, Mustern, Zuschreibungen des Weiblichen aus männlicher Sicht nutzten, scheint mir historisch folgerichtig und notwendig, um »in einer Kultur, die nur männlichen Erfahrungen Wert beimißt, die eigenen weiblichen Erfahrungen wertvoll zu machen« und »über persönliche Belange hinaus [. . .] uns gegenseitig unsere Wirklichkeit so aufrichtig und genau darzustellen wie nur möglich.« (Adrienne Rich)

Es ist aber weder ein Vorzug noch ein Makel, dies zu tun, und hat auch nicht im mindesten mit »weiblicher Ästhetik« zu tun; es spielt sich vielmehr auf stofflicher Ebene bzw. in der Wahl der Perspektive ab. Über die Ästhetik, geschweige denn die Qualität eines Textes sagen – das ist eine Binsenweisheit – für sich weder Stoffwahl noch Sichtweise etwas aus. Mit der gleichen Berechtigung, wie James Baldwin seine Rassenzugehörigkeit zum Thema machte, Bernanos oder Claudel ihre religiöse Bindung, kann das Geschlecht Quell und Stachel zur Produktion sein.

Aus dieser Quelle kann eine Autorin schöpfen; sie muß es nicht. Eben darum schafft sich Kunst den »freien Raum«, wo dem Spiel der Verwandlungen von Wirklichkeit keine Grenzen gesetzt sind. Entscheidend ist letztlich nie der außerästhetische Zweck, sondern das, was in Sprache aufgeht. Daß dabei neue Stoffe, neue Gegenstände, neue Sichtweisen auch neue ästhetische Merkmale produzieren, ist anzunehmen. Diese als »weiblich« zu bezeichnen, wäre aber genauso unsinnig wie die bisherigen »männlich« zu nennen. Solche von Autorinnen herausgebildeten Merkmale sind universell und stehen dem Autor ebenso zur Verfügung wie der Autorin die seinigen.

So wäre also die von Virginia Woolf konstatierte Ausgrenzung heute im Literaturbetrieb noch wirksam, im freien Raum der Kunst jedoch auf dem besten Weg, sich in eine Chance zu verwandeln – für beide Geschlechter. Übrigens auch auf inhaltlicher Ebene.

Ebenso wie heute keine Form mehr mit dem Anspruch allgemeiner Gültigkeit auftreten kann, kommt dies einem bestimmten Welt-Bild zu. Dem Nebeneinander der Formen und Sprechweisen entspricht ein Nebeneinander der Perspektiven und Sichtweisen. Eine Differenzierung, die sich immer weiter auffächern wird, in dem Maße wie der Mensch sich und die Wirklichkeit differenzierter erfährt.

VIII

Nirgends läßt sich die veränderte Rolle der Frau so anschaulich ablesen wie in Texten zur Beziehung zwischen den Geschlechtern. Zwar werden Frauen noch immer als Sonderbegabungen für Liebeslyrik angesehen, doch längst nicht mehr mit dem obligatorischen Leid im Gefolge, wie in den Gedichten von Dsi-Yä oder Nukada Hime, von Louise Labé, Marceline Desbordes-Valmore, Christine de Pisan oder Elizabeth Barrett Browning. In diesen Gedichten erfährt das lyrische Ich seine Existenz allein in Annahme oder Verweigerung des Gefühls durch den geliebten Mann. Er allein eröffnet die Möglichkeit eines »Ausbruchs aus mir selbst«, des »doppelt sein«. Der Verlust des Geliebten muß als Selbstverlust empfunden werden: »Bin ich denn selber nicht zu finden?« (Komachi.) Es verwundert nicht, wenn das traditionelle Liebesgedicht aller Völker und Zeiten fast ausnahmslos das Warten und den Abschied thematisiert, und das längst nicht erst seit der europäischen Romantik, die das geliebte Wesen stets in die Ferne entrückte, um es desto rückhaltloser idealisieren zu können. Der reale Mangel drängt seit eh und je zur ästhetischen Kompensation, zur Selbstvergewisserung in der Fiktion.

Es ist ein erstaunliches Phänomen, daß sich die Tonart der Liebesgedichte von Frauen seit der Jahrhundertwende weltweit grundlegend geändert und nach dem Aufbruch der Frauenbewegung Mitte der sechziger Jahre noch einmal modifiziert hat.

Gemeinhin wird die Emanzipation der Erotik, der Sexualität von den Zwängen der Konvention und der Religion als wichtigster Grund für diesen Wandel angesehen. Wichtiger scheint mir jedoch die Tatsache, daß Frauen ihr

Selbstwertgefühl nicht mehr und vor allem anderen aus der Anerkennung eines Mannes, durch ihr Auserwähltsein für die Rolle als Gattin und Mutter beziehen mußten. Wie tief dieser Zwang wirkt, sich als Frau über einen Mann zu definieren, macht die Lektüre der Autorinnenbiografien der Anthologie *Irdene Schale* deutlich, in der jeder Ehegatte verzeichnet ist und, fehlte dieser, so doch wenigstens ein Vater oder ein Bruder Ersatz leisten muß. Erst infolge der Eroberung von beruflichen, politischen und künstlerischen Räumen und Positionen, die eine ökonomische und gesellschaftliche Unabhängigkeit vom Mann mit sich brachte, konnte sich auch das Verhältnis der Frauen zur Erotik ändern, erst seither konnten diese ihre sexuellen und emotionalen Ansprüche offen aussprechen. Soziale Unabhängigkeit ist die Voraussetzung für einen emanzipierten erotischen Umgang der Geschlechter miteinander. Dies klingt einfach und folgerichtig, ist aber wie jede Veränderung, die nicht am Reißbrett durchgeführt werden kann, ein komplizierter und schmerzhafter Vorgang. Nichts zeigt das deutlicher als diejenigen Liebesgedichte von Frauen, die klangen (und auch noch klingen) wie Kampfansagen. Selbständige Lebensformen, neue Erkenntnisse einerseits und alte Gefühlsstrukturen, alte Lebensmuster andererseits klafften weit auseinander, rieben sich heftig und ergaben Dissonanzen im Leben wie im Gedicht, hier in einer oftmals schrillen Sprache und Bildlichkeit. Alle Formen der Demontage sind zu finden, von der Ironie über Sarkasmus, Zynismus, Verwerfung bis hin zur radikalen Absage an den Mann schlechthin.

Zurückerobert haben sich die Frauen in dieser Auseinandersetzung, das zeigt eine Vielzahl von Gedichten, die Lust am eigenen Körper. Es ist eine selbstbewußte Lust, eine Lust an sich selbst in stolzer Bejahung der eigenen

Körperlichkeit. Und so gehen aus dem Prozeß der Entzauberung fragwürdig gewordener, aber eben doch auch frag*würdig* gebliebener Beziehungen neue Einladungen zu neuen Versuchen des Miteinanders hervor. Das Unterwerfungsverhältnis ist aufgekündigt, die flehenden Gebärden und Demutsgesten vergangener Zeiten sind weitgehend verschwunden, geblieben ist – die Sehnsucht. »Dieser sagt von Reitern und der vom Fußvolk, / mancher auch von Schiffen: auf schwarzer Erde / seien sie das Schönste; doch ich nenn so wo- / nach einer sehnt sich« – schrieb Sappho ca. 600 v. Chr. So wären wir also keinen Schritt weitergekommen? Weiter wohin? Fort von dem, was uns zu Menschen macht? Von der Liebe und dem Hunger nach Liebe? Wer liebt, ist verletzbar; wer liebt, begehrt – und kann zurückgewiesen werden: »Das Lieben ist schön / Schöner als das Singen / Zum Lieben gehören zwei / Das ist beim Lieben der Kummer« (Heinar Kipphardt).

Dennoch sind auch Gedichte wie die von Alta wichtig. Frauen bekennen sich zu ihrer Destruktivität, zu negativen Gefühlen, akzeptieren auch ihre dunklen Seiten; akzeptieren, daß sie nicht der edlere, der moralisch höherstehende Teil der Menschheit sind. Frauen dürfen endlich ihre wahren Gesichter zeigen, alle, auch die unannehmbaren. Sie müssen sich nicht länger in den Himmel heben lassen, um den Männern auf der Erde nicht im Weg zu stehen. Und was ist der Haß in den erschreckenden Gedichten von Alta oder Amelia Rosselli letztlich anderes als enttäuschte, getretene Liebe?

Sehnsucht spricht also weiterhin aus den Gedichten von Frauen (wie von Männern), allerdings nicht aus dem Gefühl, ohne Mann nichts zu sein; der Mann wird nicht länger in die Rolle des alleinigen Sinnstifters gedrängt. Es ist eine Sehnsucht nach Mit-Teilen, nicht nach vampirischer Teil-Habe am Leben des anderen; ein Mitteilen aus dem Bewußtsein, selbst alles und ganz zu sein, sich selbst zu besitzen in Schönheit und Lust. Die neue Sehnsucht, etwa in den Gedichten von Gioconda Belli, Patrizia Imperiali oder Conny Rojas Sanín, kommt nicht aus einem Gefühl der Ohnmacht, sondern aus dem der Macht, die niemanden, weder sich noch den anderen, unterwerfen will; kommt aus dem Fühlen der eigenen Fülle, ist nicht passives Schmachten, sondern aktives Begehren. Männern, wie sie Rita Higgins beschreibt, kann diese Aktivität, die sie in die ungewohnte Rolle des Begehrten statt des Begehrenden, des Objekts statt des Subjekts versetzt, Angst machen. Denn befreien kann sie – und das ist ein neues, spannendes Paradox – aus dieser Angst nur, was ihnen Angst macht: die Liebe. Der tatsächlichen erotischen Emanzipation entspricht die der erotischen Sprache, die von kühnen poetischen Erfindungen für die Darstellung des Liebesaktes – auch zwischen Frauen – bis zu bewußten Provokationen reicht, Verstößen gegen einen moralischen Gesellschaftskodex, etwa in dem Gedicht von Alta, wo der Brutalität der dargestellten Beziehung die einer geradezu »sadistischen« Sprachbehandlung (Wörter werden verstümmelt) entspricht.

In Europa noch vorsichtig, stürmisch hingegen in Lateinamerika werden neue Formen eines liebevollen Umgangs erprobt und beschrieben. Versucht wird ein Miteinander, das den anderen in seiner Andersartigkeit akzeptiert, respektiert, ihn nicht als Bedrohung empfindet, sondern als Bereicherung. In den jüngsten Gedichten zeichnen sich dabei erste Umrisse eines neuen Frauenbildes ab. Die Phase der Emanzipation, der »Befreiung von«, des »Kampfes gegen« ist für viele Frauen abgeschlossen; es geht nicht länger nur mehr um Abgrenzung und Selbsterhaltung, sondern um Entgrenzung und Selbstverschwendung. Subjekt dieser Gedichte ist nicht länger die emanzipierte, die befreite Frau, sondern die souveräne, die freie Frau.

IX

Jahrtausende mußten vergehen, bis ein Gedicht die »Frauenfrage« mit solcher Wucht stellen konnte wie das von Margaret Atwood. Frauen ertasteten sich ihren Weg als Subjekt über die Erfahrung des Mangels, in Zusammenstößen mit Begrenzungen; sie erlebten ihre Kräfte nicht in der Entfaltung, sondern im Schmerz der Unterdrückung; ihre Freiheit nicht in der Erprobung, sondern in der Verzweiflung über ihre äußerste Beschränkung. Die eingebundenen Füße der Chinesin, die immer an beides erinnern, die angeborene Möglichkeit freier Bewegung und deren Verhinderung, waren dafür ein grausames Symbol. Ob in Europa, Asien, Amerika oder der arabischen Welt: der gesellschaftliche Status der Frau bewegte sich bis ins 20. Jahrhundert zwischen unmündigem Kind und gehorsamer Sklavin; der Zugang zur Öffentlichkeit führte in allen Bereichen über den Mann. Ausnahmen überlebten die Jahrhunderte, ja Jahrtausende. Allen voran Sappho aus dem antiken Griechenland, die auf Lesbos junge Frauen bis zu deren Verheiratung in Musik, Dichtung und Tanz unterrichtete; hervorragende Dichterinnen aus Japan und China, denen als Töchtern, Gattinnen, Kammerfrauen hochgestellter Persönlichkeiten Zugang zur Bildung gewährt wurde, soviel und solange dies dem Prestige des Mannes zugute kam. Daß dabei im Japan der Heian-Zeit, im 10. Jahrhundert, Weltliteratur von Frauen geschrieben wurde – wie von Murasaki Shikibu *Die Geschichten des Prinzen Genji* und von Sei Shonagon *Das Kopfkissenbuch* –, ist kurioserweise dem Umstand zu verdanken, daß Frauen von höherer Bildung ausgeschlossen waren. Die Männer mühten sich mit Chinesisch ab, das sie über die eigene Sprache stellten, und überließen den Frauen das Kana, eine Lautschrift für die lebendige, gesprochene Sprache. Hochkulturen konnten es sich leisten, Frauen Reservate einzuräumen, beziehungsweise einzelne als Ausnahmen zu fördern; allerdings »nur dort, wo die literarisch gebildete und begabte Frau bedingungslos nachbetete, was ihr die feudale Männerwelt als Ideale der Tugendhaftigkeit vorschrieb, konnte sie auf Verständnis hoffen«, schreibt Ernst Schwarz in seinem ausgezeichneten Nachwort zur Edition der Gedichte von Li Tsching-dschau und Dschun Schu-dschen. Wenig ist von diesen Autorinnen, die keine Nachbeterinnen waren, die anschrieben gegen Mißachtung und Unterdrückung der Frau, gegen das Alleinvertretungsrecht des Mannes, gegen die von der Familie beherrschte Partnerwahl, wenig ist von diesen Rebellinnen überliefert. Besonders sorgfältig wurden Gedichte und biografische Daten der aufsässigen Dschun Schu-dschen getilgt, die damit das Schicksal von Sappho teilt. Sappho wurde um das Jahr 400 von Kirchenmännern verdammt, ihre Dichtung verbrannt.

Seit Frauen schreiben, haben sie es leichter, akzeptiert zu werden, wenn sie sich bescheiden, nicht aus der Rolle fallen, die Männer ihnen vorschreiben; sie dürfen preisen: die Natur, die Götter, den Gatten; sie dürfen klagen, flehen und beten, solange sie die Grenzen der Schicklichkeit nicht überschreiten. Zeilen wie die von Dschun Schu-dschen: »Und so verrückt hat mich die Zärtlichkeit gemacht / daß mich auch nicht mehr schreckt, was andere denken. / Ich werf mich an die Brust dir unbedacht, / und alles, was ich hab, möcht ich dir schenken«, überschreiten diese Grenzen deutlich; sie sind Ausdruck eines Begehrens, so selbstbewußt, freimütig und sinnlich, daß es den Tugendwächtern in den Gelehrtenstuben schon angst und bange werden konnte.

So wundert es nicht, wenn Frauen, die die Sinnlichkeit aus ihrem Leben verbannten, sich selbst begrenzten, im Gegenzug einige Freiheiten eingeräumt wurden, vor allem der Zugang zur Bildung. In Europa waren es die Klosterfrauen, die sich als erste in der Literatur einen Namen machten, Roswitha von Gandersheim mit Theaterstücken – die übrigens mit unverkennbarer Wollust ausführlich, derb und phantasievoll alle möglichen Verstöße gegen das sechste Gebot beschreiben und verteufeln –, Hildegard von Bingen mit naturwissenschaftlichen und geistlichen Schriften. Mechthild von Magdeburg und Hadewych von Brabant gingen aus der Beginenbewegung hervor, wo Frauen ohne Klostergelübde unter frei gewählter Leitung zusammenlebten, jederzeit austreten und heiraten konnten.

Doch erst die Renaissance, die Jakob Burkhardt als »Epoche der Frau« bezeichnet, brachte den Durchbruch für die Diskussion der geistigen, moralischen und künstlerischen Fähigkeiten der Frau und machte sie im wahrsten Sinne des Wortes hoffähig, denn von den Höfen Europas, den damaligen kulturellen Zentren, ging diese Bewegung aus. Von der Erschütterung der klerikal feudalen Machtverflechtungen profitierten nun auch die, denen man in kirchlichen Kreisen sogar die Seele abgesprochen hatte. Und wenn diese seelenlosen Wesen nun zum Lesen und Schreiben ermutigt wurden, so geschah dies weniger um ihrer selbst willen, als um der Verfeinerung männlicher Bedürfnisse Rechnung zu tragen. »Ein junges Mädchen«, so Pietro Bembo, »soll Latein lernen, das steigert seinen Reiz aufs Höchste.«

Die ersten Protagonistinnen weiblicher Bildung in Europa, selbstverständlich alle aus Adel und Patriziat, kamen aus Italien: Gaspara Stampa, Vittoria Colonna, Veronica Gambara, Olympia Morata. Es folgten Spanien, England; Frankreich mit Louise Labé und Christine de Pisan (1364–1429), die als erste Frau vom Schreiben leben konnte, mit Liedern vornehmlich vom Glück in der Ehe und der Einsamkeit des Witwenstandes. In Deutschland blieben zu dieser Zeit die Frauen namenlos. Hier schlugen die Ideen der Renaissance erst mit dem Aufblühen der Reichsstädte, also mit etlicher Verspätung, Wurzeln. Als dann die Reformation sogenannte Mägdleinschulen einrichtete, damit die Bibel gelesen werden konnte, wurde »die geistliche Lieddichtung zu einer Domäne weiblicher Kreativität, wozu später die religiöse Strömung des Pietismus noch wesentlich beitrug. [. . .] Die Zahl der geistlichen Liederdichterinnen, die seit dem 16. Jh. hervortraten, ist heute kaum noch zu übersehen. [. . .] Anerkennung fanden Frauen immer auf den Gebieten, wo spezifische Hemmungen und Widerstände nicht in Betracht kamen; daraus schloß man dann auf eine besondere weibliche Begabung und Vorliebe.« (Gisela Brinker-Gabler)

Hatte sich die offizielle, die Hoch-Dichtung bislang der lateinischen Sprache bedient, so begann nun eine kleine Gruppe Gelehrter und Dichter in deutscher Sprache zu schreiben: es entstanden die Schriften des Barock. Doch die strengen rhetorischen und metrischen Regeln, die von Opitz und anderen aufgestellt wurden, grenzten die Frauen wiederum aus, da diese Vorschriften nur an Universitäten und in sogenannten Sprachgesellschaften, deren Besuch Frauen in der Regel verwehrt war, vermittelt wurden. Eine, die glänzendste, Ausnahme war Catharina von Greiffenberg, die sowohl mit rhetorisch mitreißenden Strophen als auch in schlichten empfindungsstarken Versen überlebte, wobei sie letztere, dem Zeitgeschmack folgend, in der Pose der verliebten Schäferin vortrug.

Neben der Kunstdichtung blühte im Barock die Gelegenheitsdichtung auf, Gedichte zu Hochzeiten, Geburtstagen, Leichenfeiern, die häufig von Frauen verfaßt wurden, da hierzu keine besonderen Regeln eingehalten werden mußten. Sybilla Schwarz ist eine der bekanntesten Autorinnen in diesem Genre; ihr *Gesang wieder den Neidt* reißt zwei wichtige Problemkreise an: das Erlebnis des Andersseins, der Anfeindung wegen des Schreibens, das andererseits aber auch als Mittel gesehen wird, sich aus den Niederungen des Frauendaseins in die »Höhen« des männlichen Dichterolymps zu schwingen. Zudem wollte man nun endlich auch in Deutschland den Beweis antreten, daß »Vorzüge ohne Ansehen des Geschlechts erkannt und belohnt wurden« und daß die deutsche Literatur so gut wie die italienische und französische ihre »gelehrten Frauenzimmer« habe.[1] Natürlich sind es ausschließlich Männer, die über Zu- und Abgänge im Literaturbetrieb verfügen und das literarische Selbstverständnis der Autorinnen prägen. So ist die Krönung Christiana Mariana von Zieglers zur ersten Poetin der Universität Wittenberg eine höchst zweifelhafte Ehre für die Autorin, wenn man dazu das Preisgedicht Gottscheds, das er eigens zu diesem Anlaß verfaßte, liest: »Was prahlt, ihr Welschen, doch so viel / Mit euren stolzen Dichterinnen? / Kan der von Ziegler Seytenspiel / Nicht auch in Deutschland Lob ge-

1 *Deutsche Literatur von Frauen*, hrsg. von Gisela Brinker-Gabler, Bd. 1, München 1988, S. 295.

winnen? / Man siehts! Sie hat sich mehr errungen / Als keine noch vor Ihr erlangt; / Indem ihr Haupt mit Zweigen prangt, / Die keiner Deutschen noch gelungen; / So manche sich auch vor der Zeit / Dem deutschen Helicon geweiht. / [. . .] Was euer [nämlich Celtes' und Opitz'] Kranz bei Männern that, / Thut dieser bei dem Frauenzimmer; / Wie mancher eure Spur betrat, / So fehlts auch bei der von Ziegler nimmer.«[2]

Und wenn zweihundert Jahre später zum erstenmal einer Autorin, der chilenischen Dichterin Gabriela Mistral, der Nobelpreis zuerkannt wird – »als der großen Sängerin von Barmherzigkeit und Mutterschaft«, wie es in der Begründung heißt –, wurde da wirklich die Dichterin, die Persönlichkeit Gabriela Mistral geehrt, oder krönten hier nicht vielmehr Männer ihr Frauen-Bild: konventionell und repräsentabel? (Was die Mistral ihnen übrigens nicht erschwerte, betonte sie doch selbst immer wieder, daß der »einzige Sinn ihres [der Frau] Daseins auf Erden ihre Mutterschaft« sei.)

Die Bereitschaft, Frauen zu fördern, ist noch immer weitgehend mit deren Ausrichtung auf geltende kulturelle Normen und ihrer Anpassungswilligkeit an das literaturpolitische Konzept ihrer Förderer gekoppelt, deren Förderung so lange funktioniert, wie sich die Frauen dem Anspruch der Männer auf Überlegenheit unterordnen. Nicht die Lehrerin, sondern die Schülerin ihres Mannes sollte die Frau sein, faßte Rousseau, der in seinem *Émile* einen besonders pointierten Katalog weiblicher Eigenschaften aufstellte, die Männerwünsche am Ende des 18. Jahrhunderts zusammen und bildete damit eine Geschlechterphi-

2 Zit. nach: ebd., S. 297.

losophie heraus, die der fortschreitenden Trennung von Familiensphäre und Erwerbsleben Rechnung trug und die erst heute, da die Grenzen dieser Bereiche zunehmend durchlässiger werden, immer nachhaltiger in Frage gestellt wird.

Im 19. Jahrhundert wurde diese Grenze zunächst noch einmal schärfer, indem man den Frauen, Repräsentantinnen des Unmittelbaren und Konkreten, den Bereich des Häuslichen und des Naturschönen, des Emotionalen zuordnete.

Doch galt in der Romantik die Betonung des Gefühls für Poeten allgemein, nicht nur für weibliche. Als Gegenbewegung zu Klassik und Aufklärung entdeckte die Romantik die weibliche Seite des Poeten, die Lust am Dunkeln, am Unbewußten, am Chaos; Elemente, die im Surrealismus fortgeführt und kanonisiert wurden. Die Fähigkeit, Gefühle unmittelbar ausdrücken zu können, sah man als Naturtalent der Frauen an; zumeist für den häuslichen Kreis und zu »naturgemäß weiblichen« Themen wie Liebe, Kindheit, Heim, Mutterschaft, schrieben sie damals unzählige Gedichte. Wie viele mögen damals, ähnlich wie Emily Dickinson, heimlich oder so nebenher ihre Texte auf Packpapier, Zeitungsränder, Schulhefte gekritzelt haben; und welch ein Glück, daß wenigstens die 1775 Gedichte dieser großen Dichterin nach ihrem Tod nicht einfach als Plunder weggeworfen wurden.

X

Auf dem Hintergrund dieser kurzen Skizze der marginalen Existenz der Frau in der europäischen Literaturgeschichte wird der tiefgreifende Wandel, den ihre Stellung im 20. Jahrhundert erfuhr, um so deutlicher.

Diese Veränderungen, die hier im einzelnen nicht aufgeführt werden müssen, ermöglichten der Frau erstmals eine Teilnahme an, ein Eindringen in sogenannte männliche Bereiche; enorme künstlerische Kräfte wurden freigesetzt. Selbst der Nationalsozialismus mit seiner biologistischen Feier von Mutterschaft und männlich-soldatischem Heldentum konnte sie nicht mehr zuschütten.

Leben wir also, vergleichbar vielleicht mit dem Zeitalter der Renaissance, in einem neuen Jahrhundert der Frau? Es sieht ganz so aus. Je sichtbarer die Frau ihre Rolle in der Realität einnimmt und ihren Platz am Rande der wirklichen und sozialen Geschichte verläßt, desto deutlicher stellt sie sich auch in ihren Geschichten und Gedichten in den Mittelpunkt, alte Bilder verzweifelt oder wütend beschwörend und verwerfend, neue vorsichtig oder kühn erprobend. Auf eine große Anzahl Gedichte trifft die Feststellung Adrienne Richs zu: »Heute ist die Poesie von Frauen oftmals beladen mit Ärger. Ich denke, wir müssen durch diesen Ärger gehen, denn wir werden unsere eigene Objektivität betrügen, wenn wir versuchen, wie es Virginia Woolf getan hat, eine Objektivität zu erreichen, eine Distanz, die uns eher klingen lassen würde wie Jane Austen oder Shakespeare. Beide, die Schikanierungen, die Frauen ausdrücken, und der Ärger, sind real. Es sind unsere Geburtsschmerzen und wir selbst müssen sie ertragen.«

Seither sind zwanzig Jahre vergangen. Manche Autorin, manche Leserin mag ihre »Geburtsschmerzen« vergessen, manche sie nie verspürt, manche sie noch vor sich haben. Doch wenn Schreiben heißt, sich selbst sichtbar machen, so ist der Prozeß der Sichtbarwerdung der Frau in vollem Gange. Nicht nur in der Literatur und Kunst, sondern in allen Bereichen des gesellschaftlichen Lebens. Doch

»männliche« Kultur durch »weibliche« zu ersetzen, scheint mir dabei ebensowenig verlockend wie eine Utopie, die alle geschlechtsspezifischen Unterschiede einebnet, eine Kultur der Androgynität. Ist es nicht vielmehr ungleich spannender, Unterschiede auszuloten und zu leben, auszubalancieren, auch auszuspielen, friedvoll und genußvoll, selbstbewußt und souverän?

Daß dies nur möglich ist, wenn beide Geschlechter aller Lebensbereiche gleichermaßen und mit gleicher Selbstverständlichkeit teilhaftig sein können, muß kaum noch betont werden. Doch alltäglich ist es noch lange nicht.

Was auch an den Frauen liegt. Nicht wenige erinnern mitunter an den Mann aus dem Gleichnis Jesu, der sein Talent, das der Herr ihm anvertraut hat, vergrub, um es unversehrt zu halten, anstatt mit seinem Pfunde zu wuchern. Genau das aber müssen Frauen tun. Damit wir uns alle daran gewöhnen: an ihre selbstverständliche Anwesenheit in allen Bereichen des Lebens: in Wirtschaft, Politik, Kultur – und in den Anthologien.

Verzeichnis der Gedichtüberschriften und -anfänge